出版力
大躍進

給暢銷書作家的出版專用表格別冊

表格化教學，為你加滿寫作動力

- 出版企畫表
- 新書出版時間表
- 書籍提報資料
- 文案撰寫
- ISBN+CIP 申請表單
- 作家潛能開發檢測問卷
- 暢銷書作家才有的觀察力測驗

出版企畫表

書名		出版社		作者	
書系名		頁數		定價	

✒ **內容簡介：**（書籍大綱概要、書籍特色、與他書不同之賣點或亮點）

✒ **目錄：**

✒ **書名發想：**（可發想約 10 個與出版社討論）

✒ **副書名發想：**（可發想約 10 個與出版社討論）

新書出版時間表

作者規劃書籍之寫作進度，也可與出版社共同討論進度規劃

	Monday	Tuesday	Wednesday	Thursday	Friday
寫作					
出版					
	Monday	Tuesday	Wednesday	Thursday	Friday
寫作					
出版					
	Monday	Tuesday	Wednesday	Thursday	Friday
寫作					
出版					
	Monday	Tuesday	Wednesday	Thursday	Friday
寫作					
出版					
	Monday	Tuesday	Wednesday	Thursday	Friday
寫作					
出版					

書籍提報資料

用於宣傳或與書店窗口介紹新書，填寫後交由出版社參考

書名：	
作者	
入庫日	
發行日	
書系 / 編號	
產品內容	
定價	
開數	
頁數	
ISBN/CIP	

（放置封面處）

✒ **精華文案**（放在提報資料第一頁，最希望推薦的亮點和原因）

✒ 本書內容

✒ 本書特色

✒ 作者介紹

✒ 精彩目錄搶先看

文 案 撰 寫 ^{可用於與出版社討論文案}

書籍封面			
書名			
作者		書背厚度	
書系 / 號次		開本 / 印刷	
定價		ISBN	

書籍封底

書籍前折口

書籍後折口

書背

中華民國國際標準書號中心
國際標準書號 / 出版品預行編目申請單

（資料來源：國家圖書館　全國新書資訊網）

填表日期：　　　年　　月　　日

填表單位：（受出版單位委託申請時，請提供委託書）

全　　名：＿＿＿＿＿＿＿＿＿＿＿＿＿＿＿＿＿＿＿＿＿＿＿＿

地　　址：＿＿＿＿＿＿＿＿＿＿＿＿＿＿＿＿＿＿＿＿＿＿＿＿

填表人：＿＿＿＿＿＿＿＿＿＿＿　電話：（　）＿＿＿＿＿分機＿＿

◎電子郵件：＿＿＿＿＿＿＿＿＿　傳真：（　）＿＿＿＿＿＿＿＿

◎回覆方式請擇一勾選：□電子郵件　　　□網路取件　　　□傳真
　　　　　　　　　　　□郵寄　　　　　□臨櫃取件

---

1. 出版者名稱（書名頁或版權頁上）

　（出版單位名稱、地址、電話、傳真、電子郵件等如有異動，請通知本中心）

＿＿＿＿＿＿＿＿＿＿＿＿＿＿＿＿＿＿＿＿＿＿＿＿＿＿＿＿＿

2. 書名及副書名（書名頁或版權頁上）

＿＿＿＿＿＿＿＿＿＿＿＿＿＿＿＿＿＿＿＿＿＿＿＿＿＿＿＿＿

3. 著者及合著者（書名頁或版權頁上，請依序填寫）

＿＿＿＿＿＿＿＿＿＿＿＿＿＿＿＿＿＿＿＿＿＿＿＿＿＿＿＿＿

4. 版次（重印本請加註刷次）＿＿＿＿＿＿＿＿＿

5. 出版時間：＿＿＿＿＿年＿＿＿＿＿月（依版權頁填寫）

6. 本書申請：□單行本號碼，頁數：＿＿＿＿＿頁。

　□只申請套號，冊數：＿＿＿＿冊；套書名稱：＿＿＿＿＿＿

　□申請套號及單行本號碼，套書名稱：＿＿＿＿＿＿＿＿＿＿

　出版＿＿＿＿冊，此為第＿＿＿＿至＿＿＿＿冊。

　一套價格：NT$＿＿＿＿＿＿（各冊價格、頁數請依序分冊填寫）

　第＿＿＿＿冊，價格：NT$＿＿＿＿＿＿，頁數：＿＿＿＿頁

7. 本書規格：＿＿＿＿開本；＿＿＿＿公分 × ＿＿＿＿公分（高 × 廣）

8. 本書裝訂方式：□精裝價格＿＿＿＿＿□平裝價格＿＿＿＿＿

　□其他裝訂（如：古籍式線裝、經摺裝等）＿＿＿＿＿，價格＿＿＿＿

　□附件（如：附 DVD、CD 等）＿＿＿＿＿＿＿＿＿＿＿＿＿＿

9. 本書作品語文：（必填／單選）

☐正體中文 ☐簡體中文 ☐英文 ☐日文 ☐韓文 ☐德文
☐法文 ☐其他（請說明）：＿＿＿＿＿＿＿＿＿＿＿＿＿

10. 本書適讀對象：（必填／單選）

☐成人（一般） ☐成人（學術） ☐青少年
☐兒童（6-12歲） ☐學前兒童 ☐樂齡

11. 本書常用圖書類別：（必填／單選）

☐文學 ☐小說 ☐語言 ☐字典工具書
☐教科書 ☐考試用書 ☐漫畫書 ☐心理勵志
☐科學與技術 ☐醫學家政 ☐商業與管理 ☐社會科學
☐人文史地 ☐兒童讀物 ☐藝術 ☐休閒旅遊
☐其他

12. 圖書分級：（必填／單選）

☐普遍級 ☐限制級

※ 依「兒童及少年福利與權益保障法」第44條規定，出版者應對
　出版品進行分級。

13. 本書若為翻譯作品：（以下必填）

（1）原書書名：＿＿＿＿＿＿＿＿＿＿＿＿＿＿＿＿＿
（2）原書語文：☐英文 ☐日文 ☐韓文 ☐德文 ☐法文
　　　　　　　☐簡體中文 ☐其他（請說明）：＿＿＿＿
（3）原書國別：☐美國 ☐英國 ☐日本 ☐韓國
　　　　　　　☐中國大陸 ☐其他（請說明）：＿＿＿＿

14. 本書是否申請出版品預行編目（CIP）

☐是 ☐否（若填否，以下免填）

※ 出版品屬下述範圍者，不需申請出版品預行編目，以下免填
　中小學教科書、考試題庫、外文書、連環漫畫書、樂譜、單張地圖、
　盲人點字書、寫真集、未滿50頁圖書、圖書以外的其他媒體資料。
※ 如需申請出版品預行編目（CIP），請填下列資料

15. 本書屬於某叢書

☐否 ☐是，叢書名＿＿＿＿＿＿＿＿叢書號＿＿＿＿＿＿＿

16. 主題簡述（文學作品請註明作者國籍）

＿＿＿＿＿＿＿＿＿＿＿＿＿＿＿＿＿＿＿＿＿＿＿＿＿＿
＿＿＿＿＿＿＿＿＿＿＿＿＿＿＿＿＿＿＿＿＿＿＿＿＿＿
＿＿＿＿＿＿＿＿＿＿＿＿＿＿＿＿＿＿＿＿＿＿＿＿＿＿

17. 建議主題詞／關鍵詞
　　_____（參考網址 http://catbase.ncl.edu.tw/App3/）
18. 建議分類號碼 _____

※ 注意事項，敬請配合：

1. 申請需附印刷前<u>排版定稿</u> 之 <u>書名頁</u>、<u>版權頁</u>、<u>目次</u>、<u>序言</u>（或部分內容）等附件之清樣影本（其他媒體附出版品標籤）。

2. 申辦傳真：（02）2311-5330，收件時間：星期一上午 8:30 至星期五下午 5:30（例假日及國定假日停止收件）。本中心採記憶傳真收件，若有需要來電確認，請預留列印時間（約 30 分鐘）。

3. 出版者首次<u>申請</u>國際標準書號（ISBN）時，請一併填寫「出版者識別號資料申請單」。

4. 貴出版機構資料（名稱、地址、電話、傳真、電子郵件、網址）於本館「全國新書資訊網」出版機構網以及 ISBN 國際總部（International ISBN Agency）Global Register of Publishers database 公開狀況，可於網上查詢（http://isbn.ncl.edu.tw），若欲變更是否公開之設定，請填寫「出版者識別號資料申請單」向本中心辦理異動。

※ 其他相關事項：

（1）圖書出版後請依《圖書館法》第十五條及《國家圖書館全國出版品送存要點》第五條規定，於３０日內送存一份提供國家圖書館典藏。
　　　請逕寄：國家圖書館　館藏發展及書目管理組　收
　　　　　　　服務電話：（02）2361-9132 分機 139

（2）GPN 政府出版品統一編號申辦：請先洽貴機關專責人員，或請洽客服電話：（02）2518-0207 分機 22，若還有其他相關問題，請再與文化部聯繫，電話：（02）8512-6464。

※ 諮詢服務：

國家圖書館國際標準書號中心
地　址：10001 臺北市中正區中山南路 20 號
電　話：（02）2361-9132 分機 701~706
傳　真：（02）2311-5330
網　址：http://isbn.ncl.edu.tw （網路取件、申請進度查詢）

作家潛能開發測驗問卷

　　如果你還找不到自己寫書的主題方向，那接下來的問卷可以幫助你依循自身表現出來的線索搜集下一本書。只要是不知道自己適合出什麼書的人，此潛力開發問卷所提供之啟發，都可以成為你尚未決定的下一本書主題。

Step1：請在□內打 v。
Step2：在對應的 14 個干支空格中劃記。
Step3：子～乙當中最多正字者，有機會成為你的下一本書！

Step 1. 你，是什麼樣的人？

　□ 對於文字的排列，有別於常人的觀點（子）
　□ 喜愛簡潔有力，討厭長篇大論（子丑）
　□ 每天一定寫日記（丑寅）
　□ 用詞優美、時常陷入放空般的沉思（子丑）
　□ 擅長描寫細節，能將簡單敘述無限擴大（丑卯）
　□ 超越不惑之年（寅）
　□ 可以寥寥數筆交代完一件複雜的事（丑）
　□ 常湧現「人生不過就是如此啊！」之感嘆（寅）
　□ 我的人生經驗不同凡響，希望與世人分享（寅）
　□ 無敵會講故事且永遠有續集（寅卯）
　□ 腦袋常有隻活躍的七彩獨角獸，名喚「靈感」（子丑寅卯）
　□ 想將這輩子無法實現的事，化成文字（卯）
　□ 隨手塗鴉、無心插柳卻受到歡迎（辰）
　□ 與其用文字，以圖更能表達出自己（辰）
　□ 身懷專業絕學，「不想」深藏不露（巳乙）
　□ 在職場上具專業經驗，不寫下來有失傳之虞（巳乙）

- [ ] 深知各種職場潛規則，強烈想說出來造福菜鳥（巳）
- [ ] 想把講課功力煉成一本書（未巳）
- [ ] 會畫又會寫的天才（辰）
- [ ] 任何時刻任何地點都想做筆記之強迫症（午未）
- [ ] 熱愛搜集各家筆記法，大筆一揮全成了自己專長（午）
- [ ] 看到文字立即想化整為表格（午未）
- [ ] 身為講師且有講義需要（未）
- [ ] 對於學生一問再問的問題已感到厭煩，想直接拋重點整理給他看（未）
- [ ] 家有五歲以下孩子或是一看到小孩就很 high（申）
- [ ] 不論你是否為父母，總能讓小孩言聽計從（申）
- [ ] 寶寶怎麼吃最健康我最瞭（申）
- [ ] 特殊家庭也可以很幸福的體驗者（申）
- [ ] 對某特定城市有熱愛，要讓大家知道其美好（酉）
- [ ] 立志在異鄉找到同好（酉）
- [ ] 熱愛起飛時的興奮感（酉）
- [ ] 朋友失戀都找我（戌）
- [ ] 自己曾經從地獄爬出來過（寅卯戌）
- [ ] 有神奇的宗教性體驗（寅亥）
- [ ] 想把福報迴向給全世界（亥）
- [ ] 我生病但我很樂觀（丑寅戌甲）
- [ ] 深信拯救世界靠出版（亥）
- [ ] 生病／受傷的過程太好笑不說會遺憾（丑甲）
- [ ] 深知罕見疾病應對之道，想讓更多人明瞭（甲）
- [ ] 熱愛讀書，堅信書中必有黃金屋（午未乙）
- [ ] 對於鼓勵別人特別有使命感（戌）
- [ ] 從事某方面研究有驚人發現（乙）
- [ ] 我不只練身體，還對身體肌肉瞭若指掌（丑乙）

Step 2. 請在下方畫正字記號

子	丑	寅	卯	辰	巳	午

未	申	酉	戌	亥	甲	乙

Step 3. 你的下一本書！

　　請將問卷步驟二中搜集到較多劃記的分類，對應至下方表格，便能找出你下一本書選題的可行方向。問卷結果不見得代表「你想出的書」，卻是你深具潛力「可以出的書」。但如果你已經有「想出的書」，且具備熱情與長期抗戰的心理準備，那麼就開始企畫、開始寫吧！

分類	主題	分類	主題
子	新詩	未	上課講義
丑	散文	申	親子教養
寅	自傳	酉	旅遊見聞
卯	小說	戌	心靈勵志
辰	圖文創作	亥	宗教信仰
巳	工作心得	甲	抗病體驗
午	讀書筆記	乙	專業研究

暢銷作家才有的觀察力測驗

　　暢銷作家的特質，除了擁有良好的寫作能力外，更須具備
纖細、敏感、能體察周遭環境的心。如此一來，才能企畫出既
能符合民眾所需，又能發揮專長，帶給讀者啟發的優質選題。
以下共有 15 項題目，請根據下列描述，選擇最符合你的一項，
加總所對應的分數後，檢視結果分析！

Q. 當你與人相遇時，你會注意對方哪個部位？

　　　A. 只看他的臉→ 5 分

　　　B. 悄悄地從頭到腳打量他一番→ 10 分

　　　C. 只注意他臉上的個別部位→ 3 分

Q. 你在看過的風景中，通常會記住哪個部分？

　　　A. 風景色調→ 10 分

　　　B. 天空→ 5 分

　　　C. 當時浮現在心裡的感受→ 3 分

Q. 早晨醒來後，你的腦袋裡會浮現什麼？

　　　A. 馬上想起現在應該要做的事情→ 10 分

　　　B. 回想昨天的夢境→ 3 分

　　　C. 思考昨天發生的事情→ 5 分

Q. 走在大街上，你會最先觀察什麼事物？

　　　A. 觀察來往的車輛→ 5 分

　　　B. 觀察房子的正面→ 3 分

　　　C. 觀察路過行人→ 10 分

Q. 當你在公園裡等人時，你會做什麼？

    A. 仔細觀察旁邊的人→ 10 分

    B. 閱讀報紙→ 5 分

    C. 想著某件事→ 3 分

Q. 對於店內的櫥窗商品，你會如何流覽？

    A. 只關心對自己有用的產品→ 3 分

    B. 除了自己需要的物品外，也會看看此時不用的物品→ 5 分

    C. 注意觀察每一件產品→ 10 分

Q. 你會如何在家裡找不見的東西？

    A. 把注意力集中在這個東西可能放置的地方→ 10 分

    B. 到處尋找→ 5 分

    C. 請別人幫忙找→ 3 分

Q. 當你看到親戚、朋友的陳舊照片時，你會有何心情？

    A. 感到相當興奮→ 5 分

    B. 覺得可笑→ 3 分

    C. 盡量瞭解照片上的人是誰→ 10 分

Q. 當你搭上公車時，你會怎麼對待身旁的乘客？

    A. 自己做自己的事，誰也不看→ 3 分

    B. 看看誰站在旁邊→ 5 分

    C. 與離你最近的人搭話→ 10 分

Q. 假如有人建議你去參加自己不會玩的遊戲，這時你會怎麼做？

A. 試圖學會並且想玩 → 10 分

B. 藉口過一段時間再玩而拒絕→ 5 分

C. 直言你不玩→ 3 分

Q. 在滿天繁星的夜晚，你會做什麼？

A. 努力觀察星座→ 10 分

B. 一味地看著天空→ 5 分

C. 什麼也不看→ 3 分

Q. 你會怎麼標示已閱讀一半的書？

A. 用鉛筆標出讀到什麼地方→ 10 分

B. 放個書籤→ 5 分

C. 相信自己的記憶力→ 3 分

Q. 你在擺好的餐桌前，會注意到什麼事？

A. 讚揚它的精美之處→ 3 分

B. 觀察人們是否都到齊了→ 10 分

C. 看看所有的椅子是否都放在正確的位置上→ 5 分

Q. 當你進入公司的某部門時，你會先注意什麼地方？

A. 注意桌椅的擺放位置→ 3 分

B. 注意用具放置的準確位置→ 10 分

C. 觀察牆上掛著什麼物品→ 5 分。

Q. 你能記住老闆的什麼特徵？

A. 姓名→ 5 分

B. 外貌→ 10 分

C. 什麼也沒記住→ 3 分

結果分析

分數大於 100 分

你是一個觀察力細微的人。對於周遭事物，總是非常悉心留意；同時，也能分析自己的個性和行為。你將能藉由這項能力，準確地評價他人。但是，必須留意做人不能太拘泥於細節，應該適時地放寬眼界，往長遠的方向著想。

分數大於 75 分

你有相當敏銳的觀察能力。很多時候，你可以精確發現某些細節背後的關聯，這一點，對於你培養自身對事物的判斷力有非常大的好處，同時也讓你的自信心大漲。但是，你需要注意的是，很多時候，你對別人的評價會帶有偏見。

分數大於 45 分

你能夠觀察到很多表象，但對別人隱藏在外貌、行為方式背後的東西通常採取不關心的態度。從某種角度而言，你適當的「難得糊塗」，充滿了大智慧，你很懂得把自己從某些不必要的事情中「拔」出來，享受內心世界的愉悅。

分數小於 45 分

基本上你不喜歡關心周圍的人，不管是他們的行為還是他們的內心，甚至認為連自己都不必過多分析，更何況其他人。因此，你有嚴重的自我中心傾向。沉浸於自身無限大的內心世界固然是好，但應避免造成社交生活的障礙。

全書表格下載

素人崛起，從出書開始！

全國最強 4 天培訓班，見證人人出書的奇蹟。

讓您借書揚名，建立個人品牌，晉升專業人士，帶來源源不絕的財富。

擠身暢銷作者四部曲，我們教你：

企劃怎麼寫／ 撰稿速成法／
出版眉角／ 暢銷書行銷術／

P 企劃　P 出版　W 寫作　M 行銷

保證出書

Publish for You,
Making Your Dreams
Come True.

★ 如何讓別人在最短時間內對你另眼相看？
★ 要如何迅速晉升 A 咖、專家之列？
★ 我的產品與服務要去哪裡置入性行銷？
★ 快速成功的捷徑到底是什麼？
★ 生命的意義與價值要留存在哪裡？

答案就是出一本書！

當名片式微，出書取代名片才是王道！

人人適用的成名之路：出書

當大部分的人都不認識你，不知道你是誰，他們要如何快速找到你、了解你、與你產生連結呢？試想以下的兩種情況：

➜ **不用汲汲營營登門拜訪，就有客戶來敲門，你覺得如何？**

➜ **有兩個業務員拜訪你，一個有出書，另一個沒有，請問你更相信誰？**

無論行銷任何產品或服務，當你被人們視為「專家」，就不再是「你找他人」，而是「他人主動找你」，想達成這個目標，關鍵就在「出一本書」。

透過「出書」，能迅速提升影響力，建立「專家形象」。在競爭激烈的現代，「出書」是建立「專家形象」的最快捷徑。

想成為某領域的權威或名人？出書就是正解！

體驗「名利雙收」的12大好處

　　暢銷書的魔法，絕不僅止於銷售量。當名字成為品牌，你就成為自己的最佳代言人；而書就是聚集粉絲的媒介，進而達成更多目標。當你出了一本書，隨之而來的，將是12個令人驚奇的轉變：

01 增強自信心

　　對每個人來說，看著自己的想法逐步變成一本書，能帶來莫大的成就感，進而變得更自信。

02 提高知名度

　　雖然你不一定能上電視、錄廣播、被雜誌採訪，但卻絕對能出一本書。出書，是提升知名度最有效的方式，出書＋好行銷＝知名度飆漲。

03 擴大企業影響力

　　一本宣傳企業理念、記述企業如何成長的書，是一種長期廣告，讀者能藉由內文，更了解企業，同時產生更高的共鳴感，有時比花錢打一個整版報紙或雜誌廣告的效果要好得多，同時也更能讓公司形象深入人心。

04 滿足內心的榮譽感

　　書，向來被視為特別的存在。一個人出了書，便會覺得自己完成了一項成就，有了尊嚴、光榮和地位。擁有一本屬於自己的書，是一種特別的享受。

05 讓事業直線上衝

　　出一本書，等於讓自己的專業得到認證，因此能讓求職更容易、升遷更快捷、加薪有籌碼。很多人在出書後，彷彿打開了人生勝利組的開關，人生和事業的發展立即達到新階段。出書所帶來的光環和輻射效應，不可小覷。

06 結識更多新朋友

在人際交往愈顯重要的今天，單薄的名片並不能保證對方會對你有印象；贈送一本自己的書，才能讓人眼前一亮，比任何東西要能讓別人記住自己。

07 讓他人刮目相看

把自己的書，送給朋友，能讓朋友感受到你對他們的重視；送給客戶，能贏得客戶的信賴，增加成交率；送給主管，能讓對方看見你的上進心；送給部屬，能讓他們更尊敬你；送給情人，能讓情人對你的專業感到驚艷。這就是書的魅力，能讓所有人眼睛為之一亮，如同一顆糖，送到哪裡就甜到哪裡。

08 塑造個人形象

出書，是自我包裝效率最高的方式，若想成為社會的精英、眾人眼中的專家，就讓書替你鍍上一層名為「作家」的黃金，它將持久又有效替你做宣傳。

09 啟發他人，廣為流傳

把你的人生感悟寫出來，不但能夠啟發當代人們，還可以流傳給後世。不分地位、成就，只要你的觀點很獨到，思想有價值，就能被後人永遠記得。

10 闢謠並訴說心聲

是否曾經對陌生人的中傷、身邊人的誤解，感到百口莫辯呢？又或者，你身處於小眾文化圈，而始終不被理解，並對這一切束手無策？這些其實都可以透過出版一本書糾正與解釋，你可以在書中盡情袒露心聲，彰顯個性。

11 倍增業績的祕訣

談生意，尤其是陌生開發時，遞上個人著作 & 名片，能讓客戶立刻對你刮目相看，在第一時間取得客戶的信任，成交率遠高於其他競爭者。

12 給人生的美好禮物

歲月如河，當你的形貌漸趨衰老、權力讓位、甚至連名氣都漸趨平淡時，你的書卻能為你留住人生最美好的的黃金年代，讓你時時回味。

書的面子與裡子，全部教給你！

★出版社不說的暢銷作家方程式★

P	W	P	M
說服出版社的神企劃	加速寫作的方程式	增加優勢的出版眉角	衝上排行榜的行銷術

暢銷書都是這麼煉成的！

P　PLANNING 企劃　好企劃是快速出書的捷徑！

投稿次數＝被退稿次數？對企劃毫無概念？別擔心，我們將在課堂上公開出版社的審稿重點。從零開始，教你神企劃的 NO.1 方程式，就算無腦套用，也能讓出版社眼睛為之一亮。

W　WRITING 寫作　卡住只是因為還不知道怎麼寫！

動筆是完成一本書的必要條件，但寫作路上，總會遇到各種障礙，靈感失蹤、沒有時間、寫不出那麼多內容……在課堂上，我們教你主動創造靈感，幫助你把一個好主意寫成暢銷書。

P PUBLICATION 出版　懂出版，溝通不再心好累！

為什麼某張照片不能用？為什麼這邊必須加字？我們教你出版眉角，讓你掌握出版社的想法，研擬最佳話術，讓出書一路無礙；還會介紹各種出版模式，剖析優缺點，選出最適合你的出版方式。

M MARKETING 行銷　100% 暢銷保證，從行銷下手！

書的出版並非結束，而是打造個人品牌的開始！資源不足？知名度不夠？別擔心，我們教你素人行銷招式，搭配魔法講盟的行銷活動與資源，讓你從第一本書開始，創造素人崛起的暢銷書傳奇故事。

魔法講盟出版班：優勢不怕比

	魔法講盟 出書出版班		普通寫作出書班
① 課程完整度	完整囊括 PWPM		只談一小部分
② 講師專業度	各大出版社社長	勝	不一定是業界人士
③ 課堂互動	理論教學＋分組實作		只講完理論就結束
④ 課後成果	有實際的 SOP 與材料		聽完之後還是無從下手
⑤ 學員指導程度	多位社長分別輔導		一位講師難以照顧學生
⑥ 上完課是否能直接出書	● 是出版社，直接談出書 ● 出版模式最多元，保證出書		上課歸上課，要出書還是必須自己找出版社

Planning 一鼓作氣寫企劃

　　大多數人都以為投稿是寄稿件給出版社的代名詞，NO！所謂投稿，是要投一份吸睛的「出書企劃」。只要這一點做對了，就能避開80%的冤枉路，超越其他人，成功簽下書籍作品的出版合約。

　　企劃，就像是出版的火車頭，必須由火車頭帶領，整輛火車才會行駛。那麼，什麼樣的火車頭，是最受青睞的呢？要提案給出版社，最重要的就是讓出版社看出你這本書的「市場價值」。除了書的主題＆大綱目錄之外，也千萬別忘了作者的自我推銷，比如現在很多網紅出書，憑藉的就是作者本身的號召力。

　　光憑一份神企劃，有時就能說服出版社與你簽約。先用企劃確定簽約關係後，接下來只需要將你的所知所學訴諸文字，並與編輯合作，就能輕鬆出版你的書，取得夢想中的斜槓身分 ─ 作家。

　　企劃這一步成功後，接下來就順水推舟，直到書出版的那一天。

關於 Planning，我們教你：

- 提案的方法，讓出版社樂意與你簽約。
- 具賣相的出書企劃包含哪些元素＆如何寫出來。
- 如何建構作者履歷，讓菜鳥寫手變身超新星作家。
- 如何鎖定最夯議題 or 具市場性的寫作題材。
- 吸睛、有爆點的文案，到底是如何寫出來的。
- 如何設計一本書的架構，並擬出目錄。
- 投稿時，如何選擇適合自己的出版社。
- 被退稿或石沉大海的企劃，要如何修改。

Writing 菜鳥也上手的寫作

寫作沒有絕對的公式，平凡、踏實的口吻容易理解，進而達到「廣而佈之」的效果；匠氣的文筆則能讓讀者耳目一新，所以，寫書不需要資格，所有的名作家，都是從素人寫作起家的。

雖然寫作是大家最容易想像的環節，但很多人在創作時還是感到負擔，不管是心態上的過不去（自我懷疑、完美主義等），還是技術面的難以克服（文筆、靈感消失等），我們都將在課堂上一一破解，教你加速寫作的方程式，輕鬆達標出書門檻的八萬字或十萬字。

課堂上，我們將邀請專業講師 & 暢銷書作家，分享他們從無到有的寫書方式。本著「絕對有結果」的精神，我們只教真正可行的寫作方法，如果你對動輒幾萬字的內文感到茫然，或者想要獲得出版社的專業建議，都強烈推薦大家來課堂上與我們討論。

學會寫作方式，就能無限複製，創造一本接著一本的暢銷書。

關於 Writing，我們教你：

- 了解自己是什麼類型的作家 & 找出寫作優勢。
- 巧妙運用蒐集力或 ghost writer，借他人之力完成內文。
- 運用現代科技，讓寫作過程更輕鬆無礙。
- 經驗值為零的素人作家如何寫出第一本書。
- 有經驗的寫作者如何省時又省力地持續創作。
- 如何刺激靈感，文思泉湧地寫下去。
- 完成初稿之後，如何有效率地改稿，充實內文。

找靈感
產出內文
借助寫手
IDEA

Publication 懂出版的作家更有利

　　完成書的稿件，還只是開端，要將電腦或紙本的稿件變成書，需要同時藉助作者與編輯的力量，才有可看的內涵與吸睛的外貌，不管是封面設計、內文排版、用色學問，種種的一切都能影響暢銷與否；掌握這些眉角，就能斬除因不懂而產生的誤解，提升與出版社的溝通效率。

　　另一方面，現在的多元出版模式，更是作家們不可不知的內容。大多數人一談到出書，就只想到最傳統的紙本出版，如果被退稿，就沒有其他辦法可想；但隨著日新月異的科技，我們其實有更多出版模式可選。你可以選擇自資直達出書目標，也可以轉向電子書，提升作品傳播的速度。

　　條條道路皆可圓夢，想認識各個方案的優缺點嗎？歡迎大家來課堂上深入了解。你會發現，自資出版與電子書沒有想像中複雜，有時候，你與夢想的距離，只差在「懂不懂」而已。

　　出版模式沒有絕對的好壞，跟著我們一起學習，找出最適解。

關於 Publication，我們教你：

- 依據市場品味，找到兼具時尚與賣相的設計。
- 基礎編務概念，與編輯不再雞同鴨講。
- 身為作者必須了解的著作權注意事項。
- 電子書的出版型態、製作方式、上架方法。
- 自資出版的真實樣貌 & 各種優惠方案的諮詢。
- 取得出版補助的方法 & 眾籌出書，大幅減低負擔。

設計

自資

電子書

Marketing 行銷布局，打造暢銷書

　　一路堅持，終於出版了你自己的書，接下來，就到了讓它大放異彩的時刻了！如果你還以為所謂的書籍行銷，只是配合新書發表會露個臉，或舉辦簽書會、搭配書店促銷活動，就太跟不上二十一世紀的暢銷公式了。

　　要讓一本書有效曝光，讓它在發行後維持市場熱度、甚至加溫，刷新你的銷售紀錄，靠的其實是行銷布局。這分成「出書前的布局」與「出書後的行銷」。大眾對於銷售的印象，90% 都落在「出書後的行銷」（新書發表會、簽書會等），但許多暢銷書作家，往往都在「布局」這塊下足了功夫。

　　事前做好規劃，取得優勢，再加上出版社的推廣，就算是素人，也能秒殺各大排行榜，現在，你可不只是一本書的作者，而是人氣暢銷作家了！

　　好書不保證大賣，但有行銷布局的書一定會好賣！

關於 Marketing，我們教你：

- 新書衝上排行榜的原因分析 & 實務操作的祕訣。
- 善用自媒體 & 其他資源，建立有效的曝光策略。
- 素人與有經驗的作家皆可行的出書布局。
- 成為自己的最佳業務員，延續書籍的熱賣度。
- 如何善用書腰、贈品等周邊，行銷自己的書。
- 網路 & 實體行銷的互相搭配，創造不敗攻略。
- 推廣品牌 & 服務，讓書成為陌生開發的利器。

布局

周邊

網路

活動

掌握出版新趨勢,保證有結果!

　　在現今愈來愈多元的出版模式下,你只知道一種出書方式嗎?魔法講盟的出版班除了傳授傳統投稿的撇步,還會介紹出版新趨勢——自資出版與電子書。更重要的是,我們不僅上課,還提供最完整的出版服務&行銷資源,成果看得見!

一、傳統投稿出版: 理論&實作的 NO.1 選擇

　　魔法講盟出版班的講師,包括各大出版社的社長,因此,我們將以業界的專業角度&經驗,100%解密被退稿或石沉大海的理由,教你真正能打動出版社的策略。

　　除了 PWPM 的理論之外,我們還會以小組方式,針對每個人的選題&內容,悉心個別指導,手把手教學,親自帶你將出書夢化為暢銷書的現實。

二、自資出版： 最完整的自資一條龍服務

不管你對自資出版有何疑惑，在課堂上都能得到解答！不僅如此，我們擁有全國最完整的自費出版服務，不僅能為您量身打造自助出版方案、替您執行編務流程，還能在書發行後，搭配行銷活動，將您的書廣發通路、累積知名度。

別讓你的創作熱情，被退稿澆熄，我們教你用自資管道，讓出版社後悔打槍你，創造一人獨享的暢銷方程式。

三、電子書： 從製作到上架的完整教學

隨著科技發展，每個世代的閱讀習慣也不斷更新。不要讓知識停留在紙本出版，但也別以為電子書是萬靈丹。在課堂上，我們會告訴你電子書的真正樣貌，什麼樣的人適合出電子書？電子書能解決 & 不能解決的面向為何？深度剖析，創造最大的出版效益。

此外，電子書的實際操作也是課程重點，我們會講解電子書的製作方式與上架流程，只要跟著步驟，就能輕鬆出版電子書，讓你的想法能與全世界溝通。

紙電皆備的出版選擇，圓夢最佳捷徑！

ESBIH課程

免費入場

真健康＋大財富＝真正的成功

你還在汲汲營營於累積財富嗎？
「空有財富，健康堪虞」的人生，
絕不能算是真正的成功！
如今，有一種新商機現世了！
它能助你在調節自身亞健康狀態的同時，
也替你創造被動收入，賺進大把鈔票。

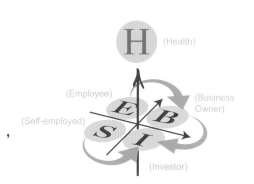

現在，給自己一個機會，積極了解這個「賺錢、自用兩相宜」的新商機，如何為你創造ESBIH三維「成功」卦限！

歡迎在每月的 { 第一個週五下午2：30～8：30 第二個週五晚上5：30～8：30 } 前來中和魔法教室！

魔法講盟特聘台大醫學院級別醫師會同Jacky Wang博士與David Chin醫師共同合作，開始一連串免費授課講座。

課中除了教授您神秘的回春大法，
還為您打造一台專屬的自動賺錢機器！
讓您在逆齡的同時也賺進大筆財富，
完美人生的成功之巔就等你來爬！

詳情開課日期及授課資訊，請掃描QR Code或撥打真人客服專線
02-8245-8318，亦可上新絲路官網 silkbook◦com www.silkbook.com查詢

原來逆齡可以這麼簡單！

利人利己，共好雙贏

眾所周知，現今的「抗衰老」方法，只有「幹細胞」與「生長激素」兩大方向。

但，無論從事哪一種療法，都所費不貲，甚至還可能造成人體額外的負擔！

那麼，有沒有一種既省錢，又能免去副作用的回春大法？

有！風靡全歐洲的「順勢療法」讓您在後疫情時代活得**更年輕、更健康**！

現在，**魔法講盟**特別開設一系列**免費**課程，為您解析抗衰老奧秘！

⭐ **參加這門課程，可以學到什麼？**

- ✅ 剖析逆齡回春的奧秘
- ✅ 掌握改善亞健康的方式
- ✅ 窺得延年益壽的天機
- ✅ 跟上富人的投資思維
- ✅ 打造自動賺錢金流
- ✅ 獲得真正的成功

時間	**2020**	9/4(五)14:30	9/11(五)17:30	11/6(五)14:30
		11/13(五)17:30	12/4(五)14:30	12/11(五)17:30
	2021	1/8(五)17:30	2/5(五)14:30	3/5(五)14:30
		3/12(五)17:30	4/9(五)17:30	5/7(五)14:30
		5/14(五)17:30	6/4(五)14:30	6/11(五)17:30
		7/2(五)14:30	7/9(五)17:30	……
地點	**中和魔法教室** 新北市中和區中山路二段366巷10號3樓 （位於捷運環狀線中和站與橋和站間， **COSTCO** 對面郵局與 Ⓥ 福斯汽車間巷內）			

課中除了教你如何轉換平面的ESBI象限，
更為你打造完美的H（Health）卦限！
ESBIH構成的三維空間，才是真正的成功！

本世紀全球華人圈最偉大的高端演講
Knowledge Feast Lecture
真理指引の知識服務

真永是真

～王晴天與您講道理的人生大課

讀萬卷書，
不如行萬里路，
行萬里路，不如閱人無數，
閱人無數，不如名師指路，
名師指路，不如跟隨成功者的腳步，
跟隨成功者腳步，不如高人點悟！
經過歷史實踐和理論驗證的真知，
蘊藏著深奧的道理與大智慧。
晴天大師用三十年的體驗與感悟，
為你講道理、助你明智開悟！
為你的工作、生活、人生「導航」，
從而改變命運、實現夢想，
成就最好的自己！

台灣版《時間的朋友》～
「真永是真」知識饗宴

邀您一同**追求真理** ·
分享智慧 · **慧聚財富**！

時間 ▶ **2020**場次**11/7**（六）**13:30~21:00**
　　 ▶ **2021**場次**11/6**（六）**13:30~21:00**
地點 ▶ 新店台北矽谷國際會議中心

（新北市新店區北新路三段223號 ⊕ 捷運大坪林站）

報名或了解更多、2022年日程請掃碼查詢
或撥打真人客服專線 (02) 8245-8318

台 灣 最 大 培 訓 機 構 & 學 習 型 組 織 　 魔法講盟

PWPM

暢銷書出版
黃金公式

自媒體自出書作者培訓手冊

台版「時間的朋友」 **王晴天**——著

P W P M

Planning | Writing | Publication | Marketing

揭幕！進入「以書代替名片」的時代

　　我從事出版已三十餘年了。許多人跟我說，如今是個平板電腦、智慧型手機、電子書閱讀器普及的數位閱讀時代，傳統紙本出版還有未來或出路嗎？的確，在實體書店關了一家又一家，網路書店成為購書大宗；全球紙本書銷售逐年下滑，電子書強勢成長的局勢裡，傳統出版被評為「夕陽產業」，仿佛行將就木的高齡實業家，面對勢不可當的當代潮流，只能遙想昔日的旖旎風光而興嘆。

　　然而我對於「出版」的想法從來就不受限於傳統。除了將資訊內容「紙本化」，我個人認為「出版」本來就包含著更多面向和意義，將文字、圖像、影音、地圖轉化到網路、衛星導航器材、手機、電腦、平板上，未嘗不是另外一種形式的出版？但我仍認可紙本書在短時間內的不可取代性，故奮力要為傳統出版開闢更寬闊的價值。

　　我創辦的出版公司早就突破與作者簽約的傳統版稅模式，走向自有內容出版、自費出版、內容營銷與編輯顧問。深知「出書容易、銷書不易」的市場現況，敝公司除了協助作者出書，也提供小出版社與個人作家行銷服務，更致力於將出版推廣給大眾的普及化教學。在與各界新興作者的合作與交流間，我越有感而發時代已逐步走向一個「書」取代「名片」的專業發展趨勢。

Preface

　　往昔的「書」可能是上課教材、咖啡杯旁的閱讀調劑，或晚間睡前的枕邊物。如今，書已成為一種專業的象徵，不僅是建立彼此關係的工具，更可以是說服客戶成交的秘密武器。回憶我的大學時代，基於興趣和效率，將構創的高中數學速解技巧編成一本講義，不意竟廣傳於家教學生及其友人間，受到眾人歡迎。我因此心生一念：「何不將此講義複印為書？」於是，自己排版、找廣告贊助、找印刷廠，就這樣出版了生平第一本著作《高中數學解題秘笈》。嚴格說來，這本書不算經歷完整程序的「出版」，因為並未經銷上市，只在我個人的教學圈內廣泛流傳。不過卻由於本書的付梓，讓數年後學成歸國的我，立即憑此著作進入著名補習班，成為數學補教名師。我本人可以說是第一個「以書作為名片和履歷」的親身體驗者。

　　職是之故，我深知「擁有一本書，對於想開拓事業者的重要性，因此誠懇與大眾分享寫就一本書的策畫與實作過程。期待每個人都能透過出書，完成夢想。讓我們一同為「以書代替名片的時代」盛大揭幕！

作者 謹識

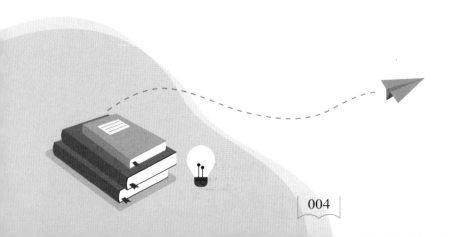

Contents

目錄

Point 6 PublicationIII 自費出版新思維

Point 7 Marketing 搞懂行銷才能暢銷

所謂萬事起頭難，寫一本書好像更難……。放輕鬆，因為這裡有把寫書變簡單的企畫寶典！如果在一切開始之前，就有周全的計畫，包括往哪做、怎麼做、為什麼做，那便如同為寫書之路準備了最棒的後台。你就可以安心、大膽地啟動創作，而此即為──企畫的必要。

Planning

好的企畫帶你上天堂

一個公式
完成出書企畫

　　為什麼寫一本書還要企畫呢？因為企畫就是讓你有計畫，免得下筆之後才發現寫作方向不可行，而一失足成千古恨。當你為自己寫好一份企畫，就表示已經為創作面面俱到地深思熟慮一番，找出有閱讀價值、有特色的寫作方向，如此一來出書之路也會比別人少走許多彎路，比較容易完成一份令自己滿意的作品。另外一個寫出版企畫的重要原因，便是為書籍做自我介紹，即為了在投稿時說服出版社——「這是一本充滿潛力的書」。如此才有可能順利看到自己的著作裝訂成冊，美美地擺在書架上等待被翻閱。

　　一份企畫書裡，除了試讀內容之外，建議字數維持在三千～四千字左右。那究竟該如何撰寫企畫書呢？只要掌握以下原則，就可以讓一份平凡無奇的企畫書，搖身一變成為吸引眾出版社的企畫書。

❖ 讓作者能藉由撰寫書籍計畫書的過程，重新審視作品的內涵與商業價值。

❖ 出版計畫書中的題綱與內容，未來都可以作為出版行銷企畫時的參考。

❖ 出版社跟作者雙方根據計畫書中的工作進度表，掌控作者寫作進度與編輯流程的順暢。

❖ 讓作者的想法透過出版計畫書，清楚具體地傳達給出版社。

❖ 訓練作者本身的企畫提案能力，所提之行銷計畫應確定其施行之可能性。

一份出版企畫書的基本必要元素如下，只要能在企畫書中寫出以下內容，就是達成好企畫書的必要條件。當然，這只是必要條件。如何將必要條件完善，讓出版企畫提高說服力，筆者會在往後的篇章詳細說明，傳授具體「怎麼寫」的獨家秘訣。

出版企畫基本公式

1 書名、類別

要出一本書最首要的動作就是，想一個別出心裁的書名，甚至是副書名。以《FBI 不輕易曝光的機密說話術》為例，這本書的書名就是利用讀者對 FBI 的好奇心，進而引發閱讀的興趣。比起傳統的書名，如《成功說話術》、《職場溝通力》等，這本書的書名絕對更為吸睛。

2 書籍的重點、賣點及亮點

這裡所指的是，作者希望傳達給讀者什麼樣的訊息、書籍具備什麼樣的話題性，或者作者認為什麼樣的人會想要買這本書。以《誰說現在學日文太晚》為例，這本書的作者是一位超過七十歲的老爺爺，由於目前市場上日語學習書籍過剩，經過編輯群的研議後，決定將此書定位為適合闔家

大小，不分年齡都能宅在家學好日文的書籍，以做出市場區隔，凸出書籍亮點。

3 作者介紹

在這部分可以概述作者姓名、筆名、頭銜、學經歷、專長、獲獎等，坊間有許多書的內容並不一定寫得特別好，但是由於作者擁有特殊的經歷，或曾經的豐功偉業（特別是與書的屬性相關者），而吸引讀者的目光。但如果經歷與書的屬性無關，只要能幫助營造作者「正面形象」，也都可放在作者簡介中。然而撰寫時必須遵守「簡單扼要」這項原則，切勿長篇大論寫成數千字的自傳。

4 內容單元與大綱

特別是列出書籍的目錄，因為這樣可以讓出版社更直觀地瞭解這本書的內容。如果要出版的是一本小說，那麼企畫書甚至需要附上「角色分析」，以讓出版社更加瞭解此書。

5 緣起、試讀內容

在企畫書中，作者可以簡單介紹是在什麼樣的原因之下，想要撰寫這本書，讓這本書多一點故事。而附上試讀內容的原因則是，一般出版社在評估此書是否值得出版時，並不會逐字閱讀整本書的內容，而是在閱讀完企畫書後，再抽閱部分內容仔細評估。所以提供試讀內容是非常重要的，且必須是作者認為最精彩、最吸引人的單元，以提高雀屏中選的機率。

6 工作進度表

若在投稿時，稿件尚未全數完成，必須告知出版社此書後續撰稿預計

進度，以利出版方掌控出版進度，也是在告知出版社——「我是一位有責任感的作者，選我就對了」。

7 行銷策略 STP

❖ S市場區隔（Segmentation）：有哪些類型的人可能會對本書感興趣。

❖ T選擇目標市場（Targeting）：本書對哪一個族群最有吸引力，並選定其作為主要目標。

❖ P市場定位（Positioning）：希望作品在讀者的心中具有何種定位。

　　總而言之，就是找出本書的目標讀者，並善加利用手中的相關行銷管道，如：自媒體、讀書會、公司行號等。以典藏閣出版社的輕小說為例，讀者群集中於十幾歲的女性。所以此類型書系的共同特性為——書中角色多依此屬性撰寫，主角設定必然是學生，故事內容多為奇幻風格，再配上很「萌」的插圖，而書籍的作者也大多為學生或剛畢業的社會新鮮人，也因此造就此類書籍成為年輕人閱讀的主流。

挑個好棒棒的選題吧！

　　準備寫書或正在動筆的準作家們，你是否問過自己：「這份文稿是我能盡情發揮的題材嗎？」如果答案為「是」，表示你對這個領域有興趣，且願意花時間和精力深入研究。如果找了個擅長發揮的題材，那連「寫」都變得簡單多了。但是，若答案為「否」，並發現自己才寫幾個段落就已經文思枯竭、熱情燃燒殆盡，那還是建議你盡快另闢蹊徑，或將題材融入自己所長之事吧！

　　事實上，每個人都有自己專精的領域，當然這並不僅止於職能上的專業。或許，你是位工程師，但卻對周遭生活的感知相當敏銳，即便只是平凡無奇的小事，你也能將其化為人生哲理，甚至是天馬行空地將它融入小說情節之中，洋洋灑灑地寫出來。而對環境的高敏感性，就是誘發寫作的特點，但要將它搭配什麼題材，就要結合自己的興趣所在了。這就好比一碗白飯，想要添加咖哩、滷肉或做成炒飯，端看個人喜好。

擬定選題的關鍵 3Q

　　正所謂「萬事起頭難」，尤其寫作就如同一場費時且浩大的工程。從一開始主題的設定、文章的架構脈絡，以及整體邏輯性等等，都要在還未執筆時就盡快擬定。其中，又以選題特別重要，它不僅關乎寫作的發揮，

更是讀者是否買單的關鍵。究竟要如何一直維持著熊熊燃燒的寫作熱情直到出版成書，甚至將訂定的題材極盡所能地發揮呢？以下提供幾個問題讓作者與自己對話，在問與答的過程中，抽絲剝繭地找出自己最擅長的舞台。

Q1 作者的興趣專長為何？

在設定主題之前，切記勿與自己的專長或興趣背道而馳，否則在寫作的過程中，不僅容易文思枯竭，且與自己的專擅不符時，也難取信於眾人。

在訂定選題時，應配合自身興趣及專長，充分運用累積多年的知識與經驗，發揮最大程度的優勢。更甚者，還能在寫作過程中，進一步延伸題材，豐富內容實用性，以提高內容的附加價值。

Q2 選題如何與時事結合？

許多抱持著出書熱情的人，都希望能將自己的經歷與知識，盡可能地分享給讀者們。但在此之餘，若能與當下時事結合，那便能深化賣點、提高銷量，並且更貼近大眾的生活與心境，與之產生共鳴。

例如典藏閣出版的《大明風華：明代史實全紀錄》，作者對於明朝的歷史與文化具有深入研究及濃厚興趣，又逢當時「大明風華」這齣戲劇紅遍海內外，討論聲浪不斷，勾起大家一探明朝史實的渴望，使得這本書得以順應時勢出版。甫一上市便銷出亮眼佳績，登上各大書店暢銷排行榜。由此可知，選題與時事的結合，得以讓書籍更具賣點。

Q3 選題與同質性書籍有何差別？

寫書就如同每個人在職場上的獨特性，如果選題稀鬆平常，便容易被其他「一點點不一樣的書」取代。因為在相同內容中，它可能多了點你所

沒有的內容，就因為這層差距，讓讀者的目光投向他書。

所以，在進行寫作時，必須培養敏銳的觀察力，感受周遭的事物、洞悉人性，盡其所能地運用自己的專業與經驗，給予大眾不一樣的震撼。讓讀者透過作者的文字表達而有所收穫，這就是其他書籍無法取代的。

藉由以上三道簡單提問，便可擬定自己最為適合的主題。這樣不僅能加速寫作進度，還可以使這本書的企畫更為完整、更具市場性。活泉書坊出版的《一按上菜！80道零失敗懶人電鍋料理》的作者簡秋萍，便是透過上述三道問題而誕生出這本再版不斷的長銷書。一本看似簡單的食譜書，究竟為什麼能對到廣大讀者的胃口呢？

其實，這位作者是一位廚藝了得且深受學員擁戴的烹飪老師。當初，她只是單純地想將自己多年來鑽研的食譜集結成書，分享給大眾。然而，這類型的主題稀鬆平常，著實很難在茫茫書海中找出一片天。

這時候，她開始問自己第一個問題——「興趣專長為何？」無庸置疑，當然是烹飪。雖說煎、煮、炒、炸對她來說，皆是輕而易舉之事，但在這豐富且多樣的料理世界來說，「電鍋料理」才是作者最有興趣的。也因此，她對於電鍋所能做出的菜色特別有心得。由此發展成一本食譜書，不僅對她來說得心應手，甚至還能因熱情而激盪出別出心裁的創意。

既然主題已經擬定，作者接著再問自己第二個問題——「選題如何與時事結合？」多數人認為：「食譜書不就是介紹食材與做法嗎？有時再多加個注意事項，該如何與時事結合呢？」但是，作者確實讓這本食譜書與當下的環境、趨勢融合了。這其實源自於作者常年觀察現代人的生活，她發現在外住宿與雙薪家庭的生活型態比例逐年增高，且現代人生活繁忙，複雜的烹飪過程並不適合他們。所以便從眾多電鍋料理中，選出最簡而易做的食譜，結合省時、零失敗的特點，解決現代人的「烹飪」煩惱。

最後——「選題與同質性書籍有何差別？」書店盡是琳瑯滿目的食譜

書籍，甚至還要與印上阿 X 師人像的書籍比拼，究竟需要添加什麼佐料才能增加這本書的獨特性呢？這時，作者想到「食材的保存方式」是教學時，學員們最常提的問題，便將其納入書中；也將「食材搭配宜忌」等主題結合在書中；更貼心地為茹素者開闢「奶蛋素」食譜，也就是說一道食譜，葷素皆可。

因此，《一按上菜！80 道零失敗懶人電鍋料理》便成功與其他食譜書做出區隔，作者盡其所能地展現自己的烹飪專長，結合當下懶人料理的趨勢，再搭配其他食譜所沒有的特點，最終在廣大書海中闖出一片藍天。

 ## 觀察力是選題的放大鏡

前述「擬定選題的關鍵 3Q」，有助於明確主題的特性，但若要讓書籍與其他出版品有明顯差異，就要發揮敏銳的觀察力了。看見他人所缺乏的，給予對方所需要的，以文字的力量、實用知識或親身經歷，打動讀者，進而悄悄深入對方的心靈。

一個選題的誕生，除了要根據自己擅長且能發揮的內容擬訂之外，若要增加選題的可讀性與共鳴性，就必須將觀察到的現況與選題融合。那實際上該怎麼做呢？

其實，「新聞」正是掌握時下潮流的發聲筒，將敏銳的觀察力延伸至新聞議題，藉由洞察新聞趨勢，找出當代各類族群的需求。若想企畫出叫好又叫座的暢銷書，其實就是要滿足社會需求，解決讀者內心深層的疑問與好奇。而觀察方法莫過於從和大眾息息相關的新聞著手，「新聞」本就是傳遞民間、政府，甚至是國際間最新訊息的即時管道，更是身為出版者絕不能錯過的選題參考來源。

當我們為了選題而研究時下議題或現象時，可以從兩方面入手——大

眾的心理層面、大眾的生活層面。這兩種切入選題的方向並非唯一方法，但是可以藉由這樣的方式，快速掌握讀者的需求。

1. 從大眾的心理層面著手

從新聞時事裡，我們很容易掌握現今大眾所煩惱、疑惑的問題，而順應這類潮流出版的書籍，往往因此大賣。例如探討基本薪資的議題，不僅引起民眾回響，更讓父母對孩子的未來感到擔憂。故站在出版社角度來看，這當然是一個熱門的議題，所以像是《我25歲，擺脫22K》、《你不會22K一輩子》、《對！我20幾歲，誰說我只能過22K的生活》等出版品，便如雨後春筍般冒出。

又好比媒體每隔一段時間便會評比各國人民的幸福指數，結果得出台灣位於中段班。這時，敏銳的出版者又會「借題發揮」，企畫一系列療癒、心理勵志等撫慰人心、提升心靈的書籍，期望藉由作者的經驗分享、溫暖語句的慰藉力量振奮大眾。

而這類出版選題也恰好命中當代人們的心靈缺口，所以此類主題書籍，大多容易獲得讀者青睞。例如療癒系插畫繪本《盡力就好！天塌下來又怎樣》、心靈散文集《放下，其實沒什麼大不了》，皆鼓勵大家以正面積極的心態面對任何問題，摒棄不必要的執念，解放心靈上的自由。以上兩本書的出版形式，前者為繪本，後者為散文，兩者雖形式不同，但主旨都是帶給人們心靈的啟發，期望提高讀者的幸福感。

由此可知，出版並非只有文字一種形式，假如你是一個繪者，亦可藉由文字與圖像的搭配，讓作品更具生命力；甚至甜點食譜也可與療癒文字相互輝映，讓人們在製作甜品的過程中充實心靈，在看到料理成品時獲得慰藉。出版形式並非僅限於文字，當你掌握社會脈動，抓住讀者胃口，也等於吸引了出版社的目光。善於從當前環境掌握人們心理層面的作者，可

將此與圖書創作選題融合，創造出人們「需要」的讀物。

2 從大眾的生活層面著手

　　如果作者能夠察覺多數人生活所面臨的難題，無疑地又為即將進行的創作，找到能確保讀者需求的途徑。也就是說，我們可以將選定的題材，融合大眾生活所需——即將題材更精確地瞄準生活時事，並試圖在作品中解決問題，那便可以讓書籍的主題更具吸引力。

　　「食品安全」的議題，一直以來都是熱門的話題。從塑化劑、毒澱粉、瘦肉精、人工香精到銅葉綠素等，甚至是我們常吃的雞塊裡沒有雞肉，而是一堆合成碎肉與黏著劑的產物，都讓民眾人心惶惶。因此，出版與「食品安全」相關的圖書，便可以獲得「魚幫水，水幫魚」的效應，意即藉著新聞的順風車，達到免費的宣傳效果。

　　當然，大眾生活議題五花八門，例如房價年年漲，年輕人如何在有限的收入下買房也成為選題的一個方向；或如國際平價服飾品牌盛行，在購買上的注意事項為何；另外，選題也可以放在不停修改的教育制度之隱患上。總之，所有大眾實際的生活困難，都能成為作者選題的先決條件。作者應多加留意社會脈動、民情輿論走向，只要是能解決讀者內心問題的書籍，滿足民眾的需要，都能大幅提高出版選題的成功機率。

議題 ING

　　找到大眾需求的切入點之後，選題還需要注意「變化」。當我們關注到讀者的可能需求時，還要能意識到這些需求和以往有什麼不同，如果能進一步推測這些需求在未來會有什麼改變，那也就可以順利預測未來的出版走向。這麼做的目的是為了確保創作出版之後，在短期內不會被淘汰，

可以長時間為讀者所需要，避免成為一閃即逝的出版品。所以選題時若能體察社會現象，對於作者來說就如同天降甘霖。

　　每個階段的社會發展都跟隨著科技的進步、生活型態的變化而有所不同，對應到寫作選題也是如此。早期為了拚經濟，可以發現大家一頭熱地努力工作，只為了養育兒女、尋求溫飽。然而如今卻截然不同，每個家庭的經濟趨於穩定，所以特別重視孩子的教育、心靈層面的提升，以及身體方面的健康。

　　以親子教養領域來說，以前是老大照書養、老二照豬養；但後來因為少子化的關係，每位父母都「望子成龍，望女成鳳」，開始注重孩子的健康、品格、智能等，甚至進一步延伸至懷孕期、幼兒 3 歲前的全能發展等。這對於專擅親子教養的作者來說，便產生了豐富且多元的主題可以發想。

　　抑或者在如今高離婚率的年代，對於單親孩子來說，如何能在離婚的父母之間取得心態、生活的平衡，是一大難題。故而《為什麼我有兩個家？》便打入單親家庭的市場，提供爸爸或媽媽獨自教育、輔導子女的關鍵。該書出版後便備受好評，成為單親爸媽的教養依據。

　　除了親子書，我們還能觀察到因為現代人工作忙碌的關係，「省時、簡便、快速」成為大眾追求的生活型態，由此延伸出許多書籍選題。例如，短時間上菜的食譜書《日日一叮出好菜！烤箱 × 微波爐萬能不失敗速成料理 100 道》、超速效提升記憶的工具書《超省時！1 秒同時記憶術》，都是出版者結合自身專業，順應社會現象所誕生的作品。

　　細心體察民眾需求、分析市場潮流變化，你就不再只是埋頭苦幹、寫出小眾作品；彈性融入現今趨勢與事件，一字一句點出大眾問題，並提出實際解決方案，不僅能豐富寫作內容，更可以讓出版議題貼近人心。

我的讀者群
是誰？

　　每個出版品項都會鎖定目標讀者群，如果想一次大小通吃，不僅容易模糊寫作焦點，更會讓這本書的風格、主題不明確，以致於不受讀者青睞。因此在決定寫作主軸的同時（或之前），必須設定目標讀者群，才能讓寫作定位更清楚。

　　城邦出版集團首席執行長何飛鵬，一生創辦無數雜誌，出版眾多暢銷好書，每當他推出新作品時，最重要的工作就是設定核心目標讀者群。大家都希望自己的書籍可以受到所有讀者喜愛，成為銷售亮眼、再版不斷的熱賣好書。但在撰寫選題大綱時，最重要的就是設立目標讀者群，如此才能幫助作者在寫作時，不會「順了姑意、逆了嫂意」。

 ## 拋下作家包袱，尋找你的目標讀者

　　許多作者常會將自己的想法寫進書中，但卻忘了目標讀者群渴望獲得哪些啟發與靈感，以致於內容無法打動人心。其實，在寫作之前，我們應該先卸下作者的身分、拋棄作者的包袱，實地觀察自己撰寫的領域究竟會有哪些客層，並深入瞭解他們的生活背景。

　　例如：

- ❖ 閱讀這一類型書籍的讀者是誰？（職業、年齡、性別、經濟狀況、興趣等）
- ❖ 這類讀者的生活習慣為何？
- ❖ 這類讀者的購買動機為何？
- ❖ 這類讀者喜歡哪一種寫作風格、美感元素？
- ❖ 這類讀者可能面臨什麼樣的難題？
- ❖ 對於這類讀者來說，哪些是陳腔濫調、哪些是新意？

如果作者希望自己的作品出版後有人看、有人買，那就應該將自己的出版品當成商品經營。商業化並非是壞事，畢竟身為作者就是因為與社會之間產生互動，所以才有了提筆的欲望。但這也不是鼓勵各位只寫讀者想看的東西，如腥羶色之事，而是應該找到作者理想與現實之間的平衡。而為了確實定位目標讀者，可以藉由以下方式，讓寫作定位更清楚。

1 走訪實體書店、搜尋網路書店

當你在書店閒逛時，可以觀察你正要撰寫的此類書籍之讀者特徵，分析哪一種選題、寫作風格、內容大綱容易切中他們的核心需求。又或者，也可以從各大網路書店的排行榜中，視察同質性書籍的銷售狀況，找出你的潛在讀者。書店通常會詳細區分書籍類型，例如生活風格（包含烹飪食譜、美容瘦身、DIY 手作、旅行遊記……）屬於輕鬆休閒主題，為貼近大眾生活的主題類型。假設以美容瘦身類分析，其讀者群多數為 25 歲以上之女性，所以內容可偏重此階段的客群；又例如心理勵志類書籍，讀者群囊括範圍較廣，男女比例均等，但主要年齡層還是可依作者設定的主題概括，如此才會較為準確。

2 讀者讀後感、名人推薦

　　除了觀察書店客群之外，也可上網觀看讀者的閱讀分享，還有相關部落客、KOL（Key Opinion Leader，關鍵意見領袖）、Youtuber 的推薦書籍，從這些讀後感想、名人推薦的蛛絲馬跡中，分析出潛在讀者的背景，進一步搜集、整理、歸納出這些網友們的特徵，他們可能就是你這本書的潛在讀者。此外，也可以參考讀後感，汲取他人書中的實用精華，補強、擴充自己的寫作內容。在精益求精下，使內容價值最大化。

　　只要是社交網站中高人氣的閱讀分享，都是選題時找出目標讀者的重要參考依據。因為這些網路交流平台可以觀察出哪些題材正熱門，有哪類網友正在追隨這些文章，所以可以在觀察後，精準嗅出未來選題趨勢，進而使寫作內容聚焦，讓你的著作對讀者而言是一本散發著獨特魅力的精選讀物。

Planning

書籍的鷹架：
目錄和架構

　　確定寫作方向之後，接著就要進入規劃一本書的重頭戲——目錄與架構。簡單來說，在確認了自己的寫作題目之後，便要開始建構這一本書應如何發展，包括前面的章節會有什麼樣的內容，而章節之間又應該如何銜接等。在下筆之前預先建立目錄，是為了讓書籍的寫作更具有執行力，並防止寫到一半跑題，或是難以收尾。當然，這樣的目錄及架構是暫時的，畢竟這是在寫作之前的預備工作，當真正開始寫作時，應再視情況調整目錄與架構。但若我們能在寫作前的企畫階段便完善目錄安排，就能減少寫作甚至是出版可能會遇到的阻礙。

　　那應該怎麼撰寫目錄呢？你可能覺得八字都沒一撇的書籍，就要開始構思完整的寫作架構，這簡直是一件難如登天的事情。但也正是因為如此，所以才要預先擬定架構。這樣至少能降低寫完一本書的難度，把原本難如登天之事，變成有可能攻克山頂的登山之旅。只要遵循以下五個步驟：「觀察趨勢」、「從目的思索選題」、「搜集資料」、「草擬目錄」、「立即行動」，你也能寫出屬於自己的書籍目錄架構。

觀察趨勢：市場需要什麼

　　除非你在某方面的專業已經到達一定程度，能充分掌握自己想要寫作

的題材，並且具備一定「說服力」。例如，國寶級麵包烘培師吳寶春、驚悚故事大師史蒂芬・金、兩性專家鄧惠文醫師⋯⋯，否則一般人都很難確立自己想要寫的主題與擅長書寫的專業領域之間，是否能達到一致水平。

　　如果想要確認自己寫作的題材適當，且避免冷門選題，或寫出單純為了滿足自己寫作欲望的內容，避免花了時間、心力出書後卻乏人問津的窘境，那就應該從時事與資訊下手，讓你快速找到寫作的絕佳切入點。身為作者，需要一雙雪亮的眼睛觀察趨勢，瞭解市場需要，才能為寫作選題打好有利基礎。而當我們在觀察當前社會趨勢時，由於資訊繁多，應以下列三個原則作為基準：

1 汲取可信的資料

　　資訊來源五花八門，有些可能出於個人臆測或加油添醋的消息。所以平時觀察的重點應擺在具有可信度的資料上，通常可參考官方公布的資訊，例如各大報刊雜誌、國內要聞與國際要聞、書店新書與暢銷書排行榜、人力銀行公開的台灣千大企業指標、政府單位提供之經濟和人口等各項統計數據。

2 以興趣作為目標

　　同樣地，各種領域範圍的資訊如潮水般，每日不停地往岸上襲來，我們不可能關注每一種領域的訊息，最好的方式是在資訊市場中，將目標鎖定在自己有興趣、最有可能持續關注的領域上。

3 專注兩個以下的主題

　　專注於固定焦點，最好將關注的主題類型設定在一至兩種之間，如果行有餘力，才將關注資訊類型往外拓展。因為關注的主題越多，便越容易

分心，所以請固定焦點，因為你沒有多餘的資源和時間可以浪費。

 ## 從目的思索選題：為了什麼而寫

在吸收了客觀的市場經驗作為選題的標準後，接下來，你要問自己一個很主觀的問題：「我想寫什麼？」而你的寫作目地可以幫助你決定**「你想寫什麼」**這個問題。不論你是為了成為專家中的專家、分享個人經驗、純粹賺版稅，甚至是改變世界，所有目的都可以幫助你找到屬於你自己的選題。

寫出一本書，並不像在網路上 PO 文那麼簡單，就算你每天在網路上發表近 1000 字的心情抒發，集結成 365 天的文字量，也還不足以「成為一本書」。因為你是「漫無目的」地發表。因此，思索出書想達成的「目的」，不僅能決定「你想寫什麼」，還能決定**「你該怎麼寫」**。

最常見的寫作目的有兩種，一是為了「成為專家中的專家」，二是為了「分享經驗」。以成為專家中的專家為目的者，就應該閱讀相關領域的市場訊息，找出自己在特定領域的優勢，並在書中不斷釋出與自己專業相關的經驗案例。但不一定要是成功的，因為人無完人，加入一點切身相關的失敗轉捩點會使書籍更具說服力。另外一種則是分享經驗，如果你覺得自己的經驗很值得與人分享，那出書就是最好的方式之一。你可以從「特定方面的經驗」與「擅長寫法」切入，決定你想寫什麼樣的主題，此即以分享經驗為目的者。

現在，你找到自己的寫作目的了嗎？

搜集資料：怎麼寫才能看起來「有實力」

一個好點子，可以作為出書的靈感，卻不足以作為完成一本書的保證。一本書的章節動輒三十篇到五十篇不等，試問：一個好點子或好觀念可以用三十種以上的方法重複書寫嗎？當然不行。所以，你需要的不只是「一個好點子」，你必須從「一個好點子」延伸出同類但相異的主題，才能確定你的書「不離題」且內容豐富紮實。

首先，投入你鎖定的「主題」，觀察市場、有方向性地蒐羅資料（而不是複製資料），或是累積「經驗筆記」；另外，在蒐集資料的同時，邊進行書寫。當你覺得已經累積三十到五十個相關主題時，因為在搜集資料的同時，你也正在寫書，所以這時你的書也已經完成得差不多了。

那應該搜集什麼樣的資料呢？我們寫書是為了給別人看（除非你根本不想出版），所以在搜集資料時應該注意讀者的需求，同時也要留意如何用這些資料打造作者的專業形象，讓作品更具吸引力與說服力。讓作品看起來更「有實力」的搜集資料三訣竅如下：

1 ／ 讀者想要「特別的」

如果你的觀點或作法與市面上的書籍大同小異，你可能就要面臨以作者知名與否來決定書籍是否銷售的命運。所以，就算是千篇一律的主題，也要想辦法找出吸引人的亮點，而且越多越好，減少書籍的被取代性。

2 ／ 讀者想要「專業的」

如果你目前還不是一位專家，沒關係，有很多方式可以讓自己看起來「像」一位專家。多多累積在專業領域上的閱讀，藉由旁徵博引的方式寫作，再加上自己的觀點陳述，那你看起來就會是一個「有做功課的」作家。其實，很多政治評論員也都不見得具有該領域專業，但他們能「說」得有

系統性、引人入勝、具話題性、打動人心，這就是非專業領域作家應該思考且學習的特長。

3 讀者想要「實用的」

有些作者在創作時比較天馬行空，且為了提高書中案例的可看性和戲劇性，會用比較誇張的筆觸書寫。如果這份專長放在文學類書籍，那確實能帶給讀者更多想像空間；但若放在非文學類作品，則會看起來太極端，反而很難說服讀者。所以，在書寫非文學類書籍時，故事與案例的引用應盡量貼近現實，並且在下筆前想一想：「這是否是多數人較容易遇到的狀況、問題？」或是「這類案例的運用是否對大多數讀者有啟發性？」思考這些問題，可以幫助作者盡量站在讀者的角度創作，自然可以寫出受用又深得人心的作品。

草擬目錄：如何建立一本書的骨幹

草擬目錄即確定書籍目錄的「章名」和「篇名」架構。首先針對書籍主題，訂定寫作的幾大方向（章名），接著再從大方向找出相對應的主題撰寫成篇。

這麼說可能有些抽象，以下舉個例子。例如《其實我們都受傷了》❶一書，，藉由此書瞭解各章（分類探討主題）與各篇（相關問題及方法）之間的關係。其書的核心主題是——「在關係中療癒傷痛，學習成長」，從這個主題中我們可以發展出哪些大方向問題呢？

第一章、論關係
第二章、療癒關係中受了傷的我和你

第三章、創造互為主體的關係

接著我們進一步思考，在每一個大方向的問題點，該如何向讀者說故事。可以循序漸進、也可以從不同角度證明……，而這位作者在「第二章、療癒關係中受了傷的我和你」中，這樣向讀者表達解決問題的方法：

在關係中，先看見自己的價值

在關係中，不是要做好人，而是要做真實的人

在關係中，先饒了自己

在關係中，先從自己改變

在關係中，要能安心

在關係中，表達與拒絕都是權利

在關係中，漸漸成熟

在關係中，分辨投射與指認出移情

在關係中，真誠承認脆弱

在關係中，放下防衛，停止攻擊

在關係中，停止當受害者，願意為自我負責

在以上例子中，作者以發展順序為步驟，將書籍主題中的大分類進一步切成一個個發展點，因此形成篇名。同理，當我們設定寫作主題後，便可以將主題不斷進行更細微的剖析，由此發展成完整的目錄。如果你還是對於建構自己的圖書目錄感到猶豫不決，那可以遵循以下三步驟完成最基本的目錄：

❖ 從主軸出發

❖ 分類探討主題

❖ 找出相關問題及方法

　　相反的，你也可以將搜集而來的資料，統整歸類為幾大面向（章名），由各篇文章向上整理成章的方式完成目錄，但仍要用上述三步驟，由大主題至小問題依序檢查章節之間是否關係緊密並且前後連結。不管是從主題往下切成各章各篇，還是由大量資料透過分類往上形成大篇章，「章名」和「篇名」所代表的內容都應方向明確，同時避免重複性太高，如此一來才能形成完整的目錄結構。

立即行動：如何讓文章第一眼就打動人心

　　如何讓你的文章第一眼就打動人心？這當然沒有一定的規則。順應不同類型，會衍生出不同文體，但基本上有架構可循，可以讓你的文章看起來更容易一眼切中核心。

　　首先，是一篇文章的大標（也稱作篇名），也就是這整篇文章的「作文題目」。再來，就是內文的陳述，也就是主文。不過，在內文中間，我們常常可以看到一些段落的重點下標，稱為「中標」。一般建議在文章中增加二～三個中標，可以幫助讀者一眼看到段落重點。另外，中標較適合放在「非文學類」的書籍中，至於「文學類」作品，為避免造成讀者在視覺意境上的阻礙，鮮少置入。此外，還有「特色提點」，這是在書中加入有別於他者的巧思設計，也是除了主文之外，作者需要額外整理、撰寫的部分，通常可以成為此書的銷售特色。

　　以上，從設定目錄的架構到主文的建構，如果作者能在企畫撰寫階段，就確實地建立好每篇文章的「骨架」，那接下來的問題，就只是該怎

麼把這些預先設定用文情並茂的文字填滿而已。

　　如果可以在出版企畫書中展現作者對於書中架構的設定，那就可以讓出版社更容易從企畫書中一目瞭然作者對於寫作本書的規劃，與書籍初步的形貌。因為不見得每個出版社的編輯都有時間將作者提供的書稿從頭讀到尾，如果相較於其他同時投稿的作者，你一開始就能提供一個架構清晰的書籍企畫，那不只是替自己未來的寫稿方式事先「定位」，更能讓接稿的編輯瞭解你是一位「具有執行方向與計畫」的作者。對於編輯而言，這樣的作者完成稿件的程度較高；看起來對出版流程略知一二的企畫書，也讓編輯更樂於與這樣方向明確的作者合作。

　　所以，在企畫階段，構思完整的書籍寫作架構並非專屬於編輯的責任（除非你已成為知名作家，編輯才有可能寫好選題請你執筆），反而是讓自己成為「出書」作者的第一步。如果能深切地掌握並做到這一點，你就替自己開啟了成為「作者」的第一扇門。

註

❶ 引自蘇絢慧《其實我們都受傷了》（寶瓶文化）。

五招寫出
一擊必中的文案

　　企畫階段中（尚未進入正式寫作）的書籍文案，並不是要為難作者在文章都還沒寫出來的情況下，就將宣傳書籍的文字準備好，而是為了向編輯或是其他人介紹自己「即將要寫什麼」。除此之外，作者也可以經由書寫介紹文案，進而思索「此書有什麼特色可以介紹」、「這會讓人印想深刻嗎」等問題，不斷完善寫作方向或是併發新的創意。

　　有本書的書名為《靠一行字就賣翻天》，想文案時最好也要本著這種雄心壯志發想。因為一本書的文案與特色，將是讀者給這本書的「唯一機會」。試問：如果讀者對介紹這本書的文案都不感興趣，那還會有多少人願意繼續往下看目錄呢？換位思考一下，你對市面上新書的耐性，就是讀者對你創作的耐性。

　　告訴你一個秘密，作為一位在出版界打滾多年的從業人員，筆者認為從一個人寫文案的能力，就可以看出此人對於文字的掌握力；再告訴你另外一個秘密，寫一本好看的書確實是需要一些天賦，但「寫文案」這一關卻是可以透過方法鍛鍊的。也許第一次寫出的文案總覺得有些不足，但若能循著以下「五大切入點」，相信一定能加強你撰寫文案的能力。

Tip 1 熱門時事

現在什麼話題最夯？那當然是目前最熱門的新聞或時事。透過媒體的大力傳播，人們對於新聞標題總有一定的關注。例如《超食用！抗病免疫力救命帖》的文案❶：

> 最強蔬果根莖葉求生飲食，抗流感、祛病毒、增強抵抗力！2002 年SARS、2009 年新型流感 H1N1、2012 年 MERS、2020 新型冠狀病毒Covid — 19（武漢肺炎）。最近幾年，越來越多隻疾病黑天鵝迎面而來，還有頻繁而至的禽流感、腸病毒、各種流感，你招架得住嗎？面對這些醫院沒有疫苗、人體沒有抗體、醫生束手無策的疾病，我們無法倚靠外界，只能向內尋求自體免疫力！

此書文案連結病毒疾病的話題，掌握讀者的危機感，給予讀者一個解方，使文案兼具流行元素和必需性。可見出版的議題如能與時事連結，往往可以抓住讀者的眼球。此外，因為新聞專欄版面的限制，即使談到一個能夠引起大家關注的話題也無法深入探討。所以，文案應抓住時事的話題性，並且利用讀者想一探究竟的心理；或用新聞關鍵字帶入文案，引發讀者對此議題衍生的好奇心，進而引起消費者的關注。但要特別注意時事的時效性，出書時間不宜與時事曝光的時間相隔太久。另外，撰寫文案時，對於新聞關鍵字與文案間的連結應自然合宜，避免牽強附會。

Tip 2 解決問題

這本書可以幫助讀者達成什麼樣的效果？面對生活的各種層面，大家多少都會面臨許多問題或難題，如果能從這個方面切入文案，就可以順利

引起讀者的共鳴。例如《零極限：創造健康、平靜與財富的夏威夷療法》的文案❷：

> 四句話，就能解決所有問題？讓心處於「零」的狀態，一切就會順
> 利？這聽起來很扯？卻有效得驚人？

此文案以解決問題作為書寫重心，明白告訴讀者這本書可以解決什麼樣的問題，讓人覺得言之有物。這類型的文案可以從人們心中苦思不得其解的問題切入，因為作者瞭解多數人的「病灶」，便能對症下藥抓住多數人想尋求解決之道的心理。亦能因為作品以「幫助讀者解決問題」為主要訴求，進而加強作者在消費者眼中的專業形象。

Tip 3 顛覆常識

直接看範例，《愛，不需要忠誠？！》的文案❸：

> 不偷吃，關係就會圓滿嗎？統計數字顯示，沒這回事！

這類文案挑出我們認為從來不是問題的問題，重新給予讀者新觀念，藉由「顛覆常識」讓讀者感到吃驚，進而被文案所吸引。原來我們一直以為正確的未必正確！人們或多或少都會被灌輸一些「聽起來很有道理，實際上卻毫無邏輯」的理論，但卻不自知。其實，許多理論所追求的目標、道德標準根本是針對「完人」設計的，卻不見得受用於多數人，甚至會因為無法達成而衍生更多挫敗感。此時，替「人性」找出路的書籍文案，反而能引起讀者興趣，當然也容易被放進購物清單中。

Tip 4 移花接木

　　難以下手寫文案，有時候可能是因為你一時找不到更有力的語句替作品背書。這時，巧用各類型的廣告文案進行融合，替自己做個腦力激盪就是很好的做法。

　　如果你覺得你的書籍訴求專業，那就可以參考相關議題的專業統計數據或實驗報告，濃縮其結論精華作為文案開頭；如果你希望書籍訴求感性，那就可以尋找耳熟能詳的廣告台詞作為文案的關鍵字。例如《原子習慣：細微改變帶來巨大成就的實證法則》的文案❹：

> 每天都進步 1%，一年後，你會進步 37 倍；每天都退步 1%，一年後，你會弱化到趨近於 0！你的一點小改變、一個好習慣，將會產生複利效應，如滾雪球般，為你帶來豐碩的人生成果！

　　只要有了一個開頭或片段的文字，相信會比無中生有寫文案更為順手，而且還可以順利將讀者對這些專業數據、打動人心廣告詞的印象，藉由文案編寫轉嫁到這本書。

Tip 5 拋出問題

　　這一招有兩種用法，一是在文案中提出一些人們未曾思考過，但作者認為應該反思的問題。用問題幫助人們找出心中一直忽略，但確實存在的病因，讓讀者透過文案的提醒深入思考，也可以使讀者感受到這本書助其探討心裡深層一直不察的問題。

　　二是相對於「解決問題」的「提出問題」，即在文案提出「每個人心中都會有的疑問」。這樣便能在視覺上先抓住人們的目光，再讓讀者進一

步思考「那我也有這類問題該怎麼辦」，最後想一窺書中提供的解答。例如《不開火搞定一日三餐》的文案❺：

> 身為社畜的你，因為工作忙碌，所以三餐總是在外嗎？身為北漂青年的你，因為租屋，所以無法隨意開伙嗎？身為廚房殺手的你，就算害怕食安問題，還是無法進出廚房嗎？——閃燒杯、美食鍋，超萬能的二合一料理神器，讓你輕鬆煮出健康美味的平價三餐！

以多數人的疑惑為問題，聚焦讀者共鳴，使這本書成為所有人都需要的書。如果在撰寫書籍介紹文案時，能達到這樣的目標，那這就是一篇能令人怦然心動的文案了。

註

❶ 引自賴鎮源《超食用！抗病免疫力救命帖》（活泉書坊出版）。

❷ 引自喬・維泰利、伊賀列卡拉・修・藍博士《零極限：創造健康、平靜與財富的夏威夷療法》（方智出版）。

❸ 引自霍爾格・連特、麗莎・費雪巴赫《愛，不需要忠誠？！》（新星球出版）。

❹ 引自詹姆斯・克利爾《原子習慣：細微改變帶來巨大成就的實證法則》（方智出版）。

❺ 張涵茵《不開火搞定一日三餐：閃燒杯 x 美食鍋的 94 道省時省力省錢一人料理》（活泉書坊出版）。

書名決勝取法 6 Tips

當我們看到市面上那些再刷不斷的暢銷書時，往往會有一種感覺——這書名取得真好啊！

其實，你也可以創造出具有暢銷書潛力的書名，只要將心中預想好的書名，透過以下決勝技巧稍加修飾轉化，你也可以在書名方面，一次就與編輯達成共識。書名是一本書的靈魂之窗，取對書名，就打開了與讀者對話的大門。

Tip 1 響亮好記

其實取書名不必太拘泥於文字遊戲，反而應該像廣告詞一般口語，利用朗朗上口的句子，讓人一眼就瞭解這本書的訴求是什麼，使人留下清晰的印象。所以，尋找書名可從人們最常用的口語句型、普遍存在於人們心中的問句、廣告詞、經典歌名與歌詞作為發想。這類書名比較貼近生活，因此會讓讀者感覺——這本書的論點或方法好像跟我的生活有關而且很有趣，因而產生購買的慾望。不過這類書名不宜太長，以避免影響其印象深刻的效果。

Tip 2 引人共鳴

此方法大多用在較感性、軟性的書籍，還有文學小說類有時也可以使用。最好從這本書出版的初衷發想，尋找最能觸動讀者心理的本質，再用訴諸情感的文詞創造書名。例如《盡力就好，天塌下來又怎樣！》、《如果人生可以重來》，讓書名就像遇到人生低潮時，親人好友一句窩心的鼓勵，使文案一句話就打進讀者的心坎裡，最終順利進入暢銷與長銷書之列。

Tip 3 市場取經

如果你真的不知道該取什麼樣的書名比較合適，到網路書店或實體書店逛一圈是很受用的方法。除了可以觀察暢銷書排行榜之外，為了避免書名太流於跟風，也可以多觀察同類別或不同類別書名的組成方式；有時，雜誌、報紙專欄、網路媒體的下標也很有可看性。注意那些吸睛的關鍵字，再構思該如何將它們與本書主旨結合，最後就可以組成一個最適合本書又具有一定市場基礎的暢銷書名。

Tip 4 好奇心理

一本書常能帶給讀者不同的視野與全新的觀點，所以如果可以在書名上引起大部分讀者想一探究竟的好奇心，那這本書就有更多曝光的機會。例如《有錢人想的和你不一樣》，就揪出人們對「為什麼有些人這麼有錢」的好奇心，還有《為什麼有錢人都用長皮夾？》，都是利用現今人們想破頭也無法得知的問題發想，並強調問題的尖銳面來下標書名，藉以替一心尋求「Q&A」的廣大讀者找到解答的入口。

🔦5 簡潔有力

　　據統計，一部賣座的電影名稱字數最好不要少於兩個字，也不要多於七個字，最好以四個字為佳。我們在取書名時也可應用類似原理，特別是當你想表達這本書的方法有多淺顯易懂、多麼好用時，配上簡單有力的書名，更能顯其一言以蔽之的風格。例如《斷捨離》、《零地點》、《永遠的 0》。我們在面對問題時，往往想尋求最簡單、最快速的解決方法，因此，「簡短」的書名關鍵字，不必花太多時間理解，而且能使人人都記得住，自然容易成為讀者注目的焦點。

🔦6 成功見證

　　將成功見證的資料運用在書名上，就如同將推薦人頭銜與姓名放在書封的作用一樣，都是直接告訴讀者──這是一本「一試見效」的書。例如《一周腰瘦 10 公分的神奇骨盤枕：超過 180 萬人見證，5 分鐘搞定，還可提臀豐胸》，不論書名、副標都清楚點出其一周見效的特質。誰會嫌 180 萬人的推薦太多呢？所以即使會因此把書名的字數變多，成功見證的書名依然像是一劑強心針，在極其相似的眾多書名中，瞬間抓住讀者的一顆心。

從作者履歷
打造潛力新星

替一位菜鳥作家撰寫一份看起來具有個人特色又能強調專業能力的作者簡歷，總是讓所有撰寫人和編輯如臨大敵。因為某部分初次出書的作家根本沒有漂亮的背景和學經歷，該如何讓其作者簡介看起來具有「專家般的光彩」呢？

其實，只要人生在世就一定會擁有專業經驗，我們要做的是把專業形象變深、變廣，善用邏輯組裝專業背景，並且加以修飾或調整，就能為作者履歷增添耀人的光彩。

履歷建構進行式

❖ 你是哪一類的作者？筆名？照片？——作品定位

❖ 你擁有哪一種（專業）頭銜？——作者頭銜

❖ 你擁有哪些（專業）經驗？——凸顯專業

❖ 為什麼同類型作者中，你更具有說服力？——添加特色

❖ 為什麼讀者需要這本書？——與書連結

❖ 在哪裡可以找到你？你的支持度如何？——曝光人氣

根據以上建構履歷的步驟，再對照以下知名暢銷書作家的作者介紹，相信你就能瞭解並清楚抓住箇中奧妙了。

村上春樹的履歷簡表

作者定位	小說家
作者頭銜	日本 1980 年代的文學旗手
凸顯專業	第一部作品《聽風的歌》，獲得日本群像新人獎。 《挪威的森林》在日本暢銷四百萬冊，引起「村上現象」。 2009 年 2 月，村上春樹領取耶路撒冷文學獎時表示：「如果這裡有堅固高大的牆，有撞牆即破的蛋，我經常會站在蛋這邊。」
添加特色	村上春樹的作品寫作風格洋溢著歐美作家的輕盈基調，少有日本戰後陰鬱沉重的文字氣息。被稱作第一個純正的「二戰後時期作家」。
與書連結	著有《世界末日與冷酷異境》、《國境之南，太陽之西》、《海邊的卡夫卡》、《1Q84》、《沒有色彩的多崎作和他的巡禮之年》、《刺殺騎士團長》等作品。

J.K. 羅琳的履歷簡表

作者定位	小說家
作者頭銜	史上最暢銷書籍之一的作者
凸顯專業	小說家、電影編劇及製片人，代表作為《哈利波特》系列。 《哈利波特》暢銷全球，熱賣超過 4 億本，成為史上最暢銷的書籍之一；其同名改編電影也成為史上票房收入最高的電影之一。

添加特色	人生宛如灰姑娘故事，在短短 5 年內從接受政府濟助的貧窮單親媽媽成為富有的暢銷作家。 1990 年，當她在一班從曼徹斯特開往倫敦的誤點列車上想到《哈利波特》小說靈感時，她是國際特赦組織的研究員兼雙語秘書。撰寫《哈利波特：神秘的魔法石》期間，羅琳經歷貧窮、母親過世與離婚，最終在 1997 年出版《哈利波特》系列小說的第一本。
與書連結	《哈利波特》系列。

經由以上步驟，我們可以建構出專屬於自己的作者創作履歷。透過問自己「憑什麼寫這本書」，並回答寫作理由而完成作者個人履歷簡表。既然稱之為簡表，就表示你還可以依據簡表加以延伸，例如「我與這個主題的淵源」、「平時如何充實自己」等。但是只要能把握以上建構履歷的六個主軸，就能向讀者或編輯展示——我是個深具潛力的作者！

有許多作者認為自己沒有那麼偉大，因此讓履歷看起來過分簡單。但是，其實**只要與書籍主題相關的所有故事，都可以拿來說上一說**，千萬不要小看自己，要對自己有足夠的信心。另外，建議各位在撰寫作者履歷時切勿埋頭苦幹、一個人苦思冥想，最好多多請教親朋好友的建議。若只是一人孤軍奮戰，便很容易掉進迷思的迴圈中。例如，他人稱讚你的一句話——「擁有與表象不符的細膩神經、一位用新印象文字打動所有人的女孩」，也可以成為圖書企畫中，支持作者創作理由的說明。

詢問與你日常相處的朋友親人，他們或許能告訴你一些被你自己忽略的個人形象，進而找到撰寫作者介紹的全新出發點。為了避免頭髮想得花白卻還擠不出墨汁，現在就起身尋找自己的過往記憶資訊，或是聽一聽別人的想法吧！

一定要
熱賣的決心

這年頭，素人作家想靠出版一本新書就獲得讀者青睞而大賣的機會，真的是少之又少，再加上若沒有行銷企畫的推波助瀾，便很難在大型出版集團的重點新書或是知名作家的最新力作中殺出重圍。至少，沒有行銷活動的推廣，書店相關的採購通路根本不會願意下單訂購、幫忙推動書籍，讀者也就沒有機會在書店看見你的作品。可想而知，這樣的銷量絕對令人擔心，而且就算有行銷企畫的幫助，這本書也不見得就會大賣、熱銷。但以現今的通路生態以及讀者接受資訊的模式來看，唯有量身打造的行銷企畫才有可能吸引目標讀者的注意，近而飆出銷售佳績。

因此，在一開始就**設計能提高書籍銷量的行銷企畫**，也就是熱賣藍圖，便是向編輯或出版社說明這是一本能賣的書，說服他們盡快採納你的出書計畫；同時也預設書籍的銷售，免得作者寫出不能賣的內容，到頭來只能捶胸頓足（除非你是純粹為了紀念而出版）。儘管計畫總是趕不上變化，但有了計畫才能有效執行。在一份提高書籍銷量的行銷企畫之下，你將占有成為暢銷書作家的先機。

近年來，實體書店的經營模式改變，以存貨周轉率❶和坪效❷衡量新書的陳列方式。因此，有大筆行銷預算或首刷量驚人的出版社，自然成為實體書店優先考慮合作的對象，至於沒有行銷規劃或是沒沒無聞的素人作家，就只能被晾在書架上。

然而，在這個資訊爆炸的世代，消費者的目光經常被各種大量媒體資訊所充斥，唯有適時適當地運用並操作這些資源，善用行銷工具為自己的作品加持，才有可能成為書市上的一匹黑馬。千萬別相信讀者的慧眼自然會幫助圖書宣傳、購買等這類一廂情願的說法。

既然行銷企畫如此重要，那為自己的書量身打造一份專屬的行銷活動，便是素人作家不可不學的課題。在台灣有很多可以寫作、出書的機會，出版社每天接收到大量投稿，該如何讓他們在茫茫書稿裡選中你的作品，進而出版成冊呢？這就是每位素人作家都一定要掌握的關鍵了。尤其是當你尚未有知名度時，透過這樣的行銷操作，既可以在新書投稿時讓出版社瞭解你，還可以在新書介紹時讓書店採購認識你，最後在書籍出版時讓普羅大眾購買這本書。

而在設計行銷企畫時，有兩件事情必須先交代清楚——**書籍的賣點、作者願意配合的行銷活動**。當你把這些事情都交代清楚後，這才算是一份「有價值」的行銷企畫書。

 ## 書籍的賣點

首先，在撰寫行銷企畫前，必須先瞭解這本書籍的核心價值，也就是書籍的「賣點」。

賣點是書籍所具有的、作者所表現的、出版社所需求的三線交集之點，是影響讀者購買意願最有力的因素。瞭解自己的書與其他同類書籍的不同之處，便能找出屬於自己的獨特賣點，然後讓出版社印象深刻、讓主編點頭願意出版、讓各販售通路採購下單，最後讓消費者願意放入購物清單中。賣點是書籍銷售鏈中的生死環節，也是交易成功的決定因素，唯有將書籍的賣點準確地傳達給讀者，打動消費者使其接受，如此一來，你所

做的一切才不至於徒勞無益。

有很多作者會一股腦地向出版社羅列自己書籍的優點，但其實這是不正確的。一本書固然有很多賣點，但只需將核心賣點告知出版社即可。所謂「核心賣點」不是我們自己認定的，而是針對不同出版社或讀者，強調對方最關心的特點並連結其需求。作者需要不斷地發掘，並賦予書籍新的理念和活力，將書籍的獨特之處帶給讀者，找到自己這本書在書市上的定位。其實找到核心賣點並不困難，但建議主要賣點最多不能超過三個。此外，賣點的介紹應盡量簡明扼要、通俗易懂。賣點就是能夠牽引讀者情緒、黏住讀者眼球、激發讀者想像力，進而創造出「我渴望讀眼前這本書」的念頭，那就對了。

現在，我們已經知道書籍的賣點對於說服出版社來說，是非常重要的。那麼一本書的賣點究竟該如何挖掘呢？

1 精準想像目標讀者

寫作是一種對話的形式，在對話之前，必須先找到傾聽的對象。同理，在寫書之前，也應該先在腦中形繪這本書的目標讀者，不僅是簡單的男性、女性，最好能夠定位出具體樣貌，例如社經地位、生活習慣、興趣、消費模式等，從這些定位中，找出最能引起這個族群共鳴與關注的話題、寫作手法與價值觀，他們崇拜誰、願意聽誰說的話、看誰寫的書。只要事先做好定位的功課，對目標讀者深入剖析，順著他們的特性適當處理、撰寫吸引他們目光的文字，就能精準打中目標讀者。

這項工作看似煞費苦心，但得到的報酬絕對比亂槍打鳥來得大。因為只要能夠精準打中目標讀者的心、吸引他們購買，除了獲得基本銷售量外，還能夠透過這些人的口耳相傳，讓書籍好評逐漸遠播，接觸到預期之外的讀者。市面上許多書籍找人寫序或掛名推薦的原因也在於此，就是希

望可以掌握目標讀者的心。

2 拉開錢包的那隻手

　　書的行銷就是抓住書籍的賣點大肆強調，也就是宣傳這本書的核心價值，但應避免長篇大論，利用強而有力的文字，通常只要寥寥數字就足夠。賣點在精不在多，且要避免敝帚自珍，必須宣傳書籍最重要的價值、最能觸動目標讀者內心的部分。最好是一提到這個賣點，就可以讓讀者毫不猶豫地掏出錢包。

　　書籍可以強調的賣點相當多樣，無論是作者本人（若作者為該領域知名人物）、獨特主題、寫作特色、裝幀方式，只要能抓住讀者眼光，就是有效的賣點。如果不知道自己書籍的賣點為何，作者可以先問自己幾個問題：「我會不會買這本書？為什麼而買？」、「同類書這麼多，為什麼要買這本？」、「買了這本書，能夠帶給我什麼收穫？」這些問題如果連你自己都回答不出來，那表示這本書還不具有在市場上生存的能力與價值。如果你心中已經有了答案，那只要把答案化為文字並呈現在封面文案上，就能輕鬆成功抓住目標讀者。

3 小題大作、炒熱氣氛

　　所謂小題大作，就是將寫作選題的價值無限擴大。你可以試著找出書中最精彩的句子或是一段話（最好與流行議題或公共事件有所掛鉤），即核心意識，然後沿著這個核心往外拓展延伸。那其所表現的圖書企畫文案不僅能搭上潮流順風車，同時可與書籍核心價值緊密相扣，將一個小小的選題轉化為具有深度與廣度的概念。

　　如果即將進行的著作與國外翻譯作品有所關聯（例如內容的延伸作品、翻譯書），則可以強調原著於它國的銷售成績、得獎紀錄或讀者好評，

使自己的作品獲得強勁背書。而與近代熱門劇集或電影相關的書籍選題，更是可以藉此切入，作為書籍企畫的核心賣點。

4 知彼知彼，百戰百勝

絕對要時時觀察別人的書籍，尤其是與自己企畫作品同類型的競爭對手。此步驟的目的便是進行有效分析，將他人的著作和自己的構想（或初步內容）相比較，特別是針對排行榜上的圖書找出其優點及缺失。在全盤瞭解後，便能將他人的成功元素化為己用，而缺漏之處則能轉為己之特色，由此成為企畫書中的賣點。

以上四種方式並無執行上的先後次序，已找到的賣點也不是堅不可摧。隨著書稿接近完成時，核心賣點與行銷企畫應逐漸趨於完整。而什麼樣的行銷企畫才是好的，其實並無定論，但切忌天馬行空與大擺滿漢全席，唯有切合該書的特質與量身打造，才能發揮加乘的效果。而一份有價值的行銷企畫也不是堅若磐石，適時調整與改進，才能使書籍的銷售狀況跟著提升。

其實，你的故事多麼精彩或多麼無趣並不是那麼重要，你的梗是新是舊也不要太在意，重要的是有沒有完整地將其表達出來。現在是一個光會寫書也無法換來長銷熱賣的時代，市場上值得一讀的好書太多，然而讀者的預算與時間有限，因此只能根據最常在他面前曝光，或是新書平台與排行榜上的那些資訊去挑選幾本有興趣的閱讀。在此建議素人作家一定要多花些資源在行銷推廣新書上，好好地對市場（出版社、書店採購、消費者）介紹，將書籍的賣點送到目標讀者面前，讓更多有需要的讀者買回家讀，你的出版計畫才算成功。

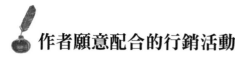

作者願意配合的行銷活動

談到這裡，相信你的腦中應該已經知道該如何構思自己的核心賣點了，但是只有這些還不夠。當你寫出嘔心瀝血之作後，終極目的當然是希望出版後能獲得社會大眾的青睞，因此除了凸顯書籍內容的豐富度與獨特性外，還要盡可能爭取更多曝光機會，才能讓更多人看到這本書、認識作者，進而掏出荷包購買，最終成為忠實粉絲。

接下來，筆者將介紹幾種常見的書籍曝光行銷活動，盡情地把它寫入你的行銷計畫吧！

1 社群媒體

作者平時就可以透過各式各樣的社群媒體，累積自己的人氣和專業度，在書籍出版時，便可以藉由平常的累積免費幫自己宣傳。因此最好常常更新個人動態與新書資訊，甚至可以直接將書籍的部分內容製作成大家感興趣、容易轉發分享的貼文，更能引起注意與討論。

網路行銷快速且即時，並有 4I 原則：**趣味（Interesting）、利益（Interests）、互動（Interaction）、個性化（Individuality）**。作者平時應用心經營自己的社群媒體，且文章不能太枯燥、太官方，如果沒有趣味，那貼文就沒有人願意轉發；如果沒有粉絲轉發或按讚人數太少，那也就失去網路行銷的效果了。建議多發布一些你的粉絲群感興趣且能從中獲利的資訊，例如某位身為地理老師的作者，他就經常在社群媒體發布一些新聞時事與颱風動態，此即考慮粉絲利益、考慮目標用戶群的想法，如此一來，粉絲才會死忠支持。

網路互動性強，若有人對你的理念或想法感興趣並發送評論，就形成了互動，而互動是作者與粉絲建立關係的重要動作，當有粉絲提出問題時，一定要盡快回覆。還有，網路平台上的個人頁面就如同個性化的標籤

或名片，應表現出作者的個性和特點，才會引起大家的關注或共鳴，進而達到網路行銷的效果。

2 網站書評

　　台灣幾個較大型的網路書店，都有提供消費者撰寫書評的機制。對於習慣網路購物的買家而言，由於看不到實體書的內容，因此若有人掛保證推薦時，至少可以增加他將書籍放入購物清單的欲望。

3 新書發表會或簽書會

　　透過與讀者面對面、近距離接觸，直接分享作者自己的創作理念與寫作風格，再加上事前的宣傳廣告、群聚效應，便很容易引發話題，形成購書風潮。

4 新書預購贈品

　　對於一個素人作家而言，讓書店同意預訂大量書籍進入店內擺放的機會並不高。因此可以透過預購新書送贈品的方式刺激銷量，如此一來，既可以提前讓新書曝光，也可以抓住一些基本客群。

　　必須注意的是，預購的贈品應盡量是具有收藏價值或與書籍有關之物品，才能有加乘效果，像是最常見的特製書籤、包裹書籍用的書衣、美容美髮試用包等等。且隨書附贈的贈品多半是限量的，如此才能吸引消費者購買。另外，附有贈品的書籍擺在書店平台上時，通常能獲得較大的陳列面積，增加書籍在人們眼中的存在感，也更容易被拿走至櫃台結帳。

5 文宣海報

　　透過在書店裡重複曝光，讓消費者記住該書或品牌，即使當下還沒有

購買的需求，但只要未來有消費行為發生時，便能夠優先從腦海中有印象的商品挑選。

新書期限有多長？促銷作用能持續多久？這是每位作者和出版社都非常關心的話題，眾人皆深怕新書一過蜜月期，就被束之高閣、永不見天日。那究竟該如何延續好不容易建立的主題熱潮，讓書店繼續保持陳列的意願，進而轉進各式各樣不同的通路，增加更多曝光機會呢？售後服務就顯得非常重要。圖書也是商品，作者應加強與讀者的交流、回覆讀者的提問，並根據意見調整行銷策略。當你正在企畫下一部作品時，甚至可以先進行民調，抓緊這些樁腳的胃口，拓展讀者版圖。

在行銷企畫中，作者應盡可能預設可行的宣傳計畫，包括作者自己能夠提供的資源，並強調可以配合的程度。只要能表現出作者對行銷計畫的深入研究，和百分之百的配合意願，那在提高書籍銷售量的行銷企畫方面，就成功一半了。

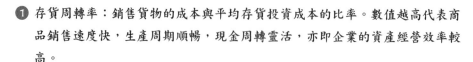

❶ 存貨周轉率：銷售貨物的成本與平均存貨投資成本的比率。數值越高代表商品銷售速度快，生產周期順暢，現金周轉靈活，亦即企業的資產經營效率較高。

❷ 坪效：每坪面積可以產出的營業額，也就是營業額與專櫃所占總坪數的比率。

以市場分析
找出書籍價值

　　在出書企畫中，除了設計能提高書籍銷量的行銷計畫之外，還要**用市場分析證明你的寫作主題具有市場性**。也就是在企畫書裡，說明選題的市場原因，說服企畫閱讀者——這是一本符合大眾需求的圖書。最有優勢的市場分析，就是善用新聞趨勢及各大書店的暢銷排行榜，陳述你的選題是如何符合潮流，而自己的創作與榜上有名的暢銷書有哪些共同特點，又有哪些獨樹一幟的特色。

　　超級暢銷書的首要特點，就是兼具娛樂性還有教育性。作者可以透過生動易懂的文筆或插圖進行描述，讓廣大讀者在輕鬆愉快的閱讀過程中，還能吸收新的知識，最好是讓他感興趣的議題與疑問都能獲得解答。

　　此外，超級暢銷書的主題必須非常明確、集中，最好能簡要地以一句話概括。一方面便於銷售時的介紹，使出版方容易將書中的概念傳達給消費者；另一方面也有利於消費者於購書之後進一步推廣，通常主題明確的書一旦有了好口碑，就能一傳百、百傳萬。

　　然而，並非每個人都有非常優秀的文筆與編稿能力可以寫出這樣的鉅著，甚至素人作家因為名氣與寫作實力尚未受到肯定，而在投稿路上關卡重重。我們可以透過對閱讀市場的分析，瞭解現階段讀者的喜好與追求目標，進而調整自己寫稿的角度與用詞，如此一來，不論你所端出的是山珍海味或是清粥小菜，都有機會登上檯面。

撰寫出版企畫最重要的，就是要將對閱讀市場的觀察與分析，清楚地呈現在企畫書中。不必長篇大論，只要羅列出具體理由，便能使人認同作者寫書的「必要」原因。基本上，找出選題動機中**服務大眾的元素**，即能定位出此書籍的市場價值。試問自己：「**讀者可以從我寫的這本書得到什麼？**」再將答案加以說明，就是一份有內容、有目標的市場分析了。

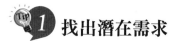 **找出潛在需求**

敏銳的作者必須嗅出市場的流行趨勢，找出消費者隱藏的潛在需求，再將之轉換成文字或圖像創作。讓消費者一看到作品時，便能夠馬上引起共鳴，勾起他最底層的潛在需求，進而轉化成購買動機並完成購買行為。

綜觀非文學類暢銷書，幾乎都是填滿人們心靈需求、解決生活焦慮的話題書，這樣的定律亙古不變。因此，只要作者越能掌握時代脈動、解讀社會現象、發掘眼下普羅大眾的需求，甚至從當前時代推估未來流行走向，便可創作出不退潮流的作品。

近年來，關於養生排毒與健身美容的書籍一直高居暢銷排行榜，主因是當經濟達到一定水平後，便渴望追求更有品質的生活，且相關不肖廠商使用食品添加劑的新聞一再出現，促使消費者更注重吃的安全。另外，像是提升自我能力的語言學習書，亦反映當前社會注重個人能力的需求。雖然語言書早已不是什麼新鮮的圖書類型，但隨著時代演進，大家所關注與需要的東西也有些許不同，例如近來因廉價航空崛起，打工度假與背包客自助旅行的實用語言書就在市場上熱銷。總而言之，作者在創作時，不一定要有創新的論述或內容，但一定要貼近消費者的需求，切入他們內心最深層的焦慮與最迫切得到的答案，進而提出有效且大膽的解決方法。那就算這本書已是老生常談，還是有機會成為極具潛力的暢銷書。

Tip 2 挑選出書時機

　　上述所提的是迎合大眾口味的出版方式，另外，異業結合在圖書出版中也容易異軍突起。例如當前熱播的戲劇節目、電影主題，或是當下名人猝逝、竄紅等，都可以成為出版寫作的題材。但是，這一種書籍的編撰稿速度就必須跟時間賽跑，必須在媒體與社會大眾還在關注此議題時，盡快推出作品，才能搭上免費宣傳的順風車。

　　另外，在搶出這些時機型出版品時，千萬不要傻傻地將電視劇劇本或情節寫入書中，這樣一定會觸犯相關智慧財產權。建議可將手邊已有的資料進行調整，適時加入與劇情相關的連結或影射，像是曾經紅極一時的宮廷大戲《甄環傳》，當時就有七年級生依此寫出《后宮甄環傳教我的80件事》，作者將劇裡的對白融合自己的見解，整理歸納出關於人生、職場、愛情的哲理。此書的內容與戲劇有多少關聯已不是那麼重要，重點是它已成為熱賣暢銷書。

　　還有，當社會發生重大事件時，也是個很好發揮的議題。例如日本發生311超級大地震時，除了因為海嘯造成慘烈傷亡外，亦造成福島核電廠事故，引發世界各國關心核電廠的安全問題，因此在災後也陸續出了好幾本探討核電風險的專書。而台灣教育的重大改革——十二年國教的實施，也因為政策搖擺不定，促使家長與學生徬徨不安，各種討論與反彈的聲浪四起。或是支持、建議、反對的專書都一一出版成冊，無非是希望在這重大的時代變革中，發揮監督政府施政的角色。

　　最重要的是，不論你選擇什麼樣的時機出版作品，一定要快速且精準，才能吸引社會大眾的關注目光。即使寫作內容只是與熱門話題些微掛鉤，也能在出版企畫中利用此優勢擴大成為書籍亮點。只要花點巧思或創意，搭上潮流的列車，便能為作品在市場分析中取得亮眼表現。

Planning

　　如果要在出書企畫中展現你是一位**值得投資的作者**，最好的辦法就是把「創作」當成事業經營。即表明你不是一書終結者（一生只寫一本書），而是還有其他寫作主題正在發想，或有其他寫作計畫正在進行。

　　什麼樣的人最適合成為作家呢？別以為問題的答案就是一般認定的——具有天賦才華、擅長說故事、對創作充滿熱忱、具有高尚的人格等。知名作家倪采青曾說，作家之路如果有公式的話，大概會是這個樣子：

> 作家 ≠ 天分＋努力
> 作家 ＝ 創作欲＋毅力（堅持到底的努力）

　　在麥爾坎・葛拉威爾的《異數：超凡與平凡的界線在哪裡？》中，作者提出「一萬小時定律」，認為若想練就某一項頂尖技藝，至少要經過一萬小時的練習，即使是大眾認為需要靠天分的創意行業，也需要孜孜不倦地練習。因此，創意、毅力、創作欲與精益求精的精神，才是滋養持續不斷寫作的養分，特別是在文字通貨膨脹的時代，從事寫作工作，要不就是才情特別優秀，要不就是特別努力，再不然就得多工並進（同時從事多種寫作主題），才不會有腸枯思竭、三分鐘熱度的窘境。

　　而想要發展自己出版事業的作者，就一定要為自己的出版計畫建立起

屬於自己的書系。什麼是書系呢？相信大家都有逛百貨公司的經驗，百貨業者通常會將相同類型的櫃位或客群安排在同一樓層，以便營造出規模經濟的群聚效應。這樣無非是希望各樓層風格一致，也讓各消費族群在屬於自己的天地裡，盡情比較選購。若以百貨公司比擬出版作品，獨具風格的各樓層好比書系，樓層裡的專櫃則像是單書，單書與書系之間，既有從屬關係又不失其風格，不僅能和其他單書相互搭配，以拉抬聲勢，又可以在書系之間，凸顯出自己的特色，是非常值得推廣的一種出版概念。因此建議有心發展出版事業的作家，一定要建立屬於自己的百貨版圖。

　　然而，縱使營業額再好的百貨公司，也有比較賺錢與比較不賺錢的櫃位，就像好的書系中必有超強熱賣暢銷書、優質長銷書，當然也有冷門庫存一堆的書，一來一往至少得損益兩平，或者偶賺偶賠，才能經營下去，否則只好撤櫃離開。如今的文字工作者，光懂得創作的分內之事還不夠，還必須懂得營生之道；也就是既能持續寫出好作品賣錢養活自己，還要懂得行銷自己，替自己接工作、開拓異業結盟、管理帳務和稅務、管理自己的時間、經營個人品牌、經營社交媒體、發展粉絲群……，成為文商雙全的全方位文字工作者，逐步擴大寫作事業，才有可能在競爭激烈的書市中取得一席之地。

Planning

千里馬的伯樂

每一個人的專長，都應適得其所，在正確的位置上盡情發揮。當然，每一份作者完稿的成品，也應找到屬於該領域的出版社，以提高投稿成功率。若作品內容是在談行銷技巧，就不應該投到健康養生的出版社，亂槍打鳥地投稿，便容易讓你的稿件石沉大海。

既然要在投稿之前**找到符合出版屬性的出版社**，那該如何瞭解哪家出版社專門出版什麼屬性的書籍呢？其實在逛書店時，從書店所陳列的書種就可以看出端倪。若仔細觀察，每家出版社都會有其專注出版的品項，可能是商管類、語言類、文學類、養生類……。再細究之，以養生類書籍來說，有的出版社專出飲食養身書，有的則專出運動養身書。找出符合自身作品屬性的出版社，投稿成功機率也會相應提高。

現在讓我們來看一些例子（僅供參考），以更深入瞭解各出版社的出版類型定位：

❖ 親子教養：活泉書坊、天下文化、遠流、如何……
❖ 文學經典：典藏閣、皇冠、獨步文化、聯經、印刻……
❖ 商業財經：創見文化、商業周刊、方智、大寫……
❖ 語言學習：知識工場、國際學村、不求人文化……
❖ 心理勵志：啟思出版、高寶、三采、寶瓶……

至於該如何聯繫出版社呢？透過網路搜尋是最快的方式，在網路上通常能找到出版社的聯絡方式。另外也可以在書的最後一頁或前面的第二頁找到此書的版權頁，版權頁上會列出出版社的地址、電話、Email 等聯絡方式，甚至能看到這本書負責的編輯以及主編。而在尋找適合的出版社時，則可以從以下幾點參考。

❖ 至書店翻閱出版同性質書籍的出版社，並記下他們的聯絡方式。

❖ 若有認識出版同業，可詢問各家風評。

❖ 選擇與自己理念、性質相近者，合作會更加愉快。

❖ 附有行銷資源的出版社，通常能擴大書籍曝光率，使新書擁有極佳的宣傳效果，可納為合作考量的要點之一。

　　此外，在投稿時也要注意，不是將完整稿件寄過去即可。因出版社處理的文稿眾多，有時趕起書來，審稿的主編們是無法仔細閱覽作者稿件的。所以應盡量準備完整的企畫書，包含選題大綱、內容概要、本書特色、篇章試閱、自我介紹、聯絡方式等，讓編輯能快速瞭解你的出書構想，這樣的成功機率將比用大量文稿塞爆編輯信箱來得大，而這就是一份好企畫的重要。

　　李靖有紅拂女，而在慧眼之下盡顯英雄本色；駿馬有伯樂，故能適得其所而馳騁千里；作者也需要遇到好的出版社，著作才能順利出版、被展示在書店中。如果出版社不來找你，那你就主動去找出版社。在評估自己的創作類型後，完善自己的出書企畫書，然後開始你的出版之路吧！

「一本書要十幾萬字，我真的有辦法做到嗎？」嘿！儘管寫本書並不容易，但已經有了寫作企畫的你，只要跟著務實的寫作技法設定主軸，並耐心描繪細節，便能順利地演出一場動人的故事。

Part 2

WritingI

寫作技巧實戰力

搜尋寫作素材
讓無感變有感

不寫手癢，很想創作的你，是否也曾思考過一個問題：「到底寫什麼東西能實現寫作的夢想，又能獲得讀者青睞呢？」書最重要的是有人看，若是僅能孤芳自賞的文字，那只需要出現在日記本裡，而不是一本書上。既然要出書，第一個要思考的就是如何出一本暢銷書——至少是，獲得一定讀者群搶購的書。

暢銷書其實並非奇蹟，而是有跡可尋。百萬暢銷好書通常有四大特點——**具原創性、淺顯易懂、感染力強、與眾不同**。雖然不可能每一本書都暢銷百萬，但把握這些特點就有機會成為書市中的大黑馬。上述特點中的其中兩個——具原創性、與眾不同，重點都是**要跟別人不一樣**。如果你的書想跟別人不一樣，就要在企畫階段做好準備，搜集資料、新聞、情報時，和別人有不同的眼光。但總不能憑空想像，應先試著瞭解市面上的暢銷書究竟是怎麼一回事，再來構思具有個人特色的書籍。

例如，鴻漸文化歷年來的暢銷書，賣點皆來自一開始具有絕佳創意的企畫。像是《早知道就這樣學修辭》，這是一本引導中小學生愛上修辭的輕鬆自學書。作者獨創分析格（將句子拆散的表格），將漂亮的句子拆開，再放進表格裡分析，讓讀者輕鬆掌握修辭用法。

還有一本國高中學生間最火熱搶手的《名師開講中外歷史小事典》，獨創將中外歷史 4000 年分為兩欄對照，上方置放當年大事，下方描述細

部事件以及年代。由於此設計在參考書市上獨一無二，學生也因為其有趣的內容，畢業後不會拿去當成廢紙變賣，因此銷路奇佳，不斷改版暢銷。

打造三合一模式

回到一開始的思考點——**到底要如何讓自己的書「有人看」呢**？有一個最快捷的方法，就是將書放到眾人眼睛正在專注的地方。社會上流行什麼、新聞最熱門的話題是什麼、全世界人都在談論的電影是什麼，就出版這方面議題的書。

但不要誤會，這絕對不是要你盲目追求新聞話題與流行，那反而會疲於奔命，最重要的是結合作者的興趣。如果這個流行議題恰好符合你的寫作興趣，那麼恭喜你可以開始創作了。

寫書是場非常辛苦的長期抗戰，如果沒有足夠的覺悟，非常容易半途而廢，因此寫一本書最好速戰速決。而如果你想快速完成一本書，又不想從零開始筆耕，最好先審視一下手邊有沒有現成可以用來改寫或參考的資料稿件。綜上所述，要尋找自己的寫作素材可以從三方面審視：**想出書的類型、當前最夯議題、個人現成稿件**。

筆者對歷史非常感興趣，平時讀歷史時極愛寫筆記。筆者也一直在找機會出版最有興趣的歷史類相關書籍，2009 年，適逢國民政府來台 60 週年，也是中共建國 60 年。抓到這個機會，筆者翻出一疊髒髒亂亂的中國近代史筆記，企畫出《風起雲湧一九四九》。

這本書特別的地方在於，用右手翻，是以國民黨觀點訴說的 1949，由於是國民黨立場，所以會出現剿滅共黨、悲

痛的大陸淪陷等字眼；用左手翻，也是 1949 的歷史故事，但觀點完全不同，因為是採用共產黨的立場所寫，因此會有新中國成立了、中國人民從此站起來了等熱血沸騰的吶喊敘述。

另外，當時書店最暢銷的書籍是《大江大海一九四九》，每賣出 10 本《大江大海一九四九》，放在它旁邊的《風起雲湧一九四九》就會賣出一本，締造 10：1 的傳奇銷售率，這就是緊搭熱門話題創造的銷售奇蹟。

後來筆者再次使用同樣的模式，在導演魏德聖開拍《賽德克‧巴萊》期間，翻出台灣史筆記寫成一本《賽德克巴萊──史實全紀錄》。這本書除了重新整理 1930 年在台灣發生的大事──霧社事件，對「賽德克巴萊」這個文化概念進行充分解讀外，更介紹了台灣原住民各族的特色，甚至指引讀者前往霧社事件遺址的路線，可以說是一本「瞭解電影《賽德克‧巴萊》及台灣歷史」的最佳工具書。最後成功在電影上映前推出，並再刷五次成為暢銷書。

爾後，筆者套用這個模式，持續出版了《都鐸王朝──英國史實全紀錄》、《蘭陵王與陸貞傳奇──大動盪的魏晉南北朝史》、《大明風華──明代史實全紀錄》等書，都可說是這套「三合一模式」的最佳範例。

操作前人的鉅獻

創作的人最常遇到的狀況就是靈感缺席，想要寫書時靈感通常不在家。因此，「抓住靈感」便成為搜尋素材和寫作過程中非常重要的元素。首先，我們必須承認一個事實──創意很難有百分之百，每本書絕大部分都是站在前人肩膀上發揮創意。

例如村上春樹的暢銷小說《1Q84》，就完美運用英國作家喬治‧歐威爾寫於 1949 年的小說《1984》中，諷刺極權主義者的概念。獨裁

者在《1984》裡是 big brother；在《1Q84》裡則變成具宗教性的 little people。9 的日文發音近似於 Q，作者以 1Q84 代表另一個時空，不僅有創意，更與經典文學《1984》綁在一起。

而曾經暢銷全球的《不要和鯊魚接吻，但要和勇氣睡覺》，作者諾艾兒則是站在美國第 32 任總統富蘭克林的夫人（主導起草聯合國「世界人權宣言」者）埃麗諾・羅斯福肩膀上創作。埃麗諾留給世界許多名言錦句，其中有一句深深撼動作者諾艾兒的生命：「相信任何人都能靠著『做自己害怕的事』來克服恐懼。」所以她身體力行，用 29 歲這一年的 365 天，每天挑戰一件自己恐懼的事。諾艾兒詳實記錄實踐每一件自己所害怕事情的完整過程，也時時談到她的精神偶像埃麗諾。這本書雖然只是她 29 歲那一年的日記，卻因為使用名人埃麗諾的故事、佳句整體規劃包裝，讓此書的魅力加總百倍。

就連曾經榮獲世界奇幻文學獎、耶路撒冷文學獎的村上春樹，都是站在巨人肩膀創作。因此，千萬不要閉門造車，想想可以怎麼操作前人的鉅獻吧！

尋找利基

「明定寫作計畫，每天完成一章，每週交稿並與編輯展開討論…」以上理想的寫作型態在世界上幾乎不存在。或許極少部分意志力堅定的專職作家可以做到，但若你屬於「素人作家」行列，恐怕還是必須有個保險措施，以免長期陷在拖稿地獄中爬行。

這個措施因人而異，但根據多產作家的經驗，最好可以結合你的生活利基。前面提到的暢銷書《名師開講中外歷史小事典》，作者葉施平是位相當搶手、忙碌的補教界名師。由於時常處於課程滿堂的狀態，要找到完

整的時間寫作，可謂相當困難。

　　但作者平常便有將教學結合寫作的好習慣，早已建立了中國史、世界史、台灣史、題目、年表等資料庫，在備課同時，他還順手整理歸類各項考情趨勢、歷史大事。因此，每隔一段時間必定可以「整理」出一本書，而非從頭開始「寫」一本書。

　　如果你是一位想出書的業務，不妨平時就將與顧客對話的筆記打字、整理、分類；如果你想出一本網拍教學的書籍，便可以在平常實作中，將工作過程一一拍攝下來，以備將來寫書出版用。以上僅限非文學類的創作書籍，如果你是想書寫散文、小說或自傳，那麼還是必須展開與意志力的奮戰，每日進行創作。

寫作前的鋼架：
題材、主題
題旨、大綱

02

　　想要立即進入寫作階段，最好的方法就是盡快確立「你要寫什麼」——即大綱，最好是大綱的細緻程度已足以展示一書的變化與發展。也可以說，在架構大綱的同時，你就已經進入寫作了（因為會開始有一些片段的文字書寫）。一個好的大綱是已經具備題材、主題與題旨，也就是確定這本書的背景，知道要在哪些內容內發展將要產生的文字，以及到底想要傳達什麼訊息給讀者。在掌握一本書應有的原則之後，在草稿之初便能將這本書清楚定型，且幫助作者邏輯更加清晰，避免出現不知所云的內容，當然就會讓文字內容更順利的產生。

劃定寫作界線：題材在哪裡

　　當你在逛書店時，看到《零地點》，內容有關台灣發生核爆之後的小說；另外一本是《茶經》，敘述有關泡茶的技藝，你會先拿起哪一本呢？大部分人會選擇前者。這並非是哪一本書比較好的問題，而是多數人的興趣會落在科幻小說上，這就是選擇題材不同所表現的落差。例如英國小說家蘇菲・金索拉因為《購物狂的異想世界》一戰成名，但在此本書出版之前，作者其他以輕度犯罪為題材的創作都石沉大海，在閱讀市場上杳無音訊，造成如此差距的很大原因就是，時尚題材比較能吸引大眾目光。

可見題材與讀者要不要從書架上拿起書、出版社編輯要不要採用此出書企畫，兩者之間關係密切。更甚者，書籍題材也會影響作者的發揮範圍、書籍類型、書名選擇等等，題材可謂一本書的地基，究竟要從哪裡作為一本書的起點，必須交由作者和他選擇的題材決定。總之，能不能得到「被」閱讀的機會，就要靠題材所引起的注意力了。

那確切來說，究竟什麼是題材呢？

具體說來，題材是指作者可以圍繞著發揮及回應的一個範圍，猶如繪畫有畫紙作為邊界，寫作也有底板——題材，以免文字內容鬆散、漫無邊際。例如想要寫一本《教你成為廣告文案高手》，那題材就是與廣告文案有關的各種大小事；若作品是《我在印度遇見奇蹟》，那便以書寫在印度的旅程為範圍，如果寫如何從台灣搭飛機到印度，便是超過題材範圍，對讀者來說，這樣的作品會看起來雜亂無章。比較特別的是，散文集類型的著作通常沒有固定的題材範圍，但在同一個篇章內還是存在題材原則，想要撰寫散文的作者必須特別注意。

1 設定多個題材

多個題材的好處便是掌握更多吸引讀者的機會，也就是內容涉及層面變廣，潛在讀者族群類型自然增多。如果你對於使用各種題材都運用自如的話，那你的書籍將會有相當多讀者，再經由不同層面的讀者分享感想，便能達到很好的宣傳效果。

但現今出版環境競爭激烈，要把一個題材處理得當，除了自身既有的知識外，收集充分的相關資料更是不可少的必修課，如此一來才有可能在「一大群」作者中脫穎而出。所以，設定多個題材的弊端就是，作者是否真的有時間搜集資料並吸收？如果對每個題材的認識都不夠深，會不會造成內容各個面向皆不突出呢？因此，作者應該在評估自己的時間與能力之

後，再決定應該使用多題材或單一題材。

2 鎖定特定題材

多數作者還是選擇藉由一、兩個題材發揮，因為這樣較容易掌握，自然也就能夠寫出品質優良的內容。但是不論是多題材還是單一題材，記得不要將題材範圍訂得太窄，免得在書寫時畫地自限、處處碰壁。

3 題材選擇 4Q

❖ 走進書店看看暢銷書都選了哪些題材。

❖ 究竟要告訴讀者什麼？

❖ 這些題材我可以完全駕馭嗎？

❖ 選擇的題材會讓書籍內容更加出色嗎？

如果能達到以上四項要求，那你對題材的選擇就已經八九不離十了。若是希望能讓更多讀者翻閱你的書籍，當然應盡量避免使用平凡無奇的題材。舉例來說，一本書寫女主角在校園裡發生的愛情故事，一本書寫女主角在核戰爆發後的地球重遇親手埋葬的未婚夫，哪一本會讓人比較想翻閱呢？當然是後者。這並非希望作者迎合大眾口味、媚俗逢迎，只是這樣比較容易引發他人一探究竟的欲望罷了。

當然，也有把普通題材處理地淋漓盡致的例子，《那些年，我們一起追的女孩》就運用一個常見的青春校園愛情故事，抓住一千大眾的胃，這便是考驗作者文字魅力的時候了。

所以，選一個熱門不敗款的題材會比較輕鬆嗎？答案是不一定，因為若沒有花時間功夫經營文字，即使題材挑得再好也不會成功。正如前面所

提及的，這是一個全民皆可為作者的時代，大部分題材一定是前人已經使用過的。該如何在不斷與時俱進的特定題材內脫穎而出，便是作者必須思考的一大難題。

　　第一種方式是搶在別人寫書之前出書，但這需要擁有比別人更多的資訊管道，同時也要能洞察先機。第二種方式是使內容別出心裁，也就是相比於其他人擁有更新穎的見解，能讓文章具有別人模仿不來的深度內涵。相對地，這種書寫方式也會消耗比較多寫作時間，且需要依賴作者平常對周圍的觀察，再加上自身經驗累積，否則慢工也出不了細活，完稿將變成遙遙無期的一件事。作者應該審視自己的需求與能力，挑選一種最適合自己的題材開始寫作，如此才能既不落俗套又符合大眾口味。

　　一本書最重要的部分在於「內容」，若選擇一個不是很在行的題材，便容易弄巧成拙。為了讓自己既能掌握題材的運用，同時兼顧讀者市場，那就應該從自己有興趣的項目中選擇題材進行調整，或者融入一些流行元素，這就是對題材最好的處理方式了。

確定寫作主軸：心臟般的主題

　　為題材找出背後的意義，這個抽象的概念就是「主題」。主題就像書籍的中心枝幹，而每一個篇章和每個文字都會依循著主題生長，寫作時若沒有一個中心主題，那就猶如大樹沒有枝幹，只能攤倒在地。有了明確的主題，就像有人為你畫好了標靶，能明確知道哪些是落在紅圈之內，而哪些是散落在標靶之外。寫作時將書寫的目標瞄準靶心，便得以使全書更具整體性。

　　明確來說，主題（Theme）是切入文章的觀點，它代表作者思想、理念的深度表達，也決定書籍是否能給人留下鮮明印象。以上一節題材內容

的說明舉例，《教你成為廣告文案高手》這本書用到的題材是與廣告有關的各種大小事，主題則是——成為文案高手的要訣；《我在印度遇見奇蹟》這本書的題材是在印度的旅程，主題則是——心靈的富足。如果你還是覺得對題材、主題的概念感到模糊，以下再舉一些實際例子：

> ❖《傾城之戀》題材——抗戰時期的香港與上海。
> 　　　　　　　主題——愛情、傳統文化與時代的衝擊。
> ❖《駱駝祥子》題材——舊中國大城市北平。
> 　　　　　　　主題——大城市中的邊緣人物。
> ❖《秘密》題材——各行各業成功人士的故事。
> 　　　　　　主題——吸引力法則、正向思考。

　　起初，一般人想寫一本書的時候，可能只有一個發想、一則觀念、一些經驗渴望分享給更多人，但這樣由思緒拼湊起來的東西也許對作者深具意義，但對讀者來說卻是零散無關聯、十分難以理解的內容。到底該怎麼做呢？筆者建議可用以下表格為自己的作品找到主題。

目的	鎖定題材	找出主題
填寫	我想寫一本 ＿＿＿＿＿ 的書	這本書有關 ＿＿＿＿＿
範例1	我想寫一本如何賺錢的書	這本書有關用人脈賺錢
範例2	我想寫一本核能的書	這本書有關核能危機後的人倫悲劇
範例3	我想寫一本自己愛情的書	這本書有關愛情中的等待

　　如果沒有主題，那書籍的內容看起來又會是怎樣呢？以《我在印度遇見奇蹟》一書來說，某人為這這本書草擬目錄如下：

❖ 行李不見了才開始旅程

❖ 關於印度河的故事

❖ 遇見一個一無所有的印度少女

❖ 寶萊塢電影場景再現

❖ 印度大師的通靈能力

❖ 泰姬瑪哈陵

❖ 香料的奧秘

❖ 遊子的思鄉情懷

❖ 夢裡、生活裡的濕婆神

❖ 每一瞬間都是冥想

你可以觀察出這樣的書籍主題混亂，內容也不明確，無法讓讀者一目了然。也就是說，這一本書好像看不出重點在哪裡。但如果以「心靈的富足」為書籍主題，就可以直接拿筆留下：

❖ 遇見一個一無所有的印度少女

❖ 夢裡、生活裡的濕婆神

❖ 每一瞬間都是冥想

在確定主題後，再針對使作者心靈富足的旅程故事加以補充，就能在主題明確的前提之下，完成前後統一、主旨連貫的作品了。

這麼做不僅是為了使讀者清晰感受作者傳達的資訊，也能使作者在寫作當下，更明白自己生產每一個字的目的，從而完成一個能從頭到尾皆能吸引他人閱讀的作品。

主題的存在為文章撐起枝幹，書有主題就像國家有執政者一樣，若沒

有主題則諸侯各自為政，一篇篇段落各自往各自的方向去。旁人看到這樣的情形就會覺得混亂，即使作者寫得再用心，讀者也一下就失去了閱讀的興趣。而「主題」會讓書中的王國得到妥善管理，哪些內容對書籍運轉不易，就把它剔除，應該增加哪些內容使書籍更加完整，也就非常容易思考了。因此，為了避免作品散亂不堪，作者應事先設定好主題，即具備修整文章的工具，這除了可以使書籍內容呈現整體性之外，還能引發讀者甚至是作者更深層的思考。

最終寫作結論：是否具備題旨

「看完電影《風起》，那關於夢想與時代的衝突，真令我無法忘懷那悵然若失之感。」「我買了《三分鐘自診自療穴位圖解全書》，3分鐘就可以診療自己真的很棒。」

為什麼我們會對某樣創作留下深刻的印象呢？那是因為創作內容言之有物，而這「言之有物」的來源就是題旨。當作者有真切的想法要傳達給讀者時，就能讓作品在一片花花綠綠的世界中與讀者取得連結，不管讀者喜歡與否都會記得曾有這樣的創作。

那麼題旨是什麼呢？若主題是切入的方向，那題旨就是被切重的重點。換句話說，題旨就是幫主題下一個結論、定下一個中心思想。如果少了題旨只有主題，那書籍內容就只有鋼架，而缺少靈魂。例如某本書的主題是貧窮與富有的衝突，然後全書點到為止，那讀者為什麼要看這本書呢？貧窮與富有的衝突不過是一個常見的現象或議題而已。因此便需要題旨讓文章可以被聚焦，也是作者表達最終關鍵結論的方式。

題旨是整本書的靈魂、最震撼的部分，通常代表作者對世界的感悟、見解，或對世界的評價等。經過題材和主題的選定，作者就能以此為中心

點，向讀者喊出那句最重要的主旨，即為將要寫的這個故事或內容定下結論。從下方舉出的例子中，可以更瞭解題旨與主題的關係，以及它所扮演的角色地位。

❖ 主題——這本書與用人脈賺錢有關。
　　題旨——用人脈賺錢不但快，而且無年齡限制。
❖ 主題——這本書與愛情中的等待有關。
　　題旨——等待愛情最終又在愛情中等待，唯有拋開期待才能從循環中解脫。

某些人對於所生活的世界深有感觸，所以可以在下筆之前就決定好要表達的題旨，但也有某些人儘管知道自己要寫一個「關於……」的作品，卻對於要表達的結論只有模糊的概念。其實在寫作開始前，對於題旨只有一點朦朧的想法，就滿懷熱情地投入文字中，也是一種很好的寫作方式。因為一個朦朧的題旨概念（但不代表主題方向是模糊的）表示作者的創作聯想可以伸展的更遠更廣，下筆時也比較不會束手束腳，可以在寫作過程中獲得更多靈感。隨著文字的進行，作者對於中心題旨的感受也會越來越強烈，核心要旨便會漸漸浮出水面，接著再由確立的題旨回頭對之前的文字內容進行修改，那麼就能完成有主題、有題旨、有深度、有記憶點的一本書了。

所以，還沒有辦法明確說出自己作品題旨的作者，不必為此裹足不前，趕快拿起筆或打開電腦維持寫作熱情，並在書寫中逐步抓出題旨輪廓吧！當你能用言語或文字表達出「這個作品其實是在說……」之後，再用已經明晰的題旨修改前面的內容，並且增加或刪減可以讓題旨更為突出的情節，就可以完成一部好作品了。

一部作品可以有多個題旨嗎？當然可以，只要這些題旨彼此之間仍有關聯。因為作者在選擇出主要發揮主題後，可能同時還有其他不同主題也在其筆墨之下，只是著墨較少，故而就會產生多個題旨。例如《懂得人都不說破的攻心冷讀術》，全書的題旨有「觀察對方的外表與行為，有利於取得對方信任」、「留下好印象以走入對方的內心」、「適度的討好能使對方接受你」，但它們都指向「透過判斷可以獲得信任而取得主導權」這個最終結論。或如《羊毛記》全書的題旨有「對真相的渴望使人願意犧牲生命」、「權力會讓人漸漸喪失良知」、「生活條件較為貧乏的人們對於環境變化更富警覺心」，而這些概念又都依附著「人民會覺醒然後挑戰權威」這最高、最核心的題旨發展。多題旨是很常見的現象，只要在這些題旨之上還有一個中心題旨，就能將所有內容緊緊扣住。

「題旨」是作者的立場、是對書籍主題的結論，也是文章中最核心的概念，它會讓你設定的主題具有意義，同時也可以運用題旨讓書籍擁有獨特的個人色彩。因此作者在確定題旨時，最好能具備不同於他人觀點的特色，才能讓你的作品稍稍浮出水面，而不是海裡的一粒沙。

 ## 有計畫的動筆：大綱與草稿

到底要不要寫草稿呢？很多人一定有這樣的疑問。這麼想好了，大多數人每天自創產生的文字約不到一千，而一本書的文字量必須在七萬甚至十萬字以上的事，在沒有將大量文字創作化為習以為常之前，這是一項非常浩大的工程。如果只是想到什麼就寫什麼，可能很快就會遇到滯留不前的情況，更常見的是寫到後面忘記前面，於是產生前後矛盾的窘境。

寫書就像是一件精緻的雕刻，除了感性的靈感，更需要理性的邏輯連貫發展，若在毫無計畫之下動筆，實在很難將結尾收好。時常作者寫到一

半斷筆了，就是因為靈感居無定所、飄忽不定，所以無法持續寫作；或是因為下筆前沒有大綱與草稿，於是寫著寫著頭尾相隔越來越遠，最後竟不知如何收尾。因此，大綱和草稿便扮演著重要的角色。它們可以幫助作者釐清思路、建立架構，猶如一塊巨型看板，時刻提醒作者應該掌握核心要旨。有時遇到寫作瓶頸時，拿起草稿端詳一番，也許還能靈光一閃呢！

那麼又會有人問，該怎麼寫草稿呢？其實，這並沒有固定的方式，有人習慣用電腦、手機操作，有人喜歡使用紙筆，總而言之請使用你最能隨意書寫的工具。這是一個沒有辦法一下就完成的步驟，常常需要塗塗改改，請給你的草稿過程多一些耐心，因為草稿做得越完整，之後在書寫時所遇到的阻礙就越少。以下用《打造自動賺錢機器》❶說明：

- ✥ 網路，讓所有人都能擁抱大商機
- ✥ 搞懂 SEO，讓你訂單接不完
- ✥ 區塊鏈，新技術創造大商機
- ✥ 修練文案，輕鬆寫出銷售力
- ✥ 一站式流程，讓客戶自動找上門
- ✥ 網銷事業，人人都能開始
- ✥ 抖音和 IG，抓住趨勢、掌握商機

接下來從大綱之下延伸細項，也就是列出在每個大標題裡，你要向讀者表達的內容是什麼。以下為初步草稿：

1　網路，讓所有人都能擁抱大商機

❖ 何謂網路行銷？

❖ 你具備互聯網思維了嗎？

❖ 網路，使消費者成為主導者

❖ 網路，改變消費模式

2　搞懂 SEO，讓你訂單接不完

❖ 網銷的秘密：SEO

❖ SEO 前置作業：網站架設

❖ 是自架網站還是使用開店平台服務好？

　　以上便是草稿的進行過程，如果你是一個習慣詳細規劃的作者，還可以再進一步將草稿寫得更為深入，例如寫上事件、人物、關鍵詞，甚至也可以是一大段文字，或者也可以畫上表示關係的箭頭。總之草稿是很彈性的，即使別人看不懂，只要作者自己瞭解就可以了。

　　以下為進一步的草稿示範：

1　網路，讓所有人都能擁抱大商機

❖ 何謂網路行銷？定義、起源、現況、未來發展。

❖ 你具備互聯網思維了嗎？思維模式、該如何具備、優點缺點。

❖ 網路，使消費者成為主導者：理解此現況、如何因應、如何改變
　銷售方式。

❖ 網路，改變消費模式：同上。

2　搞懂 SEO，讓你訂單接不完

❖ 網銷的秘密：SEO 的定義、起源、現況、未來發展。

❖ SEO 前置作業：網站架設，如何操作、有何優勢、應不應該操作。

❖ 是自架網站還是使用開店平台服務好？比較兩者優點與缺點，提供作者觀點。

當寫出比較仔細的草稿時，除了可以讓你的作品更有結構之外，還會讓你的思維具體化。就像把腦袋裡的東西先倒出來，才可以再放進去更多東西一樣。而且讓想要表達的事情「視覺化」，便能有更多的精力思考如何讓這些概念呈現得更有深度。

其實大多數作者都是靈感與計畫兼具型，只是在進行書寫時所占比例不同。不過有了事前的大綱與草稿，至少可以減低作品斷尾的機率，並且將修稿的需求降到最低。當然也有可能在書寫途中產生新的靈感，突然覺得計畫之外的某件事也很不錯。當遇到這種情況時，也不必死抓著大綱，只要確定新想法可以讓題旨發揮得更為精彩，同時置於文中也具備合理性，那就回頭修補前後產生的邏輯缺陷，勇敢地嘗試吧！

 註

❶ 引自 Jacky Wang《打造自動賺錢機器》（創見文化）。

你我他，
誰是掌鏡人？

你是否注意過不同書籍會有不同的寫作觀點和人稱使用呢？文字會因為觀點、人稱的變化產生不一樣的力量，以及不同的閱讀理解和感受。下筆時，必須要清楚作者自己和書寫內容的關係，對於內容所採用的表現視角即是觀點，而人稱則是表達觀點的方式。

觀點可以分為單一觀點、有限觀點和全知觀點，單一觀點表示從頭至尾只描述一個角色的內心、所見所聞；有限觀點是針對幾個特定的部分加以描述；全知觀點則是知道事件發生的所有始末，並且皆透漏給讀者。而書寫人稱則可分為「你」、「我」、「他／她」三種，最末者最常被採用，也比較容易運用。但只要作者清楚自己作品的敘述者身分，選擇適當的人稱讓讀者理解作品內容，那便是最好的人稱使用方式。

下段文字為《咆哮山莊》❶中的一段節錄，此為第一人稱、單一觀點之下的書寫，如果將「人稱」部分特別放大感受，便能體會以「我」為出發點的書寫特色。

> 在我經過花園走到大路上時，在一個牆上釘了一個繫韁繩用的鐵鉤的地方，我看見一個白的什麼東西亂動，顯然不是風吹的，而是另一個什麼東西使它動。儘管我匆匆忙忙，還是停下來仔細查看它，不然以後還會在我想像中留下一個想法，以為那是一個鬼呢。

第一人稱描寫的優勢在於能使人在閱讀時，隨著「我」投入感情，與文章內容會有較深的情感互動。但是在書寫時作者可能會陷入自己的思緒而不自知，也就是一廂情願地盡情揮筆，忘記其實有某些部分沒有交代清楚，致使讀者心想：「為什麼這裡是這樣？」而感到一頭霧水。

還有，像是《福爾摩斯探案集》用福爾摩斯的好友華生作為敘述者，用「我」的旁觀角度敘述。或如狄更斯的《塊肉餘生錄》、夏綠蒂・勃朗特的《簡愛》，皆因將第一人稱運用得出神入化，使故事於內容的基礎上得以利用人稱拉近與讀者的距離，使情感傳達更上層樓。

第二人稱書寫即是使用「你」，日常生活中的書信、留言內容就是第二人稱。以下為《一個人的聖經》❷的節錄文字：

> 你不是龍，不是蟲，非此非彼，那不是便是你，那不是也不是否定，不如說是一種實現，一條痕跡，一番消耗，一個結果，在耗盡也即死亡之前，你不過是生命的一個消息，對於不是的一番表現與言說。你為自己寫了這本書，這本逃亡書，你一個人的聖經，你是你自己的上帝與使徒，你不捨己為人也就別求人捨身為你，這再公平不過。

此篇小說以第二人稱、單一觀點向讀者傳達訊息。此寫作方式能營造作者與讀者之間的互動感，透過「你」展現一個故事、一件事情或某段情感。但以第二人稱寫作並不容易上手，如果沒有一定的寫作功力，可能會被「你」侷限，使得作品內容破碎，或是出現人稱混亂的情形。然而，若能經過仔細思考，清楚知道「想說什麼給誰聽」，那也能完成一篇有趣的

故事。

　　第三人稱即以說書人的立場表現作品內容，以下為《金大班的最後一夜》❸的節錄文字：

> 他並不敢貼近她的身體，只稍稍摟著她的腰肢，生硬的走著·走了幾步，便踢到了她的高跟鞋上，他惶恐的抬起頭，靦腆的對她笑著，一直含糊的對她說著對不起，雪白的臉上一下子通紅了起來。

　　那麼寫作時人稱是否應該全篇統一呢？答案是不一定，如果作者認為自己寫作功力尚未完備，此時當然建議全篇統一人稱使用方式，才不會造成讀者的混亂；但是除了單純使用第一或第三人稱之外，兩者混合的寫作手法也經常看到，也就是在第三人稱中穿插第一人稱，使情感或內容更為有趣生動。

　　在轉換視角時應注意需要性與流暢性，也就是敘事視角應該在內容有需要的情況下轉換，而非作者開心時就跳換視角，並且場景也應隨人稱而轉換。儘管敘事觀點不統一，但只要能將故事說得清楚動人，即是好的說故事方法，如古龍的武俠小說《白玉老虎》。

　　以下舉例一個敘事人稱轉換，但卻沒有處理好的例子：

> 她從遠方款款走來，看到我又是呆了一呆，想他行走江湖多年見過的美人多了去，卻從沒遇見過女子如眼前之人奪去他的心魂，她並不是他見過最美的女子，但她的美是用言語形容都顯得貧乏，那如清流般的氣質、那深邃又閃亮的雙眼，是他夢裡才有的人。

　　此段文章裡的「他」、「我」交錯，但不具備流暢性，讓人乍看之下

容易對角色混亂,對於讀者來說閱讀吃力。因此在寫作時不管是無意或是有意,運用人稱變化時應當特別注意。另外,若是能找到特別的敘述觀點,也能讓作品增添趣味。一般來說,書中的敘述者多為獨立於故事之外的全知上帝、說書人或主角,較特別的敘述者為配角,如《福爾摩斯探案集》;也有轉換視角,如《天龍八部》的敘述者分別為段譽、蕭峰、虛竹;也有敘述者身分有別於「一般人」,如《雨傘默默》即透過孩童的眼睛帶領讀者深入情節,還有《變形記》用一隻巨大的蟲作為主角,讓讀者覺得故事驚悚慘人。

至於哪一種人稱比較好?事實上人稱的使用並沒有好或不好,端看個人的寫作習慣、寫作功力,或是因應作品風格、類型以選擇恰當的人稱與觀點。若是希望讀者融入角色,可以使用較具親和性的第一人稱「我」;若期望作品可以說服讀者,則可以使用第二人稱「你」;使用第三人稱「他」,則能顯示客觀、全面的視野,讀者較能自行判斷,也易展示專業性。因此,寫作不必拘泥於人稱的問題,只要在寫作時有意識的使用即可,同時要能讓讀者看懂。

寫作之難在於害怕失敗,但就算失敗了也能得到經驗值、提升自己的寫作功力,所以只要能下筆、用心寫,就算生不出曠世巨作,又有什麼關係呢?

註

❶ 引自艾蜜莉‧勃朗特《咆哮山莊》。
❷ 引自高行健《一個人的聖經》(聯經出版)。
❸ 引自白先勇《台北人‧金大班的最後一夜》(爾雅出版)。

千字變萬字的
魔法

「一本書要好幾萬字，我真的有辦法做到嗎？」

「為什麼想寫的都寫完了，折合成書頁只有幾十頁呢？」

這是許多想寫一本書之人的煩惱——字數不足、內容單薄。這樣的煩惱原因多數來自於在一開始寫作時沒有完整的構想，也沒有寫草稿；另外一個重要的因素是，期望以速食方式完成一本書。關於草稿與構想的部分已經在前篇中詳細說明，現在來說說何謂速食書寫吧！

現代人生活步調緊湊，已經失去了徜徉在悠閒中的樂趣，想要寫一本書時，也拿出此生活步調對付書籍內容。但是，其實文字的醞釀非常需要空間與時間，如果總想一蹴可幾地寫完自己想訴說、想表達的事，那過程中就會有許多細節被忽略。

反過來說，在向讀者展現自己的想法時，若能緩慢地用心刻畫，將細節描繪清楚，自然能將原本的少少數言轉化為斐然豐富的長篇巨章，同時亦能加深文章內容的深度，使作者的表達更趨完善、風格更加凸顯、作品更富意趣。

那該如何在寫作中緩慢完成細節呢？確切地說，就是延伸寫作內容，即對於表達內容進行細微刻畫。答案是，給構想多一點空間、多一點耐心，不必想著要盡快啟用文字描繪它。請看以下例子，就會明白應該怎麼做。

若想要描寫**某一個角色內心充滿了懊悔**，最初會直觀地想到：

> 他心中充滿了懊悔，覺得所有人都在嘲笑他的卑鄙。

這樣寫的確將說明了事情經過，但情感表達十分淺顯，像是急著用三言兩語把事情向讀者交代完畢，反而讓作者表達出來的場景十分平板無趣。所以我們可以這麼寫：

> 他一步一步向前走，心像要跳出胸口似的上上下下，那渾身炸著的汗珠更使他不安，抬起頭來，亞蘭的臉、沈老伯、沈伯母的臉、大弟的臉、多多的臉，還有那些敬愛他的、他敬愛著的長官、同學、朋友們的臉……無數臉的重疊映像彷彿都在嘲笑他、指責他，笑聲將他埋葬在懺悔中。
> 「多好笑，想不到我高震宇也會有今天，竟朝著這條狹巷走！」他像真正認識了自己卑鄙的一面。❶

這段文字和上述的一句話其實內容是相同的，但是後段文字的描述明顯精彩許多，將「懊悔」的情感寫得令人動容。這一切的差別都在於，作者是否細緻地寫出角色的動作與神情，將「他」內心如何掙扎、如何受到良心譴責，以文字揮灑出一幅清晰可見的畫面。這就是加深細節書寫的魅力。又或者，當敘述以下情況：

> 我曾是漂亮又強壯的小孩，如今卻瘦得像皮包骨，已無法動彈。

以上利用今日與往昔的對比凸顯如今的慘狀，至此也算是交代清楚了，那麼該如何將已經完結的內容再繼續延伸呢？

你們看到的是一個瘦得皮包骨的小孩，已經不能動了。可是我過去曾是個快樂、漂亮而又強壯的小孩，我曾經也有父母親隨時陪在我的身邊，使老鷹不敢接近我。我曾經全身充滿了精力，每天在河裡游泳。❷

作者將昔日幸福的景況往橫向拓展，用曾經的快樂讓現今的慘狀具有加倍張力，如此一來不僅延伸了內容的豐富度，也注入更多情緒讓文字高潮迭起。想要達到**延伸寫作內容**的目標並不困難，只要能確定要表達的事物，並引以為中心點，從邊緣向外思考或聯想，就能在增加靈感之後下筆成文。

請再看以下例子，若想要表達「適當的阿諛奉承，可以獲得與他人良好溝通的機會」，那該怎麼做呢？

阿諛奉承法並非要當個馬屁精或是陽奉陰違者，是指使對方有好心情而獲得良好的溝通。

以上的寫法並沒有錯，但是感覺上好像已經把知道的事情都寫完了，如果想要繼續往下寫的話，那就一定要另闢蹊徑。但真的是這樣嗎？請看下段文字：

也就是說，判斷逢迎拍馬的時機非常重要。

最重要的一點是，不要在自己已經走投無路時才突然奉承別人，必須在平常就適時地去做一些表現。電視劇裡頭也時常會出現一種角色，這種人在平常什麼努力也不做，一旦到了緊要關頭，便一副巴結媚的嘴臉。這種人不但得不到任何成效，反而還會製造出反效果。

其實在平日上班的時候，便不乏讚揚他人的機會；如果能時時刻刻多

加留心，不斷做些小事來累積，「聚沙成塔，匯江成海」，也將會有很好的效果，這也同時是阿諛奉承法的優點之一。

還有一點很重要的就是，阿諛奉承法並不是教人「陽奉陰違」或是「卑躬屈膝」，而是「如何使對方有好心情，以便能與他有良好的溝通」。這是一種攻心技巧，請讀者朋友務必銘記在心。❸

　　以上文字將原本的兩句話發揮地淋漓盡致，第一段先定義內容，接著第三段從反面舉例不適當的阿諛奉承效果，第四段則從正面舉例現實生活中的阿諛奉承技法與訣竅，然後於第五段再一次強調、總結作者的想法。經過反覆舉例說明，使一個想法的內容得以加深加廣、清楚地解釋說明，對於讀者來說，也能更準確地接收作者的理念。

　　至於應該在何處添加細節內容呢？以**具有加分效果**為原則，再決定究竟該從哪裡下筆延伸文字。內容的延伸應著重在重點部分，細節的刻畫應對於題旨的發展有所幫助，若是僅從旁枝末節做細節書寫，那就很容易形成流水帳，旁人讀來也就感到俗不可耐。

　　「我這樣寫有什麼意義呢？對於想法表達有什麼樣的幫助呢？」如果能回答得出來以上問題，那便是找到了進行深入書寫的切入點，可以開始組織文字，讓大腦為描寫重心盡情奔騰，最後便得以成功地使用多彩語句、碩豐內容，呈現一段層次飽滿的寫作。

　　倘若未以「具有加分效果」為原則，過分注重不需要的細節描寫，便容易使得內容分散雜亂。許多作者常常犯了這一類型的寫作陷阱，卻一時無法察覺。例如對於每一個出場的角色都寫出穿什麼顏色的衣服、打扮屬於哪一種風格，可能還有一條很重要的手鍊是某某人送的……，也許這樣的書寫的確能傳達色彩鮮明的畫面，但其實呈現的效果就像日記、族譜一樣，繁多無味；又如因為想要表達「阿諛奉承法」，而列舉了十個大同小

異的例子，其中還提到每個例子出現的人物，這就是過於累贅了。除非所舉例子每個皆有不同的突破點，不重複且有新意，如此才能跳脫流水帳的坑洞。

　　總而言之，緩慢的思緒步調可以讓邏輯變得更縝密，讓內容把「多」除去之後還能「深」且「遠」，留給筆尖更多的伸展空間。也許一開始會有所障礙，但只要不停地寫，即使想不出寫什麼也可以寫下今日的所見所聞或感觸，累積寫作經驗，最終便能掌握如何從一瞬的想法延伸更多內容的訣竅了。

 註

❶ 引自隱地《碎心筆》（爾雅出版）。

❷ 引自李家同《讓高牆倒下吧》（聯經出版）。

❸ 引自王寶玲《懂得人都不說破的攻心冷讀術》（創見文化）。

寫作技法金三角 05

　　日常生活中我們即不經意透過寫信、留言、聊天信息等方式生產文字，所以當因為需要寫一本書而坐在書桌前、提起筆時，便容易不自覺地將生活中的寫作方式，套入書寫一本書的過程之中。但請別忘了，寫書是寫給「其他人」看的，那些人包括從來不認識你的人。這並不像是寫信或是傳訊息給朋友、也不是如日記一般自己看得懂就好，這就是寫一本書和其他文字的最大區別。因此，如果能夠掌握某些寫作技法，就能幫助作者寫出內容流暢的書，以下便介紹**寫作技法金三角**。

　　寫作技法金三角是以漸進方式展開寫作要訣，從寫書如演戲的技巧為基礎功力，接著以內容具體化為目標，最後是修辭的美化。第一層的寫作技法是寫書一定要帶入的「演戲」模式，因為這關係著讀者是否有辦法閱讀理解作者想表達的內容。第二層的內容具體化技法可以避免內容空泛，且營造氣氛、加強主題與題旨的張力。第三層的文字修辭美化則是為了使內容優美、充滿詩韻。

Tip 1 演戲模式

　　當電影院裡播映的序幕拉開，直至謝幕響起片尾曲，漆黑一片的燈光逐漸亮起，每一位受到電影情節感動的觀眾因為動容而鼓動雙手。我們可

以知道，觀眾是因為有所感觸，所以響起贊同的掌聲，而這就是需要「**演**」一**本書**的原因。

　　寫作文章不像說話，只要求你、我聽得懂，而是需要經過安排、規劃然後才能呈現給目標讀者。如果忘了讀者的存在，只有自己看得懂，那麼別人有什麼理由要看或是購買這本書呢？也就是在書寫時，每一段內容皆須具備可閱讀性，並且對於表達主題、題旨有作用與意義。其實，不論何種類型書籍的寫作，都需要在如演戲般編排後，才有辦法展現說服力以感動讀者，使人接收到作者欲傳達的訊息，所以事先規劃、事前準備出書企畫是非常重要的。在演戲模式的技法中，作者可以遵循以下兩項目標：

> ❖ 內容具有邏輯，描述內容存在次序。
> ❖ 每一個段落的安排必有其意義與作用。

　　如果能依循以上兩點，那麼寫出來的文字就算是開啟了讓讀者進入作者世界的通道。至於要怎麼「演」，就端看個人所選擇的方式了。總之，「演」書的方法千萬種，並且一直不斷推陳出新，各自在各自的舞台上大展神通，就是為了求得觀眾（讀者）的感動。重點是要讓讀者能看得懂你在演什麼，而且被說服，覺得買了入場券真是值回票價，那麼這一本書就算是演出成功。

Tip 2 內容具體化

　　演戲模式可以製造效果，讓讀者讀懂這一本書；將內容「具體化」則是為了說服他人使其身歷其境，讓讀者站在主角的角度，體會主角的想法、思維、經歷、感受等。如果作品缺乏具像化的內容，那麼就像低空飛

行一樣，既飛不上天空卻也無法著陸，令人感覺阻塞窒礙，而且十分容易落於無聊的道理化、理論化。內容具體化的訣竅在於塑造氛圍，使人讀來身歷其境，這種將讀者拉進主角圈子的過程，必然是緩慢的，不可能三言兩語就完成，必須透過的手段即是——**布置**。

以電影舉例，好的背景音樂可以適時地推觀眾一把，令觀眾潸然落淚；或是當電影中命案發生時，導演在揭露兇手之前可能會先把鏡頭帶到一個安靜無人的場所，使光線隱晦不明……，這就是塑造氛圍。反例來說，不塑造氛圍直接進入事件，會使文章內容看起來就像某一個人的部落格心情文章，或是日記本上的一件事情，只會令觀眾冷眼旁觀，缺乏說服力。以下兩種方式能使你在布置內容上收穫意想不到的效果：

1 善用事件和對話

將事件或對話融入文章中，不管事件或對話來自於真實生活，或是經由作者虛構皆可。由於呈現以上兩種類型的文字屬於具體之敘述，可以使人感受到時間的存在以及流逝，更顯真實感，進而容易誘導讀者進入文章情境。請看以下舉例說明：

> 雅涵和她的上司婉婷很合得來……不光在工作上能夠很默契的配合，就連愛好也很相似。像是她們都喜歡聽張惠妹的歌，都喜歡喝紅茶，都喜歡香奈兒的套裝，都喜歡用迪奧的化妝品……
>
> 兩個人的親密自然引來了同事的非議，婉婷便有意識地慢慢疏離和雅涵的距離。但是雅涵沒有意識到這一點。
>
> 一天，婉婷在辦公室接待客戶，雅涵敲門進來，以為沒有別人就喊：「歐巴桑，今天晚上去看電影怎麼樣？」婉婷的臉色很不自然，說：「你像什麼樣子！這是在辦公室。」雅涵這才發現沙發上坐著客戶。

不久，雅涵就被調離了原來的工作崗位，去了一個不重要的部門任職。❶

　　上段文字便是利用事件和對話，使作者試圖說明的「說話應拿捏分寸」一事變得立體且躍然紙上。請看粗體字部分，其中解釋「雅涵和上司合得來」一事，便舉出實際例子，即寫出兩人合得來的地方，包括喜歡聽一樣的歌、喝同款的飲料等，點出「合得來」的事件緣由；至後段則以雅涵闖進辦公室發生的對話，闡述雅涵如何越過界線、冒犯上司。

　　有時平鋪直述猶如午後電台廣播，聽來只覺昏昏欲睡、提不起勁。但若適時加上對話或是寫出事件例子，讓內容不那麼扁平，就如同為食物添加辛香料一樣引人食指大動，吸引讀者的眼，使文章內容具體化，為作品的說服力大大加分。透過營造事件與對話，作者創造了一個空間，在這個空間裡正上演著一個故事。作者用這個故事傳達概念，使讀者能一起進到這個空間，體會作者藏披在文字之下的思緒。

2　五感摹寫

　　即透過感官描述感知，用意在於向讀者傳達切實的感受。人向來以視覺、聽覺、味覺、嗅覺和觸覺與世界接軌，以此五感直接接收來自外在的訊息，可以說眼、耳、口、鼻、膚是人類所擁有的寶貴器官，依憑這些才能用直接的方式建構出生活的模樣。所以在寫作時，若能將作者的感知傳遞給讀者，便容易在作者與讀者之間牽起一條線，讓文章內容具體化，而這就是摹寫運用的好處。

（1）視覺摹寫

　　藉由眼睛可以看到物體的形狀、色彩及光與影的變化，而視覺摹寫就

是將眼睛之所見描摹成文字。眼睛的感官是非常敏銳的，神經將感官得到的刺激傳輸給大腦，經過整合變形再創造後，就能經由文字布置出作者看見的瞬間。以下為視覺摹寫的例子：

❖ 滑軌交錯排列在屋頂上，成套的衣服一件接著一件，井然有序、循環往復的順著滑軌移動到不同的工作區域，……❷
❖ 前方有一片空地原本是停車場，如今則長滿雜草，勉強可供散步人與賞鳥者通行，傑克看到空地的綠色植物後方有一抹鮮紅。停車場的碎石路面高低不平，地上畫的白線早已褪色，……❸

（2）嗅覺摹寫

嗅覺似乎最容易被忽視，或是經常被簡化分成香和臭、好聞和不好聞，但在嗅覺摹寫時，應該進一步描寫香是怎樣的香、臭是如何的臭。總之，若將嗅覺的感官頻率調到最大，也許能聞出牆壁的油漆味，或是桌子匿藏的木香。以下為嗅覺摹寫的例子：

❖ 兩株白茶花，花事已過。月桂依舊散放淡淡幽香。❹
❖ 你仿佛已經與她熟識，某個前世，或者前世的前世，也許都不是，祇因你習慣了那股身上濃濃的酥油味兒。❺

（3）味覺摹寫

當我們能將舌頭嚐到的事物，不論食物也好，空氣還是水的味道也罷，通通轉換為文字，變成讀者可以欣賞的風景，這就是味覺摹寫。在這種摹寫裡，除了酸、甜、苦、辣之外，更要放鬆味覺，讓感官恢復彈性，

才能體會到基本味覺以外的滋味。若能將感受到的味覺與記憶中的印象連接，也會有不錯的效果。以下為味覺摹寫的例子：

❖ 紅茶早已冷了。那涼涼的苦澀滋味，和著他許多沒說出的話，一起嚥了下去。❻

❖ 「比口香糖還天然！」她鐵口直斷地誘引。嚼食後，果然不像菁仔的青澀，……❼

（4）聽覺摹寫

炒菜時會有油水沸騰的聲音、吹頭髮時會有吹風機運轉的聲音、過馬路時會有汽機車按喇叭的聲音，生活中會有喜悅、氣憤的說話聲音，各式各樣的音調隨時隨地充斥在我們的耳邊。如果能善用聲音布置書寫內容所需要的氛圍，就是發揮聽覺摹寫的最佳表現了。以下為聽覺摹寫的例子：

❖ 穴井將夫的演出此時正以當年我曾體驗過的大音量，震耳地歌唱著巴哈的獨唱清唱中的一曲。朗誦還在抵抗著，卻終於被淹沒在這歌聲之間。❽

❖ 那些同學，有的酒後狂言驚四座，有的笑聲震屋瓦。有的嗚嗚細語如涓涓細流。❾

（5）觸覺摹寫

除了冷、熱、軟或硬，我們也能經由皮膚感受到紙張的粗糙、絲質的滑膩、水的流動等，總之感受肌膚帶來的觸感，並用筆墨加以描繪即為觸覺摹寫。觸覺也是多數人容易忽略的知覺之一，但只要耐心傳達感受，便

能使文章生動起來。以下為觸覺摹寫的例子：

❖ 一陣寒風吹進窗戶，吹起我一身雞皮疙瘩，……❿
❖ 我常常拿手指，輕輕地按動那片苔蘚，涼涼地，軟軟地，使我覺得自己也躺在其間。⓫

　　在將五感摹寫融會貫通之後，就可以將既有的專有名稱拋開，不再受單一部位知覺感官的束縛，而是盡情使用文字布置能說服讀者的場景或情形，跳出侷限於單一感官的摹寫，讓五感一起運轉起來。以下為同時運用多種感官摹寫之段落：

❖ 四周鳥囀隨處可聞，空氣中飄散著苔蘚與松樹清新的香氣……⓬
❖ 我打開冰箱，一陣惡腥甜濁無以名狀的濃烈臭味撲襲而上。像是打開了一座生化武器的毒菌培養權。每一個鋁鍋、搪瓷碗、印花小碗、包了保鮮膜的小盒……裡頭不管是湯湯水水已凝成脂凍，或是已乾縮發皺的牛腱子片，全部覆著一層鮮裡碧綠還灑上白斑的黴菌。⓭

Tip 3 修辭美化

　　修辭的種類包括譬喻、排比、類疊、頂真……，修辭的功能就是讓文章內容增添美感。當然，想要達到此效果的先決條件，是這些技巧已經不是技巧，而是能渾然天成，如筆到之處行雲流水。完成這樣的書寫必須依靠練習，才能將修辭運用得當，但在尚未將修辭熟能生巧之前，也不須氣餒於磕磕絆絆的文字，只要鍥而不捨地練習，終有一天能將修辭使用得靈

活自如。

　　那何時該使用修辭手法呢？當作者在評估即將寫作的內容方向究竟是否有修辭美化的需要之後，便可以斟酌如何運用修辭。最重要的是避免刻意使用，那反而容易使修辭美化的好意變成內容的累贅，或是流暢閱讀的障礙。以下為修辭示範：

1　譬喻：猶如賦予生命般讓事物鮮活

那雙眼睛，如秋水，如寒星，如珠寶，如白水銀裡頭養著兩丸黑水銀，左右一顧一看，連那坐在遠遠牆角子裡的人，都覺得王小玉看見我了。❹

2　轉化：將本質相異的兩者相互轉嫁

他們總是披了一身淡淡的夜色便開始工作。❺

3　排比：使閱讀流暢且強化情感傳遞

嘈嘈切切錯雜彈，大珠小珠落玉盤。間關鶯語花底滑，幽咽流泉水下灘。水泉冷澀弦凝絕，凝絕不通聲漸歇。❻

　　以上就是寫作技法金三角。使用寫作技法金三角的目的，是為了讓文章內容更具有說服性，畢竟有說服力的內容才能使人繼續耐心閱讀。在第一階段「演」一本書後，收穫的是完成一本可以給讀者看的書；第二階段具體化內容，則為選定的主題布置合適的氛圍，也襯托出作者題旨的精彩與重量，避免文章讀來空洞單調；第三階段修辭，則是為了使文字優美，但不需要為修辭而修辭，否則容易造成畫蛇添足之感。另外，若書籍類型

設定為商業類書籍，那麼寫作金三角只須完成至第二階段就可以，第三階段的修辭適當即可。

　　儘管寫作技法金三角是一種漸進式的學習，然而最終我們還是需要將三角皆融會貫通於一書之中。也就是說，一、二、三階段並沒有區分誰先誰後，書寫時應用順暢的語言一步步安排好內容場景，隨時隨地向觀眾展現一場值回票價的戲劇。

　　請記得，書是寫給別人看的，能讓人看得懂是首要條件，接下來便是想盡辦法增加內容的力道，以圖能說服讀者，最終適當地美化文字，這樣就得以產出一本屬於你自己的書了。

 註

❶ 引自王寶玲《懂得人都不說破的攻心冷讀術》（創見文化）。

❷ 引自科瓦東高・奧莎《ZARA 沒有名片的總裁》（城邦文化）。

❸ 引自西西莉雅・艾亨著《在這裡等你》（春光出版）。

❹ 引自琦君《桂花雨・靈山秀水清芬》（爾雅出版）。

❺ 引自謝旺霖《轉山》（遠流出版）。

❻ 引自琦君《桂花雨・相逢是別筵》（爾雅出版）。

❼ 引自劉克襄《男人的菜市場》（遠流出版）

❽ 引自大江健三郎《水死》（聯經出版）。

❾ 引自琦君《桂花雨・話友》（爾雅出版）。

❿ 引自藤井樹《B棟11樓》（商周出版）。

⓫ 引自劉墉《花畫・童年的草原》（水雲齋文化）。

⓬ 引自西西莉雅・艾亨《在這裡等你》（春光出版）。

⓭ 引自駱以軍《月球姓氏》（聯合文學）。

⓮ 引自劉鶚《老殘遊記》。

⓯ 引自張騰蛟《那默默的一群》。

⓰ 引自白居易《琵琶行》。

最後衝刺：
修稿與潤飾

　　很多作者認為在一本書收筆之後，就代表這本書結束了，這些作者可能是崇尚靈感派的，堅持在靈感之下產生的文字最完美；也有可能部分作者以爬格子維生，並且以量取勝，無法常常修改也無暇顧及太多；但是多數人是需要藉由修稿與潤飾來提升書籍內容品質的，其意義好似品管，是「出一本書」過程中非常重要的一環。

　　這樣說可能還不是很能瞭解修稿的重要性，美國作家海明威曾說：「任何文章的初稿都是狗屎。」就算是一個得到諾貝爾文學獎的大作家，也要千錘百鍊才能磨出好字，更何況是我們呢？修稿要做的就是——把狗屎一樣的東西變成花朵，這就是它所展現的魔力。而作家王文華也曾表示，他要寫20遍才有辦法做到行雲流水。因此，修稿並不是小功夫而是大工程，其過程所耗費的時間甚至可以大於等於完成初稿的時間。千萬不要認為最後的修稿就只是改改標點符號、挑挑錯字而已，它有更任重而道遠的任務要完成——**增加文章的流暢度、凝聚主題題旨重心**。

　　那為什麼一定要進行修稿與潤飾呢？因為在寫第一遍時，作者與要說的故事內容離得很近，當局者迷，因為距離太近而無法掌握全局，所以容易犯下許多錯誤。最常見的錯誤像是內容分散零碎、邏輯疏漏、語句不通順等。當第二遍察看自己的文章時，也許會看到慘不忍睹的文字，但是只要能修就是好事，畢竟後出轉精。面對同一篇文章，一個字一個字重新慢

慢扣上，儘管過程令人煩躁不耐，但是卻能為自己贏來一本好作品。

最後，還是要不厭其煩地再說一次——**不可不修**，這關乎一本書的品質，修稿與潤飾的程序實在不可省略。以下將修稿的中心原則分成兩個重點，以便於作者修稿時能更快抓住具體方向。

❖ 第三隻眼：收筆之後，請想像自己不是撰寫這篇內容的人，站在讀者的角度、歸零思緒重新審查文章，或是請親朋好友給予意見。這麼做的用意就是為了跳脫寫作當下的迷思，退一步反而能看得更清楚。

❖ 由大至小：修稿應先從大方向開始，再依序往細部調整。即先端詳內容是否集中，每一個段落的存在對於此書的重點是否有意義，以進行或增或刪。大方向都固定之後，才開始細細斟酌一個一個的用字。

需要特別注意的是，千萬不可為了湊足字數，而捨不得刪掉不必要的枝微末節。畢竟若是有太多冗言贅字，那還不如語言精練比較好。因為對於讀者來說，想看到的是有意義的內容，而不是家常碎語。

在瞭解修稿原則之後，還有修稿中的細部修整，也就是內容潤飾。多數人以為只要找出錯別字或是訂正標點符號誤用就可以了，雖然這些事情也很重要，但是在這之前應該先使文章的內容流暢。內容潤飾可以分成以下四項重點，只要把握這四個口訣，即使寫不出名垂千古的文章，至少也可以讓文字行雲流水，讓人感覺舒適易讀。

❖ 語句通順：理順語句，該解釋時便解釋清楚。

❖ 邏輯正確：避免事件的因果主從關係顛倒或混淆。

❖ 用詞一致：同一件事物，不宜使用不同文化、不同時空中的指稱法。

❖ 同詞不重複：同樣的字或詞，除非必要，否則不宜一再重複出現。

Tip 1 語句通順

> 如果在溝通中出現了分歧，那麼在辯論時，你要能在拒絕前先表示出贊同之意……

以上文句雖然表面上看來沒什麼問題，但「分歧」是什麼分歧？「在辯論」是和誰辯論？若將語句修改通順之後：

> 如果在溝通**雙方的意見**就出現了分歧，那麼在**與對方**辯論時，你要能在拒絕前先表示出贊同之意……❶

將語句修改通順之後，就可以知道是**雙方的意見**有分歧，並且是和**溝通中的對方**在辯論。原本的文字並不能說是錯的，只是和修改後的內容相比，它使讀者需要自行猜測一些細節，反而打斷了閱讀的節奏。也就是說，如果語句不通順，或是缺少某些細節，會讓人需要花費功夫對作者的文意進行理解，所以作者需從這些地方著手修改。

Tip 2 邏輯正確

> 松下幸之助贏得了員工們的一致稱頌，而他每次危機都能在全體員工

的共同努力之下安全度過。松下幸之助使得公司的凝聚力與抵禦困難的能力大大增強，且在困難中依然能夠不忘初期的經營理念。

依據上段描述，讀者會理解——松下幸之助因為贏得稱頌所以倍受激勵，故能和全體員工共同度過難關，也因為他贏得稱頌，才使公司的凝聚力增強。這樣讀來感覺有些奇怪，松下幸之助受到「稱頌」一事，竟變成了事件發展的推進點。若以正常的邏輯來說，人不會因為得到稱讚然後才度過難關。將邏輯修改正確之後：

松下幸之助在困難中依然能夠堅守信念，不忘初期的經營理念，使得公司的凝聚力與抵禦困難的能力大大增強，且每次危機都能在全體員工的共同努力之下安全度過，也因此松下幸之助贏得了員工們的一致稱頌。❷

原來是因為松下幸之助能夠堅守信念，所以才可以和全體員工同舟共濟，而他受到稱頌是度過難關後發生的事，於整段文字裡算是補充效果。修改之後的內容除去了原文上的漏洞和矛盾，事件的先後因果關係變得更為明確了。

這類型的錯誤常常是在書寫時無意而為之，它就像一台機器中有兩個螺絲釘裝錯了，儘管完成組裝但是機器卻有些歪斜。邏輯的不通順除了會讓讀者心生疑惑之外，甚至可能會錯誤理解作者的原意。但這個問題其實很容易解決，只要將文章多看幾遍，就能找出寫稿時留下的盲點。

3 用詞一致

老王昨天告訴我**坐計程車**過去比較方便,所以我一下班就趕緊到公司門口**打車**,希望可以在約定的時間之前趕到。

「我」到底是乘坐什麼交通工具呢?請注意,「打車」其實是大陸文化用語,意思是招攬計程車,但是不知道這個詞彙來源的人,可能會誤以為「我」最後選擇有別於搭計程車的交通方式。而且就算是知道這個詞彙意思的讀者,也會覺得似乎有兩個「我」。若將用詞修改一致之後:

老王昨天告訴我**坐計程車**過去比較方便,所以我一下班就趕緊到公司門口**搭計程車**,希望可以在約定的時間之前趕到。

這樣修改並串聯前後文,馬上就能明白「我」聽從老王的建議搭計程車了。當然,這並不是指作者不能擁有多元的寫作風格,寫作時依然可以耶穌、八家將、濕婆神百花齊放,但這是屬於題材的多元,與用詞方式是兩回事。當同一件事物,在不同的文化或時空中說法有所落差時,作者還是應該在心中有固定的標準,免得讓讀者無所適從。

4 同詞不重複

我走在校園的湖畔,風吹過我的頭髮而遮住了我的視線,我覺得奇怪:「這向來乾燥的小城,怎麼起了大風?」

同樣的詞彙多次重複出現，顯現的效果就如同上段文字所示，讓人不禁想問作者——「你難道沒有別的東西可以寫了嗎？」令人不耐又煩躁。若將同詞修改為不重複之後：

> 走在校園的湖畔，風吹過我的頭髮而遮住了視線，頓時覺得奇怪：「這向來乾燥的小城，怎麼起了大風？」

　　刪去一些不必存在的「我」，但也不會讓人找不到主詞，這樣讀起來感覺舒服多了。接下來再看一個例子，就會更明白同詞不重複的意思：

> 英子的身影是那麼美麗，她穿著白色裸背婚紗緩緩轉過身來看著我。那美麗的大眼裡似乎訴說著只有我知道的秘密，我卻只是砸了下嘴，聽見自己說：「這樣真美！」

　　在前文中，這位「英子」就像平面的人物一樣，即使作者一直強調她很美麗，但讀者卻始終不知道她究竟如何美麗，使內容貧乏單調。且文中一再出現相同的形容詞——「美」，就像路上出現的障礙物一樣，迫使讀者停下來張望一下才能再出發。如果換一個方式看待「英子」的美麗：

> 英子的身影漸漸和記憶裡重疊，逐步勾勒出另人瘋狂的曲線，她穿著白色裸背婚紗緩緩轉過身來看著我。如月光下波光粼的大眼裡似乎訴說著只有我知道的秘密，我卻只是咽了下嘴，聽見自己說：「這樣真美！」

　　換個角度書寫不但避免內容頻繁使用相同詞彙，也讓「英子」的形象

變得更為生動。為了不讓作品顯得呆板無趣，避免字詞像鬼打牆般不斷出現是必要的潤稿工作。此修稿過程對於作者來說是一種磨練，必須敦促自己拓寬視野、延伸思考，然後從中獲得成長。只要有耐心反覆琢磨文字，絕對能寫出酣暢盡興的內容。

以上為潤飾稿件的四個重點，但還是要記得使用大原則——「第三隻眼」和「從大至小」開始修稿。先將大方向固定，才開始對文字做細部修整，就像蓋一棟房子要先確定房屋的結構發展，繼而填土造屋終能落成完工。文學作家朱少麟曾說：「我常熬夜到天明只寫二十個字，捨去的字比留下的多。」這是一個對文字極為敏感、要求甚高作者的寫作歷程，儘管我們可能做不到如此，但修稿是管理作品品質的最後一道防線，應該拿出渴望出書的萬千豪氣，進行完稿的最後一個步驟。

有所創作已經不容易，若能藉由修稿將創作襯托得更閃閃發光，就不會讓原創埋沒在茫茫書海之中。既然已經努力了，何不再多下一點功夫讓結果變得更好呢？修稿是為了使題旨更飽滿立體，是為了讓文字去蕪存菁，是為了賦予作品行雲流水之態，更為了使作者擁有更好的產值。我們應像藝術家般提起如雕刻刀的修搞之筆，用心雕琢邊邊角角，在蟄伏的一片期待中全心全意創作，終能呈現作品最完美的一面。

註

❶ 引自王寶玲《讓貴人都想拉你一把的微信任人脈術》（創見文化）。

❷ 引自王寶玲《讓貴人都想拉你一把的微信任人脈術》（創見文化）。

作者都該知道的著作權法

07

　　如今是個創作發達、網路便捷的時代，無意觸犯著作權法的機會也隨之增加。因此，作者在寫作時便需要瞭解《著作權法》，它除了可以保護作者的創意，也讓寫作人免於陷入觸法的危機。藉由一探法律內容，作者可以在出書前適度運用搜集而來的資料，出書後也瞭解並清楚自己的權利。儘管此處無法一一列舉法律條例，但筆者會挑出最常使用到的概念詳加說明，讓大家能在《著作權法》的保護下愉快地創作、盡興地閱讀。

 基本概念

　　著作權屬於「智慧財產權」的一種，它所保護的對象包括「文學、藝術及科學之著作」及「演藝人員之演出、錄音物以及廣播」。而非著作權保護的對象，則表示大眾可以隨意使用，不必標示出處，也無需擔心觸犯著作權問題。非著作權保護對象如下：

❖ 憲法、法律、命令或公文。

❖ 中央或地方機關所作成之憲法、法律、命令或公文的翻譯物或編輯物。

❖ 標語及通用之符號、名詞、公式、數表、表格、簿冊或時曆（例如：

隨手捐發票，救救植物人）。

❖ 單純為傳達事實之新聞報導所作成之語文著作（例如：台灣職業
  棒球比賽得分紀錄）。

❖ 依法令舉行之各類考試試題及其備用試題。

　　根據《著作權法》，為了維護人類文化發展和創作精神，只要是屬於
著作權法保護的對象，在創作完成的那一刻起，作品就開始受到著作權法
保護，無須任何登記手續。著作人擁有著作人格權（即公開發表權、姓名
表示權及禁止不當修改權等三種權利）和著作財產權（即重製權、公開播
送權、散布權、改作權、編輯權等），但為避免過度保護著作權，以致物
極必反阻饒文化發展，於作者公開發表五十年之後，作品就會自動脫離著
作財產權的保護，變成全民共同的文化財產；而著作人格權則沒有保護期
間的限制，也就是即使某作品已經超過著作財產權的保護期限，在移其原
著另作他途時，仍應標明出處且不得增刪改移。

　　儘管《著作權法》的基礎目的是**為了保障著作人著作權益**，但也衍伸
出規範作品中公眾「合理使用」的範圍。所謂合理使用是指──「未與著
作之通常利用相衝突、不致於不合理損害著作人合法之利益」，此定義界
線十分模糊，常會在事件不同的情況下，對於是否合理有不同的判斷。有
鑑於此，若想使用他人的作品內容，最好還是提前和著作人打聲招呼，經
過當事人的同意後再運用於創作中，以確保自己免於法律糾紛。

合理引用

　　很多人認為「引用」就是跳過《著作權法》的萬事通，挪用他人創作
時只要加個出處、附上連結網址就等於拿到了法律的免死金牌，但真的是

如此嗎？一切還是要先從認識法律意義上的「引用」概念說起，才能在合法的情況下引用。

《著作權法》提到：「為報導、評論、教學、研究或其他正當目的之必要，在合理範圍內，得引用已公開發表之著作。」也就是說，引用是為了提供自己創作，故而節錄或抄錄他人著作，進行己作之參證或附註等。即自己有一個新的創作，而新作內容需要原著之引用加以輔助，因此載明著作人姓名和書籍名稱，並且評估利用內容占整體著作之比例，及利用結果對原著的銷售市場之影響，才可以合理使用。但若只是分享內容，並沒有新作品的產生，便不符合「引用」之規矩。

那新聞是否屬於上述所提及之「單純為傳達事實的新聞報導所作成之語文著作」呢？依據《著作權法》第 61 條，如果時事新聞僅純粹傳達事實，那明示來源後便得以合法轉載；但若其中包含個人評論及評析，那麼此內容依然受《著作權法》保護。

 正確改作

以翻譯、編曲、改寫、拍攝影片或其他方法，依循原著作另有創作，此即——改作。例如將某外文書籍進行翻譯、以最新流行的偶像劇劇本改作成小說、從已有小說內容摘取人物時空背景設定翻拍成影片。即以既有之著作為基礎，投入新的創意改變原來的作品，這便是《著作權法》中的「改作」。但若只是將原著之內容變更或替換，並未融入新創意，這就不是改作而是抄襲。

所以自行對作品進行「改作」，會違反著作權嗎？「改作權」屬於智慧財產權之一，原著作者擁有其作品之「改作權」，所以進行改作前需要取得作品著作權人的同意和授權；但是，若改作對象為著作財產權保護期

間已經屆滿的著作，例如《世說新語》、《羅密歐與茱麗葉》等，那只要明示以哪一項原著為創作基礎，便可以直接進行改作。還有，經由改作而成的作品，可以獨立享有著作權的保護。由上可見，「改作」並非是能如入無人之境而任意使用前人作品的途徑，除非取得的是已不受著作權保護之創作。

參考資料

　　當我們找到與計畫出版之內容相關的資料時，該如何運用呢？若想在合法的情況下，善用搜尋到的文字資訊，最好是「參考」資料就好。**參考**指的是閱覽既有資料之後，吸收並融會貫通，再另以筆墨加入自己的思維表達。這裡要特別強調的是，將文字改造並非等同於參考。可能有人以為只要將原著的文字改得面目全非，就能規避法律責任，但其實只要沒有跳脫原著內容的框架，都仍存在抄襲的嫌疑。以下用維基百科的內容為資料，各用兩種方式做出一則創作，一為合法一為違反著作權，透過舉例比較便能讓大家輕易明白參考資料的使用方式。

1　原文

> 因此，總督府除了取消原來允許的社會運動外，還全力進行皇民化運動。該運動大倡台人於姓名、文化、語言等全面學習日本，並全面動員台人參加其戰時工作，而這項運動一直持續到 1945 年二次大戰結束為止。此種由台灣總督府主導，極力促成台灣人民成為忠誠於日本天皇下的各種措施，就是皇民化運動，終其言，為內地化的極端形式。❶

2 ╱ 改例1

> 所以，總督府除了取消原來允許的社會運動外，更還全力進行皇民化運動。這一切由台灣總督府主導，使極力促成台灣人民成為忠誠於日本天皇下的各種措施，就是皇民化運動，終其言，其實就是為內地化的極端形式。皇民化運動大倡台灣人於姓名、語言、文化等全面向日本學習，並全面動員台灣人參加其戰時工作，而這項運動一直持續到二次大戰結束（1945 年）才停止。

看出來了嗎？改例 1 基本上是變形於原文，你說一樣嗎？看起來是不一樣；你說不一樣嗎？其中的舊跡又依然可循。此種完全移植於原文意念的寫作，僅是將原有的文字打散，重新用文字組裝，再加上乾坤大挪移，然而新作仍是立於原文之上，這樣的寫作方式屬於抄襲。如果要將此內容公諸於世，仍須標示原文出處，若聲明此類文字為自己的創作，就有可能觸犯《著作權法》的相關規定。

3 ╱ 改例2

> 隨著美國挾帶強力軍武力量加入二戰戰局，軸心國之一的日本自然也感覺到，這場戰爭已經不像當初計畫的那般勝券在握，因此不得已得從其他管道獲得更多的資源與人力。「不就是近在眼前的台灣嗎？」日本高層便將主意打到台灣的頭上，決定加快殖民的腳步推行皇民化運動。他們力圖將台灣打造一個日本的親生孩子，這樣台灣人才能成為天皇的子民，並為日本所用。這一場改頭換面的盛會開始了！從姓名開始李大成變成了野田隆治，人們開始用日語對話，如果某家庭能表現出良好的日本風範，還能獲得一塊獎勵門牌，⋯⋯

改例2和改例1最明顯的區別在於，改例2的文字具有明顯個人風格，且作者是依照自己的思路寫作。總而言之，當獲得可供參考的資料時，應該吸收並納為己有，讓資料變成自己知識的一部分，然後才能再用自己的精神、語言將之書寫成新作，而非遵循舊作概念或模式。經過以上說明，我們已瞭解參考資料的意義，若想在其他作品使用**參考資料**，就必須用改寫的方式，才能脫離原著的風貌，並且產生真正全新的創作，我們也能大聲地說：「這是我寫的書。」

照片限制

現在許多書籍常以圖文並茂作為特色，但要注意的是，很多照片是不能供人任意使用的。首先，我們必須要知道每張圖片、相片皆受著作財產權保護，如果本人並非製作者、攝影者，卻要在公開場合上使用圖片、相片，便需要經過著作人同意。其次，受攝影的對象也是受到法律保護的，即使你就是掌鏡人，也不能隨意公開照片。以下從建築攝影和人物攝影兩方面說明，讓所有未來作家都能在知法的情況下，大展手腳一圖創作。

1 肖像權和著作權

喀擦！快門按下，照片呈現海岸邊的美景和民宿老闆大大的笑容，後來想將這張照片放入正在企畫的旅遊書之中，但你可能不知道這樣的做法已經違反了肖像權。任何人都有肖像權，而一張相片中的肖像權和著作權是分開存在的，如果你並非肖像權和著作權的擁有人，那麼在公開使用之前，應當先取得當事人的同意。

❖ 我是攝影者，照片裡的人不是我──需取得照片中人物的同意，

以避免觸犯對方的肖像權。

❖ 我不是攝影者，照片裡的人是我──需取得攝影者的同意，以避免觸犯對方的著作權。

這並不是要恐嚇大家，而是現實中的確有多起因傻傻分不清肖像權與著作權最終引起的法律案件，這裡有個真實例子：攝影師 A 與模特兒 B 快快樂樂地出門外拍，後來攝影師 A 出版了一本有關攝影技巧的書，其中使用到當初拍攝模特兒 B 的照片，B 知道後便將 A 以妨害肖像權為由告上法院。

所以，還是要先完整明白法律的概念，才能選擇出可以合法使用的相片，以避免觸犯他人的權利而不自知。

2 建築作品和美術作品

街上的建築、裝置藝術等也都是出自於他人創意設計，那麼是不是也不能拍照後公開呢？建築作品和美術作品的創作者的確擁有著作權，但是根據《著作權法》，若是建築作品和美術作品之外壁，於開放的戶外場所長期展示，則能以非建築重製之外的方法加以利用。

由於攝影、繪圖並非建築重製，因此以攝影器材將建築（或戶外美術作品）及周圍物體重新構圖，或以繪圖方式另外呈現風貌，屬於合理使用，但仍為「改作」之一種，若需要公開或於營利用途時應當標明出處，以尊重原著作權人。

另外需要注意的是，儘管建築物之外壁可供人隨意攝影，但若需拍攝建築內部之作品，如：雕花、壁畫、水晶燈等，則不符合以上條件，需要獲得當事人授權才能進行拍照。

創作複印

當我們成為作者後，還需要注意的便是市面上的「複印」情形，如此才能保護嘔心瀝血的作品，遠離盜版。但是所有作品都不可以複印嗎？依《著作權法》規定，複印也有其合理範圍，而作者能做的便是知道何謂不合理的複印，才不至於使自己的作品受到濫用。讓我們先從合理的複印開始說起吧！

> ❖ 供校內教學或研究目的之使用。
> ❖ 供個人或家庭非營利目的之使用。

若是為了學術目的而進行影印，且影印之後只供個人或少數人使用，那此種情形便沒有違背作者的利益，屬於合理複印。但如果教師影印之後發給百位學生，便超出合理範圍的使用。是否為合理複印可以從目的、質與量上判斷，應出於非營利目的，且所影印之內容約不可超出原著的二分之一，也不能將副本到處散發。

大家可能覺得——好寬廣的合理複印範圍啊！是的，畢竟《著作權法》開宗明義說到著作權之立法**是一種用來鼓勵著作人從事創作活動的方式**，我們可以將想法轉個彎——在沒有損害作者利益的前提下，應該樂於分享創意。如果自己的創意可以變成別人的先驅，那不是也成了一樁美事嗎？

 註

❶ 引自維基百科關鍵字：台灣日治時期。

寫作不全然是靠天分，更多的是經過反覆
練習與不停精進。寫作需要透過思考、感
受、觀察周圍的事物和現象，然後憑藉著
閱讀擴張自己的生活經驗，再時常「練習」
寫，就會琢磨出屬於自己的文字魅力。

WritingII
寫作魅力大提升

你就是
創作的泉源

　　每當閱讀到令人嘆為觀止的小說時，你可能會想：「哇！這些作家哪來的想像力！」好像會寫作的人都擁有「文若春華，思若湧泉」的靈感。但事實上，並非每個人每時每刻都能獲得靈感。每個人的生活經歷不同，每個人都是獨特的個體，生活中的點點滴滴，不論是偶然巧遇的特殊經驗，還是刻苦拚搏的奮鬥歷程，一個人經過不同程度的心路歷程，便可能獲得不同程度的經驗。而這些經驗以流動的、河流般的形式沉澱在自己的記憶裡，這些記憶隨著時間便能轉化為滋養創作的養分，也就是所謂的「靈感」。因此，只要留心生活、感悟生活，日積月累便可以擁有社會歷練與生活底蘊，乃至知識涵養，靈感就會在需要時閃現。

　　其實，對於每一個人來說，最簡單的創作就是寫你自己、寫你的親友、寫你周遭發生的事。例如四大名著之一的《紅樓夢》，即是曹雪芹自身家族命運的投影；而龍應台將寫給自己兒子的信件集結成書，出版《親愛的安德列：兩代共讀的 36 封家書》，便被視為最佳的親子書籍之一。

對生活的深度觀察

　　某一年的升大學考試中，出了一位作文滿分的高中女孩——王麗雯，她被報章雜誌封為「早慧才女」、「小張愛玲」。在她這篇精彩的作文中，

王麗雯以平凡卻不落俗套的嶄新詞彙，描繪龍山寺的街景：「走過龍山寺一帶，甘洲青草藥香濃烈轉為絲絲縷縷，廟宇香火依舊蒸騰盒，腳下似乎仍踏著古台北石路泛黃的軟痕……」能在稍縱即逝的考試時間完成這樣一篇作文，想必來自於她平日對周遭風景的細膩觀察。文末敘述：「西園橋消失，而更熱關的捷運站進駐，這是我走過，十數年來交錯變遷的一切。我見證緬懷童年歷歷可數的溫馨風景，並準備走向另一個巨大、更不可知的未來。」街景的現代化，出自一個高中生融合歷史的思考之眼，將自身短短十數年的人生經歷，開展出一片廣大的光景。即使因為年輕，生活歷練不比年長作者，卻因能將生活經驗融入創作，讓文章既親切又充滿文藝之美。

然而究竟要如何觀察，才能寫出超越一般性敘述的好作品呢？斑馬線旁永遠虎視眈眈急著轉彎的車輛、即使說著謝謝表情仍然如打了肉毒桿菌一樣不動的小吃店員、捷運站旁希望你買一份《The Big Issue》的弱勢謀生者、……這些已經快要看膩的「每日」，究竟能觀察出什麼好東西呢？如果你總是這麼想，那你的觀察只限於「視覺」，沒有進階到「感受」或「思考」層面。

真正的觀察必須融入深刻的思考，想想過去和現在的連結、想想疾步的人背後的心情、想想皺眉的老闆可能經歷的困境、想想捷運站旁街友有家卻歸不得的原因。想想眼前的一切與自己有何關連？想想自己可以為社會做些什麼？想想如何將看到的一切置入你的創作世界？

不要吝惜花費時間，多認識一點這個世界，你的創作會因為資料豐富、資訊多元而益加完美。總之，**真實體驗人生**絕對不只是說說而已，應化作實際的行動。去吧！用「思考」、「感受」觀察包圍你的一切事物現象。

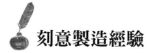

刻意製造經驗

作者筆下的各種人物、境遇，幾乎都不是無中生有，多為作者所見所聞演化而成，即使如武俠大師金庸，也為了小說中的場景而走遍高山峻嶺、大江大海。而以《殺夫》、《北港香爐人人插》等長篇小說聞名的作家李昂為例，她認為創作時通常是由自身經驗出發，再加上「可以掛勾」的其他題材。李昂初試啼聲的處女作《花季》，就是將自身經驗結合閱讀時的發想。而在寫作《殺夫》一書時，她還利用母親在菜市場的人脈，跑到屠宰場觀察殺豬的過程，實實在在的所見所聞再加上豐富的想像力，讓這篇小說一舉獲得聯合報小說獎，之後還被改編為連續劇播出，造成巨大迴響。

從李昂的例子來看，能夠用於創作的自身經驗不止是平日的偶然所遇，更可以**刻意製造**，就像李昂刻意創造了觀察殺豬過程的經驗，使她出版了一本長銷經典。所以，我們不用執著於自己沒有精彩起伏的誇張人生，除了日常生活的瑣碎細節之外，沒有經驗就去創造經驗吧！

旅行吧，在書中也行

當你無奈地攤手表示：「沒什麼好寫的！真的沒什麼好寫的！」姑且不論你是否因忙碌造成心的疲倦、無思考餘裕或其他因素，讓我們假定你的生活的確缺乏刺激。那麼，就去旅行吧！《灌籃高手》作者井上雄彥曾出版過一本《pepita 當井上雄彥遇見高第》，為了尋找靈感，他遠赴西班牙，探訪心中偶像、建築師高第的建築作品聖家堂；華裔法籍作家高行健的諾貝爾文學獎作品《靈山》，雖然一開始的初衷是為了逃避政治壓迫，但在一萬五千公里的逃亡旅程中，讓他搜集到了不少資料，最終成為該書的素材，也從旅程中獲取許多靈感。

十九世紀中葉美國文學大師亨利 · 米勒（Henry Valentine Miller）曾說：「旅行的目的不在於到達一個地點，而是找到一個看世界的新方法。」意思是若想找出人生的全新體悟，重要的是**換一種觀察生活的方式**。所以，這裡是所說的旅行，也並非專指傳統意義上的旅行。大部分的人因為長期處於一成不變的環境，對外接受訊息的受器麻痺，常常忽略生活中的小角落，幾乎都是驚鴻一瞥才察覺——原來這個地方這麼有意思啊！事實上只要改變心境，無須出遠門旅行，透過不同的視角觀察同樣的場景，「一沙一世界，一花一天堂」，生活中處處都存在著小驚喜。

倘若無力花錢旅行，也可以借用他人的眼睛走一遭。書中馳騁著千萬人的經驗，多方閱讀也能增加生活經驗。長年盤踞台灣十大暢銷女作家的張曼娟曾言，其書《鴛鴦紋身》、《張曼娟妖物誌》等取材均源於古典作品，例如干寶《搜神記》、陶淵明《搜神後記》、郭璞《玄中計》與鄭常《治聞記》等神怪類小說。由於平時大量閱讀，當創作有需要的時候，即可快速將自己平時閱讀所積累的見聞與知識運用其中。

除了累積大量生活經驗之外，適時的紀錄、把握任何倏忽即逝的靈感，也是作家們平日必練的基本功。就像中國新詩奠基人之一郭沫若的《女神》詩集，其中優美詞句來源部份源自半夜一閃而過的靈感，他常為此從被子裡爬起奮力急書，以避免任何一絲靈感不聲不息地溜走。

戴上不同顏色的眼鏡看世界

每個人在創作時，同時也是在分享自我的人生體悟與心路歷程。這些故事是活的、有自己的語言與呼吸，訴說著屬於生命的意義和情趣。創作者有時會感到深陷在死胡同裡，再怎麼絞盡腦汁也生不出新的題材。那該怎麼辦呢？感到「山重水復疑無路」時，應該稍稍退出平日的慣性思維，

換個角度去觀察周遭看似相同的景色。

　　暢銷繪本作家幾米的作品為什麼如此廣受歡迎呢？除了他的繪本色彩多元、擁有繽紛的視覺元素外，他還擁有多元的生活視角。幾米總是帶領讀者換個角度觀察原本生活的世界，讓一成不變的都市生活有了不一樣的樣貌。在幾米的繪本中，人有時如籠鳥般被囚禁，有時又可與高掛天邊的月亮對話；都市叢林有時是冷冰冰的黯灰水泥牆，有時又可以是色彩繽紛的遊樂園。只要換個角度看，同樣的環境、同樣的人物，便能夠轉換為不同的創作題材，讓讀者每次都能讀出不同的味道和感覺，引領我們以寬廣的角度觀察生活，欣賞每一扇窗外的美麗天空。

　　將社會化的外衣褪去，嘗試釋放被關在最底層的本我，嘗試一些旁人看來不切實際的幻想，便能幫助你戴上不同顏色的眼鏡看世界。例如已故導演齊柏林的知名電影《看見台灣》，就以空中拍攝的方式，將台灣的環境生態問題以嶄新的姿態搬上大螢幕，用不同的角度詮釋舊題材，塑造一個新穎迷人的作品；或如法國新浪潮代表楚浮的半自傳電影《四百擊》，則完全以青少年的視角呈現青少年問題，與核心內容拉近距離而使觀眾留下深刻印象。電影如此、書籍亦是如此，倘若我們能打破自以為的「自己」，從不同的方向出發，也許就能為寫作找到新創意。

　　生活中存在著許多創作的題材，只是人們習慣重複相同而無趣的事物，忽略了許多日常美好的小確幸。只要改變生活方式、改變觀察世界的角度，創作的路上就會發現「柳暗花明又一村」。

打造屬於自己的
寫作公式
02

　　簡單來說，寫作公式指的就是你的寫作風格與脈絡。一個作者能夠在市場上贏得讀者們的歡心，一定少不了自己的獨特風格，雖然風格的成就可能需要數十載的耕耘，但大家可以先試著發展專屬於自己的寫作公式。擁有固定寫作公式者，除了可以像解數學題一樣，免去寫作過程的許多枝節、縮短寫作時程，更能夠因為創作模式的獨特性，成為在眾多讀者間具有影響力的暢銷作家。

　　日本奇幻小說家村上春樹被譽為現代最有創意，也是諾貝爾文學獎呼聲最高的作家，其獨特的風格幾度掀起「村上現象」的炫風。在村上的小說中，主角總是很平凡（絕對不是俊男美女而且有許多缺點），但一貫地喜歡閱讀、思考、慢跑、聽音樂以及做菜；有時出現符號或動物替代名字；場景總是少不了圖書館、單身男子公寓、公園……但這樣不斷重複的「公式」卻極受歡迎，而且成為讀者與作者相認的默契。

在衝突中找到自己

　　我們可能沒有村上春樹的才氣和運氣，但卻可以借鏡他的成功案例，打造屬於自己的公式。有人可能會說：「我實在難以發展創作公式。想到什麼就寫什麼，這也能算是一種風格嗎？」一開始真的可以這樣。你可以

用自己覺得最舒服、最喜歡、最暢通無阻的言語來寫作，從中先抓住自己慣用的文句與意境。

　　寫到後面時，你可能會發現：「咦？前面寫這件事時我的語氣或態度不是這樣耶！」然後開始重新斟酌思考、讓思緒打架，最後塗塗改改創造出第三種，甚至第四種寫法。寫作過程中時常會上演思緒與邏輯的衝突，但也就是在這些拉扯與痛苦之下，漸漸產生屬於自己的寫作風格。在筆者看來，只要你非常用心，那麼寫完一本書後，至少會發現某些詞語已成為你個人的獨特語言。

 ## 一貫寫作脈絡

　　當然，你也可以試著使用舊有公式，用舊瓶裝入新酒，這也是創意的一種。

　　台灣的國民娛樂之一布袋戲，可說是老一輩人最重要的生活休閒。如果把一場布袋戲視為一篇充滿劇情的文本，那麼它的創作公式是什麼呢？舉個例子，你知道當布袋戲迷聽到「半神半聖亦半仙，全儒全道是全賢」這句話時，會想起哪一個布袋戲人物呢？那就是素還真。霹靂布袋戲裡每一個人物在首次登場時，都會有一首代表他們背景的詩詞，透過這些詩詞，便可讓觀眾馬上瞭解這個人物在江湖上的風評與他的性格。當旁白唸出這些詩詞的同時，即使人物尚未登場，觀眾也能夠馬上就知道接下來要登場的角色是誰。即使是第一次看布袋戲的觀眾，也能夠透過這段詩詞，立即瞭解登場人物是正派還是反派，大大降低閱聽人的「入門障礙」。

　　其實**出場詩**並不是霹靂布袋戲獨創的，早在宋朝說書人就開始使用，後世只不過沿用這個公式罷了。另外，明清章回小說每回的一開始，也都有類似出場詩的幾行詩句，概要說明本回章旨。既然這個在文學創作市場

上風靡一千多年的開場詩這麼好用，那我們也可以試著將它再度轉型，說不定會成為個人獨特的風格喔！

　　現下許多當紅偶像劇常被眼尖的觀眾指出，劇本寫作有一定公式可循，也就是網友口中的老梗。大家回想一下看過的偶像劇，劇情中的男女主角是不是一定是因為誤會而相遇；彼此性格上一定是一對歡喜冤家，因為鬥嘴而產生曖昧關係；男女主角之間一定有第三者介入，雙方因為猜忌或種種外在因素而分開；但愛情的力量一定大過於任何現實環境的阻撓；最後一定能突破重圍又繼續在一起，以幸福圓滿的結局落幕。上面這些劇本的古老公式，你可以說是作者偷懶，但還有一個更重要的因素——觀眾愛看。因此，對寫作新手來說，模仿他人的寫作公式，再稍稍予以轉型，是持續創作與進步的不二法門。

在創作聖殿隱居

　　一個作家的作品內容與精神，可以由他最常去的咖啡廳、最常見到的人們、最欣賞的哲學家、最醉心的書籍音樂、最嚮往的生活、最想解決的生命疑惑等等所組成，這些環繞在作家周圍的「分子」，在條件成熟時，將透過文字大聲公告其獨特風格。而形成作家個人風格的清單中，想必一定有一個是能引發創意或是能讓其專心寫作的地方。

　　有些人喜歡咖啡廳燈光昏暗的氛圍、優雅的音樂伴著咖啡香；有人則偏愛自家書房，點亮一盞桌燈，伴著輕爵士樂進入不受打擾的場域。世界著名童話作家安徒生鍾愛在山野之間與蟲草花木相依偎，只要走入森林，他就能全神貫注於寫作上。美國名劇作家柯漢（George M. Cohan）則喜歡在火車上寫作，他長年包下一節車廂，以便在寫作時感受火車疾駛所帶來的速度感。

筆者認為，咖啡廳是可以刺激「五感」的好場所，包含視覺、聽覺、嗅覺、觸覺及味覺。柔和的光線中夾帶著優美音樂及低聲細語，空氣中彌漫著濃郁的咖啡香，擺設上有經年累月的刻痕及溫度，舌上味蕾享受甘、酸、苦等多重感受，藉由咖啡因增加腎上腺素的分泌，進而使交感神經呈現興奮狀態。《灌籃高手》作者井上雄彥就常獨自一人窩在咖啡廳裡反覆思考，嘗試與人物對話，他確信只要角色畫好了，故事就自然形成，所以從不特別再另外思考故事情節。

每個人都有適合自己的創作之所，不需模仿也不必假裝（筆者雖把咖啡廳描述得如此浪漫卻不見得是你的菜），可以四下探詢，多去幾個地方場勘實驗，找到自己最能定下心且多產的個人創作聖殿。在這個你專屬的皇宮裡，依照自己的寫作藍圖，一層層搭建起夢想大樓，寫作公式必會在一次又一次的文字組織中，匯入你的思緒之流。

催下油門
飆升寫作速度
03

想出版自己的一本書進而成為職業作家，必備條件之一莫過於**寫作速度**了。就算只是想成為兼職作家，如果寫得不夠快，加上後續的出版流程，出書便成了難以企及的夢想。你可曾計算自己在文字產出的過程中，花費了多少時間嗎？你想要把寫作當成職業、靠稿酬維生，那麼就更需要穩定且持續不斷的文字產出。假如寫作的速度像政客兌現選舉支票一樣緩慢，那麼稿酬也就龜速入袋，意味著收入不穩定。所以除了持續不斷地鍛鍊筆力之外，更要提高創作速度。記住，速度乃是訓練出來的。

① 搞清楚遊戲規則

日記可以想到什麼就寫什麼，書籍作品卻不行，因為除了暗戀你的人，沒有人會對你的喃喃自語感興趣。但也不必太拘泥，因為文章本身是有公式可循的，所以在動筆前一刻要先確認：你要寫的是散文？小說？新聞報導？自傳？還是論文？不同寫作形式，必須遵守不同的規則。掌握好規則，便可以節省不少天馬行空、寫了又刪刪了又寫的大好光陰。

除了搞清楚現在正要寫什麼之外，還應熟悉每一類文稿的撰寫體裁。各種不同領域的文稿，要求大異其趣。一般散文寫作多有「起、承、轉、合」；但若是新聞稿的撰寫則必須符合「倒金字塔結構❶」，把最重要的

寫在前面，然後將各個事實按其重要性程度依次撰寫；而論文則必須先交代清楚研究動機與方法，回顧文獻後才能開始正文；小說雖然可依照作者習慣有五花八門的寫作規則，但一般不出順敘、倒敘、平行❷敘述等手法，太過求新求異，可能導致讀者霧裡看花。

❷ 平日就要備妥資料

不論從事文學還是非文學創作，極少有人可以不參考任何資料就無中生有。撰寫歷史小說需要時代背景資料，偵探、陰謀小說也需要摻雜真假難辨的豐富資訊而讓書更顯魅力。例如美國作家丹‧布朗為了完成《達文西密碼》一書，與身為藝術歷史學家的妻子進行繁雜的宗教、歷史研究，並展開羅浮宮之旅。日本知名電影導演、作家岩井俊二的《華萊士人魚》一書，也充滿了對海洋生物學與進化論的知識。可見創作的過程當中，資料搜集是極其重要的工作之一。

筆者為非文學類書籍的多產作家，可以坦然地告訴各位，在非文學性的創作中，資料堆疊與資訊累積更為重要，而且因為時事變化急驟，還必須常常更新手上的資訊。在筆者的電腦桌面，赫赫陳列四大資料夾——商管類、歷史類、親子教育類、數學教學類。各個資料夾內，甚至已經建好待出版的不同書名資料夾。平日一搜尋到相關資料，便分別放入四大資料夾，略有餘裕時，再進一步將資訊丟進各本書中，開始消化資訊、整理筆記。由於資料庫豐厚多元，每當要寫書之際，不必上網再重頭搜尋，得以安靜地閉門創作。

當然，即使在相關資料已備齊的情況下，有時仍會有「不知該如何下筆」的茫然之感。這時，建議可將手邊龐大的資料先一一丟進架構好的各章節中，再分段進入各章編輯內容。這就像兒時玩積木遊戲一樣，要先把

自己所有的積木擺列出來，從積木中加以篩選顏色、大小、形狀等，然後再依腦海中的架構圖組建模型，最後加以修飾。如此一來，便可以成功堆疊出夢想中的城堡了。

Tip 3 訓練打字速度

　　寫作還必須考慮到技能層面，若空有滿腹才思，打字的速度卻跟不上靈感湧現的速度，那麼瞬間即逝的靈感就只能付諸流水了。因此，流暢的打字速度，可說是現代寫作的必備能力，平時可用計時的方式，計算每15分鐘的打字量，訓練自己突破速度上的限制。當然，也可以使用語音輸入，在「說」完一段文字後再修修補補，相信能更快速地完稿。

　　現代人極愛追求速度，高速雖然未必能創造最大的品質，但以寫作這一行來說，除非你個人擁有極大的意志力，否則拖得越久、越寫不出來。大家可以回憶一下學生時代交報告的慘況，通常都是到最後一天才能一鼓作氣熬夜到天明，然後隔天頂著黑眼圈交出報告。「沒有時間」就是作家最大的幫手，搶速度、與時間賽跑將可以助你早日了結心願。

✏ 註

❶ 倒金字塔結構：在一篇新聞中，先把最重要、最新鮮、最吸引人的放在導語中，導語中又往往將最精彩的內容放在最前端；而在新聞主體，各段內容依照重要性遞減的順序安排。猶如倒置的金字塔，上面大而重，下面小而輕。

❷ 順敘：按故事發生的時間先後進行敘述。倒敘：先交代事件結局，再回頭鋪敘開頭。平行：將兩條或是兩條以上的情節並列呈現。

寫就對了
想那麼多幹麼？

04

　　你是否曾經在創作過程中感到才思枯竭？那一刻，參考資料攤在眼前，每一個字卻都變成看不懂的外文；電腦在旁邊不停地休眠，又被你強迫式地不停移動滑鼠重新啟動；整個世界鴉雀無聲，仿若已走到盡頭。你整顆腦袋只剩下兩個想法──第一是寫不出來，第二還是寫不出來。

　　誰不想要時時刻刻妙筆生花，迴旋在筆歌墨舞的境界呢？雖然現實總是殘酷的，不過也沒到世界末日的程度，你只是遇到創作的瓶頸、思緒的乾枯期罷了，現在就服一帖「破除阻礙寫作」的湯藥吧！

掃射那個沒情調的閱評人

　　創作者的心中通常存在一位裁判，此人非常多管閒事，常要幫你的作品評分定位。當你開始創作時，他就出來搗亂，說你沒有天賦、詞不達意，盡快放棄寫作、出外郊遊曬太陽吧！這就是你心中的「閱評人」。面對閱評人帶給你的強烈挫敗感，最好的辦法就是穿上金鐘罩鐵布衫，拿出機關槍掃射他。先將心中的閱評人和挫敗感掃到一邊，再以厚如鋼鐵的臉皮繼續寫作。

　　你可能會問，沒東西寫卻硬要寫，寫出來的文章不是很差嗎？其實你的心情和對自己的評價都不是你所能掌控的。當心情不好時，佳作在你眼

中都一文不值；心情好時，寫什麼都覺得優質。所謂寫作第一步，修改第二步，**調整文章**絕對比憑空創作簡單。總之不要想太多，寫就對了。

堅持每日半小時寫作

你可能會說：「我很忙、很忙，真的沒空寫。」請問問自己內心的聲音：確定不是在逃避自己的無力感嗎？我真的真的很想寫嗎？因為不想寫作時，絕對能找到幾百、幾千個合理的藉口。回歸自己的初衷吧！當初為了出一本書立下宏願，或許也放棄了一些生活習慣，明明是因為自己很想寫、很想出書才走到現今這一步，放棄的話多對不起自己。

然而，違背心情持續痛苦下筆，著實難受，因此筆者強烈建議，每個立志出書的人都應該訓練自己從「半小時寫作」開始。每個人的生活習慣不同，有人晨間靈智清明，有人夜晚文思泉湧。筆者因日間公務忙碌，故屬於夜深人靜創作型。白天我會利用零碎時間上網流覽各項新知，到了晚上沉潛過後再將內容整理出來。當然，有時也會遇到疲倦或心情不佳之時，但筆者從打開檔案開始，無論如何一定會按下三十分鐘的馬錶，至少撐完這段寫作時間才去休息。

東京創造教育研究所創辦人佐藤傳在《晨間日記的奇蹟》提出——「寫日記最好的黃金時段是在早晨」這項革命性見解，影響了日本大批企業顧問、大富豪、國際演員、公司董事長等成功人士，開始利用「早上」這個絕佳的時段。而書中所提到的精神守則——「開心地寫吧」、「堅持一段時間的寫作」，則讓筆者更堅定了「每日半小時」的寫作原則。

真正的成就需要長時間淬鍊而成，寫作出版更是如此。並非所有作家皆如曹植般能七步成詩，但其實只要堅持寫作的信念、持之以恆，假以時日必定能看到成果。被譽為「恐怖大師」、著作銷售累積超過三億五千萬

冊的暢銷小說家史蒂芬・金（Stephen Edwin King），也時常遇到搜索枯腸的時候，但他規定自己每天至少寫十頁（約二千字）。而且只有在最糟的情況下，才允許自己「只寫二千字」就好。

以《那些年，我們一起追的女孩》、《等一個人咖啡》、《打噴嚏》等電影紅透大街小巷的導演暨小說家九把刀，自 2000 年在網路上出版第一本書開始，已經創作超過六十本書。就他自己所言，他每天最少寫五千字，而且是隨時隨地都在寫。出門搭車就把筆電放在腿上寫；在家即便熬夜，也寫到天荒地老，不忍停筆；就連入伍後，在鄉公所當替代役也沒停筆，拚命找空檔寫。無論何時，他都有意識地提醒自己，為了實現華人地區第一作家的夢想，每天要努力寫、拼命寫。到了後來，他已經練就在任何地方、任何時間都能開啟寫作的特異功能。

作家們之所以能持續寫作，每天固定、規律地產出，並非受到謬思女神特別眷顧，史蒂芬・金曾這麼形容：「寫小說不過是一個像鋪管線或開長途卡車一樣的工作。你的工作是確定靈感之神知道你每天某一段時間要去的方向；如果確實知道了，我保證祂早晚會現身，含著祂的雪茄，施展祂的魔法。」因此，只要你不停地寫，總會走過思緒的乾枯期，重新獲得豐沛的創作洪流。

曾經仰賴酒精支撐寫作意志力，最終卻憑藉對創作的熱愛，出版暢銷書籍《創作，是心靈療癒的旅程》的茱莉亞・卡麥隆（Julia Cameron），幾乎是用生命對全世界的作者吶喊：「寫，就對了！找回自由書寫的力量、為寫而寫的喜悅！」茱莉亞・卡麥隆走出創作的瓶頸，陸續出版一系列暢銷書籍，並鼓勵了無數的創作人。只要你真的想加入寫作行列，一定可以如她所言，擁有自由書寫的力量。

找到強而有力的寫作動機

05

　　你可曾想過為何寫作？為何出書？是一時的衝動，還是想證明自己有寫作能力？是為了傳揚理念給大眾，還是僅為夢想追求？是為了出名賺錢，還是想要挑戰當代界線？做任何事情之前，一定要先確認動機，因為出一本書要經歷的辛苦，絕非坐在電腦前打字的你想得那麼簡單。光是將書寫出來，就是一件足以讓你忙到翻的大事。

　　筆者不諱言很多人出書是為了獲取名聲和利潤，然而這並非一切，一定還要有其他更深一層的動機，才有辦法將熱情燃燒到最後。猶記 2016

年看到美國大選唐納・川普（Donald Trump）以素人之姿成為美國總統，心中被深深震撼。那時心中浮現的想法是──我應該更進一步剖析川普的成功秘技，不論是好的或是壞的，一定可以為大眾帶來全新的視野和體悟。由此，筆者便在一個月內完成了《川普成功學：放膽想，勇敢拚，你就贏》。後來，也因為川普競選 2020 年美國總統，而再度出版《川普逆襲傳奇？成也川普敗也川普的真相揭密》。

　　寫作往往需要動力，才能一鼓作氣。2006 年諾貝爾文學獎得主奧罕・帕慕克（Orhan Panmuk）是筆者非常欣賞的作者之一，他曾經列

出寫作的 23 項理由贈送給讀者，並期許大家都有機會得到諾貝爾文學獎。其中一項是——「我寫作，因為每個人都期待我寫作」，這是多麼幸福的理由，也是多麼大的創作動力。如果有人持續期待著你的創作，你怎麼能不熱愛寫作呢？

大家知道龍應台經典名著《野火集》的寫作動機嗎？當年她只是一位應邀撰寫專欄的女子，在那個沒有網路、電視只有三台、電台只有公營、報禁尚未解除封印的戒嚴年代，她勇敢衝撞當時的權威，野火如燎原烈火般燃燒蔓延。爾後台灣社會經過不少變遷，或多或少都受到這「野火」的洗禮。龍應台最初的寫作動機只是為了表達自己的聲音，最終卻成功出書，甚至超過自己的期待，成就一本影響力極大的書籍。

如果你才剛出道，尚未累積期待你出書的粉絲；抑或，你也不像龍應台這麼偉大想為正義發聲；那麼你至少可以尋找一個單純的動機。像香港流行小說作家喬靖夫一樣，他曾經說過：「讀書時觸動我要寫小說的，只是非常單純的動機，就是一股與別人溝通的強烈欲望。明明是一個人躲著默默做的事情，卻能夠透過故事跟許多無分地域的讀者說話，這是寫作的一大滿足。」藉由這簡單的想法，喬靖夫從中獲得無比的快樂與滿足，增強了自我的寫作動力。看吧！「寫作動機」是多麼重要。

脫胎換骨
變身寫作人

06

你或許在某個領域有著不可動搖的自信，但在嘗試新方向時卻無力如法炮製，尤其是在預備進入寫作大門前。你時而心懷猶豫、舉步難進，在寫作前就未審先判，認為自己無法超越同性質的作品；時而又認為自己沒有該領域的專業，心中不時出現：「我，真的適合寫作嗎？」以上症狀顯示你可能得了一種病，那就是——沒有自信。

忘記過去，勇敢嘗試

來吧！試著改變自我印象，提升自信心。在此筆者要大聲告訴你——別活在過去，忘記那些失敗的作品，拋卻曾經寫很久卻無疾而終的短命創作，改變心態朝更遼闊的視野前進吧！知名作家吳若權曾說過：「自信是欣賞自己的長處，也願意接納自己的缺點。」就算過往創作總是得不到理想的成績，但不表示你沒有寫作的能力，記取過去的失敗，便可以重新寫出自己的璀璨未來。

曾榮獲金馬影后殊榮的林青霞透露，因為受到語言學家季羨林《老貓》的影響，產生了寫作的信心，進而完成自己的第一部散文作品《窗裡窗外》。最終成功跨足寫作之路，改變自我印象，證明自己也有寫作的能力。你也可以給自己一個自信的理由，例如諾貝爾文學獎得主奧罕・帕

慕克（Orhan Pamuk）說過：「我的自信心來自於相信所有人類都有同理心，都帶著與我一樣的傷口（所以他們能夠瞭解）。」

筆者在最初接觸親子類書籍時，也曾猶豫是否可以完成，但本身一向對寫作充滿著自信，且教養出一對優秀的子女，他們無論在生活或是學業，甚至求職路上都不需要父母操心。因此筆者告訴自己撰寫這類書籍一定沒有問題，最終也順利完成了多本親子類書籍，如《叛逆反骨也不怕：淡定教養 5 招》、《給刺蝟小皇帝的情緒管理課》等，受到市場及家長們極大的肯定。改變對自己的印象，會發現原來自己可以如樹狀圖一般多線發展，創作出更多元的作品。

 脫胎換骨四招

老實說，改變自我、提升自信心並非一蹴可幾，是需要一段時間經營的。但只要下定決心，一切都會往可能的方向轉變。以下依據筆者數十年的寫作經驗，歸納出**脫胎換骨四招**，教你逐步打破自我枷鎖，建立脫胎換骨的自己，朝向寫作人邁進。

1 心理暗示

持續給予自己**一定成功**的心理暗示。告訴自己「我是最優秀的」、「我有這方面的能力」……，想像一下成功時獲得成就感的畫面。也許剛開始像是催眠，也許有時覺得頗為勉強、難以說服自己，但人有一種「裝久了就成真」的慣性，假裝堅強（進而努力去做）、假裝自己很厲害（當然也要同步自我充實），久了之後，你就會變得「真的很強」。

2／ 實力累積

　　延續上述的心理暗示，不可少的就是實力累積。不停地充實自己，而且必須貪婪地多方面涉獵知識、磨練技能。只要有堅強的實力作為後盾，怎能不加倍成長呢？筆者大學時期學的是經濟，後出國取得統計學博士，雖本職為數學補教名師，但因高中開始即對出版、史地有濃厚興趣，持續潛心研究。平常在公務繁忙之際，仍不斷大量閱讀書籍、瞭解出版行情，因而能經營出版集團、網路書店，同時名列商管與歷史類的暢銷作家。正因為不斷地積累各式各樣的技能和知識，才能成就如今的寫作之路。

3／ 謙虛待人

　　不要小看「謙虛」這八股的建議，其實，拼命努力建立自信，就像一台往前衝的高速列車，必須裝上「謙虛」這條性能十足的煞車帶，以免衝過了自信的終點，變成高傲難以親近的人。民初傑出政治家、思想家梁啟超曾說：「自信與驕傲有異——自信者常沉著，而驕傲者常浮揚。」

4／ 持續鍛鍊

　　最後的絕招就是不斷練習、練習、再練習。想要建立自信，成為量產型的作家，平時就必須一直寫、不停地寫；一直觀察、不停地觀察；一直找資料、不停地找資料；一直思考、不停地思考……直到文字能夠隨心所欲地為你駕馭、直到對所寫的題材全然瞭解通透。這時寫作就像在考場上遇到曾經練習過的題目般，能以秒殺的速度將它一刀解決。

如果你的出書企畫幸運地被出版社選中，
就可以雙手一攤，再也不管事了嗎？錯！
當個無知的作者，只會增加紙稿成書過程
的困難。所以為了掌握出書進度及成品結
果，搞懂出版這件事，絕對勢在必行。

PublicationI

關於出版的二三事

簽訂出版契約
的那一刻

前述章節已介紹過該如何做好出書企畫,包括想受到出版社總編的青睞到底該怎麼做,有哪些技巧及注意事項等。現在就來談談,在投稿之後,如果嚴格的編輯們果真慧眼識英雄,幸運選中了你的稿件,你終於有機會出書了!那接下來呢?

雖然你已經完成了製作一本書過程中的大部分工作,但出書這件事其實並不是如你所想的那麼簡單,只要寫好稿子交給編輯就沒事了。在正式進入出版程序前,還必須先和出版社談妥出版條件,並簽訂出版契約。這麼做不僅是為了保障雙方的權益,也可以確保作者的書能在一定期限內和讀者見面。因此,以下筆者將對出版契約的內容,以及簽約時的注意事項進行說明。

一般而言,正式的出版流程一定要訂立具有法律效力的出版契約,上面載明作者與出版社雙方應盡的責任義務及權利。契約通常是由出版社這一方先行開立,作者在簽約前,務必要詳細閱讀契約內容,有任何疑問或認為不安的條文,需在第一時間與出版社協商。如果等到簽約之後才提出異議,不僅會讓出版社對你留下不好的印象,也容易造成彼此的困擾。各出版社的契約並不完全一樣,但通常包含以下內容:

出版社名稱、作者真實姓名及身分資料

為了維護雙方權利，並具備法律上的效益，契約必須使用作者的真名而非筆名或化名，並有雙方親筆簽章、通訊資料、作者身分證字號等。

交稿規範

簽約時，由於牽涉紙張和印刷成本，雙方會洽談預計成書字數或頁數。但在作者交稿後，出版社會根據市場效益，與作者協議增刪稿件內容。由於每本書狀況不同，有可能最後頁數不如當初預期，若遇頁數不足的狀況，則需由作者方補足書籍內容。

支付作者的版稅比例、結算方式與結算時間

版稅，也就是大家最在意的稿酬問題。作者辛辛苦苦地出了書，最後能拿到多少錢呢？這就要看個人行情，以及和出版社談定的稿酬是多少了。通常版稅是以成書定價計算，介於定價的 5% ～ 15% 之間（會依作者知名度而異），且依據不同類別的書籍，版稅也會有所落差，端視出版社評估此書的市場效益而定。版稅的結算方式與時間，也是依各家出版社規定，作者可以先向出版社詢問清楚，再決定是否簽約。

另外在版權的部分，也可能會有出版社買斷版權的情形，這時費用就不是以版稅來計算，而是就單一稿件而言出版社願意支付多少費用購買版權。作者必須注意，在買斷版權後，著作財產權就歸屬出版社，除非有在契約中另訂條件，否則往後著作若再版，作者將無法拿到額外費用。

交稿期限

　　由作者與出版社討論，敲定恰當的交稿時間。此舉除了可避免作者拖稿外，也是為了確保著作的市場效益，尤其是具有時效性的議題。倘若作者無法在期限內交稿，必須盡早通知出版社，否則多數出版社會要求作者賠償因拖稿而造成的損失。

與該著作相關的著作權法條文

　　《著作權法》第六十四條規定，使用他人著作內容，必須明示出處。這邊要特別提醒作者的是，與出版社簽約後，雖然作者本身仍享有著作人格權，但著作財產權在一定期間內是屬於出版社的，因此作者不可將已公開出版的書籍內容，或與內容雷同之文字用其他形式發表，否則可能觸犯出版社的著作財產權，而出版社是可以向作者要求賠償的。

　　簽訂出版契約主要是為了保障作者與出版社雙方的權益，倘若接獲出版社通知同意出版你的著作，卻沒有提及任何簽約事項，也可由作者主動向出版社詢問或提出希望簽訂出版契約的要求。由於這個部分和自己的權益息息相關，所以積極主動也是身為作者的必備態度，絕對不可輕忽而讓自己的權益在無形中睡著了。

　　另外，確立出版契約除了保障作者與出版社的權益之外，還有另外一個好處，那便是加快作者的寫作速度。當截稿日期擺在眼前，作者便不得不加緊腳步，以期快速完成稿件。這就像獵物在獵人的追趕之下，總是跑得比較快一樣。因此完善出書企畫並簽訂出版契約後，離成功出版的日子也就不遠了。

書籍
出版流程

在簽訂出版契約後，便進入正式出版程序。接下來介紹的便是，若要出版一本書，到底要經過多少繁複的程序。以下為常見紙本書出版流程圖：

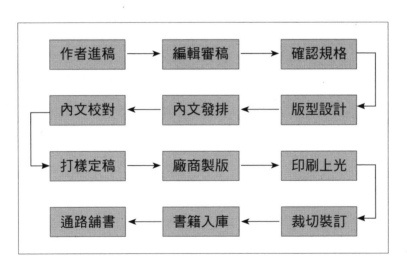

乍看之下，其中的流程似乎有些複雜，事實上每個步驟的確有許多不能輕忽的小細節，需要經驗累積與專業知識的配合。作者如果嫌麻煩沒有興趣瞭解，可以將權責全數託付給執行製作的編輯。

雖然出版社編輯的工作會視各家出版社文化不同而有所差異，但大體而言，在接到作者繳交的稿件後，編輯的任務就是確保上圖的出版流程能

順暢進行。所以想讓你的著作順利和讀者見面，編輯在其中扮演了至關重要的角色。因此，和編輯打好關係絕對是個不錯的建議。

　　當然，如果作者能夠瞭解出版流程，無疑能與編輯探討更多相關細節，避免在溝通的過程中，編輯講了一堆專業術語（如版式、開數等），作者卻聽得一頭霧水。此外，作者也可以針對書籍的包裝與行銷方式與編輯進行討論，以增加書籍的銷量。

　　一本書之所以能成為暢銷書，內容的豐富度和作者的文字功力固然很重要，但要在一瞬間吸引讀者的目光，鼓動讀者拿起書來翻閱的欲望，如何包裝與行銷才是關鍵的要素，這些筆者都將在後文中詳細為大家說明。首先，就讓我們照著出版流程一步步來介紹吧！

作者交稿前的注意事項

在著作最終定稿以前，「作者交稿」、「編輯審稿」這兩個步驟通常會來來回回進行許多次，此階段著實考驗作者的耐力與寫作熱情。當作者將初稿交給編輯後，編輯會初步檢視文檔內容是否符合該類項書籍的寫作風格，以及是否搭配當前具有話題性的市場議題，並淘汰不適合的內容，提供作者相關的改善建議後，再將初稿交由作者進行修改。

具備豐富經驗的資深編輯，由於長期接觸相關議題的書籍，通常比大部分作者更能掌握當前的市場趨勢，如果想要知道現在炙手可熱的到底是哪些市場議題，問他們絕對不會錯。適時聽取編輯寶貴的建議，可以大大降低作者在寫作時滯礙難行的狀況。所以奉勸各位認真的作者，不要只是埋頭苦幹、閉關作業一直寫，萬一整本書寫完了才被編輯退稿，絕對比只被退稿一章還要痛苦千百倍。

筆者比較建議的作法是，在寫作的過程中與編輯密切保持聯繫，在初期就先和編輯溝通討論，確定出大致的文章結構與文字風格後再接著寫後面的內容，才不致於出現都寫完整本書才被告知需要大幅修改的惱人情況。

一般而言，根據書籍類別的不同，編輯在收到初稿後，會先審查以下幾個項目。

不雅的用詞和情節

例如口語罵人時，常會聽到的三字經，或是帶有侮辱、輕視、謾罵意味的字眼及情節。除非是因為情節內容需要，否則這類文字除了在閱讀時會給讀者帶來不好的觀感，也因為書籍的公開出版，可能涉及公然侮辱或相關法令問題，因此編輯在審稿時會優先刪除。

另一方面，作者在寫稿時，也須不時轉換角度，從讀者的立場為其設想。在體貼讀者的感受之餘，也能完整傳達文字的內涵。

陳舊的議題和案例故事

若內容牽扯到時事或法令，有可能因寫作時間與出版時間點的落差，而出現時效已過的議題。例如已經修改的政策，或者年代過於久遠、無法引起讀者興趣的故事。這時，編輯會視內容需要，斟酌抽換或請作者改寫部分內容，以符合時下閱讀人口的需求。

與當地法令或風俗不符的內容

這部分在翻譯作品或是引進他國版權書時常會發生。例如大陸食譜中會出現兔肉、狗肉料理，但台灣多數人無法接受，這時就必須抽換部分內容，像是更換食譜，或改用台灣人慣用的烹調材料等等。

另外，由於現行的中華民國出版品分級制度，被列為普遍級的圖書不得出現過度腥羶色、有礙青少年身心發展的內容，故這個部分也須酌情改寫或刪除。此外，若想要將書籍市場拓展至中國大陸，那就必須通過該國嚴格的審查制度，攸關敏感的政治批判、法輪功等宗教題材，或是情色尺度過於開放的著作，都無法通過審查。

文字的風格走向和寫作手法

　　雖然每個作者的寫作風格迥異，但考慮閱讀族群的需求，同一類別的書籍仍會有一些共通點。例如心理勵志類的書籍，通常會傾向於使用較柔軟溫暖的文字，以及感性的故事手法呈現；若是商業管理類別的作品，則會以較專業的筆法描述案例或知識；而寫給兒童或青少年看的讀物，則會使用較簡單易懂的用詞或敘述。

　　由於寫作的風格與一本書的市場接受度息息相關，如果能在開始撰寫時就先與編輯討論，確立文章的主軸與風格走向，便能避免後期需要大幅度刪改的困擾。

 引用的文字和圖片是否涉及版權問題

　　文字的引用可大概區分成文意改寫或原文引用。文意改寫是將他人文章中的想法或概念，經過吸收理解後重新用自己的語法或邏輯加以詮釋，如此便不涉及版權問題；若是原文引用，則要注意引用篇幅需在合理範圍，僅能占自己創作比例的極小部分，並註明原作者及來源出處，盡量避免集中引用同一作者的著作。若是引用的篇幅過大，就必須向原文版權擁有者取得授權，否則很有可能引起法律糾紛。

　　而圖片的引用範圍比起文字引用又更明確了。有些人習慣將網路上隨手找到的圖片直接置入創作中，但這毫無疑問是違反《著作權法》的。若在著作中有需要直接引用他人創作的圖片、照片等等，都需先向圖片或照片版權擁有者取得授權，以免出現爭議。其他關於《著作權法》的相關議題，可參考前述章節。

Publication I

重複的內容和不合邏輯的論述

　　重複的內容通常是指在文章中，出現相似或重複的案例、故事，或用類似的文字描述同一件事。這時，編輯通常會要求作者置換案例或故事，或者再加以改寫，以使整本書的內容更豐富精彩。不合邏輯的論述則是指過度偏離事實或與一般大眾認知的常理相違背，這部分在非文學類的著作中較常見。但若是能提出獨特創新的論點並加以佐證，便不在此限。還有像是文學小說、輕小說等等歸屬於文學類的創作，因較有天馬行空的幻想空間，所以也不在此限。

　　瞭解上述基本的注意事項後，作者可以在寫作的同時，檢視自身稿件是否符合出版原則。苟能如此，絕對可與編輯合作愉快，在枯燥繁雜的編務流程中，因為運作順暢，有餘裕舒緩心情，聊聊與出版相關或非相關的日常逸事。既然寫書已經是個艱鉅的遠征，那就讓出版過程如同途經飄散咖啡香味的小店，稍坐片刻，啜飲一杯。起身，帶著你的書，往下一站邁進吧！

你想知道編輯如何潤稿嗎？

你可能會想問，前面說到作者在交稿前要注意這麼多事項、盡量調整到最佳狀況，那豈不是將編輯該做的工作全做完了？編輯還要做什麼呢？不不不，編輯要做的事可多了，其他亂七八糟的雜事先不說，光就稿件而言，並非作者交出一份「漂亮」、「遵守規則」的稿子後，編輯便能蹺腳喝咖啡，閒逸地進入送印程序。

除了以上幾個大方向的審稿重點外，編輯在正式取得完整稿件後，還要根據以下幾個項目進行細部修改調整：

檢查文稿項目並排定先後次序

除了作者原先設定的章節順序之外，編輯會根據書籍需求、章節鋪陳的邏輯等等，適度調整目錄順序，或修改標題使其更貼近內容主旨，並具備令人眼睛一亮的效果。

推估成書頁數並進行刪減或增補

編輯會根據書稿的總字數，以及想要製作的內文排版形式（單頁的字數與行數）來推估成書頁數，再針對內文進行增補或修改。

改正書稿中的錯誤

❖ 改正錯別字並統一用法。

❖ 糾正知識、專業性錯誤和語法錯誤，以及邏輯、觀點謬誤。

❖ 將冷僻詞彙改成白話或加以解釋。

❖ 修潤文字，充實內文豐富性。

❖ 修正計量單位用語以符合當前社會使用習慣。

❖ 將具有地域性差異的用詞改成當地常見的慣用語，特別是大陸地區的書籍。

　　像是購屋的時候，台灣計算房屋面積的單位為「坪」，是日據時代沿用下來的面積計算方式；而在大陸則稱為「平」，為平方公尺的簡稱。兩者音同義不同，還差了三倍之多，必須特別注意。關於兩岸用語的差異，隨著兩岸往來逐年密切，許多詞彙也慢慢為雙方所熟悉，共用的詞彙範圍也將不斷擴展，所以作者在寫作時，必須特別注意避免誤用或混用的情況。

　　上述步驟都完成之後，就會進入更專業的編排程序。這些程序有些是由編輯獨立完成，有些則要透過具備不同專業的人士通力合作才能完成，而編輯則是負責確保整個書籍出版流程得以順暢無誤的推展。可以說，一本書從完稿、出版到上市販售，集結了眾人的力量以及編輯的無數心血，才得以問世。若要走上暢銷書一途，除了作者的才能與運氣，還得仰賴業務與編輯人員通力合作的行銷規劃。以下我們就來談談，到底編輯還做了哪些事，為你的書增添對銷售具有影響力的價值呢？

書籍規格也有
高矮胖瘦　05

文稿編修完成後，接下來就要根據書的性質、內容風格等等來決定如何包裝一本書。在這之前，必須先確定書籍的各項基本規格，例如書本要多大？定價怎麼規劃？閱讀動線為直式或橫式？印刷顏色、頁數等等。這些都可以說是書籍的**包裝**，包裝得宜不僅能增添讀者閱讀時的視覺效果，還能烘托出書籍的特色，將本書的魅力值提升至最高。因此，這是編輯流程中相當重要的一環，絕對不可輕忽！

一般而言，書籍包裝是屬於編輯的工作，但作者若對此略有瞭解，便能有更深一層的參與感。以下是包裝一本書前需要知道的基本資訊：

書籍開數

在認識書籍的開數之前，先要認識印刷紙張的基本規格。一般的印刷紙張通常分為兩種尺寸，分別是全紙和菊版紙。全紙的大小為 31 吋 x43 吋（78.74 公分 x109.22 公分），菊版紙的大小則為 25 吋 x35 吋或 24.5 吋 x34.5 吋（62.23 公分 x87.63 公分），另外也有為了製作特殊規格的書籍而訂製的特殊規格紙，例如 28 吋 x38 吋、28 吋 x40 吋等等。

而「開」則是書籍面積簡稱（長 x 寬＝面寬大小），代表一本書的面積大小，多以英文字母「K」代表。開的大小是以印刷紙的分割數來決

定開數有多大，也就是這本書的面積占一張全紙或菊版紙的幾分之幾。若是菊紙，則前面再加上「G」來代表。以下以全紙舉例：

- ❖ 1K：全紙的大小。
- ❖ 2K：將全紙分割成 2 份，占整張全紙的二分之一。
- ❖ 4K：將全紙分割成 4 份，占整張全紙的四分之一。
- ❖ 8K：將全紙分割成 8 份，占整張全紙的八分之一。
- ❖ 16K：將全紙分割成 16 份，占整張全紙的十六分之一。

而現今市面上常見的書籍，通常是以下幾種規格，其中又以 **25K** 和 **18K** 最為常見：

- ❖ 25K（菊 16K）：14.8 公分 x21 公分
- ❖ 16K：19.5 公分 x27.3 公分
- ❖ 18K：17 公分 x23 公分
- ❖ 菊 8K（也就是常用的 A4）：38 公分 x26 公分

書店在購買書架時，多半會依據常見的書籍規格設計陳列面的大小。倘若書籍的規格太過特殊，就會造成書店店員上架書籍時的困擾。若書本高度大過書架，便無法正面置入；若書本太小，則不知該如何陳列，兩者都有可能導致書店店員因嫌麻煩而乾脆不擺放此書。考量到書店陳列書籍的便利性，應盡量製作常見規格的書籍，才能確保新書上市時被完整呈現在大眾面前。

文字排列形式

　　常見書籍內頁的文字，一般分為中式排列和西式排列。中式排列的文字順序是由上至下，往左順，為右翻書；西式排列的文字順序則為由左至右，往右順，為左翻書。至於什麼書應該用哪種格式並無一定規矩，編輯通常會視書籍需求選擇使用中式或西式。

印刷顏色

　　書籍內頁的顏色可視書籍需求選擇單色、雙色或彩色。單色，也就是黑白印刷，因只有使用黑色一個顏色的墨水，故稱為單色。單色是最普遍的形式，多用於文字書，文字一般為黑白，若有圖片則以灰階色調呈現，印刷成本最低；雙色通常是以黑色印刷搭配另一顏色，多為紅色或藍色，但亦可以選擇拋棄黑色而使用兩種特別色。雙色以不同顏色區分內文重點，使版面看起來更為豐富；彩色則多用於圖文書、相冊、繪本等等，由於使用的顏色種類較多，因此印刷成本也會比其他兩種高上許多。

頁數與定價

　　當稿件進入排版程序後，編輯就可以決定成書實際的頁數。印刷內頁時，是先印刷在全紙或菊版紙上，然後在裝訂時再由專業手法折成我們實際看到的書籍。而一大張紙可以放置的頁數為十六頁，因此為了節省紙張、符合印刷版面的需求，書籍頁數大多都是八或十六的倍數。

　　而書籍的頁數也會影響到書籍的書背厚度。書背厚度通常會根據頁數以及使用的內頁紙張厚度計算，以估算出最正確的書背厚度，讓美術設計人員在設計封面的時候可以參考。如果書背厚度計算錯誤，導致美術設計

人員設計封面時使用錯誤數值的話，在將內頁和封面裝訂起來的時候，就會因為書背厚度過厚或過薄，而造成封面和內頁無法正確黏合，這是非常嚴重的失誤。那書背厚度該怎麼計算呢？公式如下：

紙張條數 x 頁數 ÷ 2 ÷ 1000 = 書背厚度
（針對不同紙張有不一樣的紙張條數，須詢問紙廠）

至於定價，須考量的因素非常多，包含書的規格、頁數、當時的國際紙價、印刷及裝訂成本等等，再加上過去經驗實際上市後較容易推動銷售的價格，考量眾多因素後才能決定一本書的定價，而不同類項的書也會有不同的訂價策略。若對於書籍的定價有想法的作者，可在觀察相同類項或類似選題書籍的定價後，與編輯討論。

裝幀方式

常見的裝幀方式分為以下幾種。沒有哪一種裝幀方式比較好或比較不好，必須視書籍狀況或種類而決定使用哪一種裝幀方式。

1 膠裝

膠裝是一般書籍最常見的裝訂方式，也是最經濟實惠的一種方式。膠裝乃將摺好的台數依照頁碼一台台疊起來，以高溫將硬膠溶成黏液狀，再利用滾輪帶膠壓於書背上，最後與封面黏合。

2 騎馬釘

騎馬釘為將摺好的台數，以機器將釘子釘在書本的背脊摺線處，最後

再經過三面裁修即完成。適合較少頁數的小冊子或型錄等等，現下許多書籍後會附錄的一本小冊子，大部分皆是使用騎馬釘的裝幀方式。

3 穿線膠裝

膠裝與穿線膠裝的差別在於有無穿線，如果頁數較一般書籍多，就必須以穿線膠裝的方式，不然在書籍翻閱一陣子之後，便會有書頁脫落的情形。要特別注意的是，穿線膠裝需在書背處增加 2mm 的寬度，因為要加上穿線孔及刮刀深度，若沒有增加 2mm，可能會影響書籍內容的呈現。

4 精裝

精裝本是所有裝幀種類中，程序最複雜也是最昂貴的。在此裝幀程序中，封面所使用的材料，大多為印刷後的薄紙封面包上硬殼或軟殼，以讓封面增加硬度和厚度。精裝通常會使用在適合典藏或較高單價的書籍。

在瞭解書籍規格後，作者便可依照個人使用需求事先規劃，然後在出版之前與編輯提出自己的想法。另外，創新是一件好事，但若書籍規格過於追求標新立異，極有可能不利於陳列銷售。作者可以實地至書店勘查，查看不同類型的書籍約有什麼樣的成書規格，並將理想的尺寸與裝幀方式記下，再和編輯進行討論。如此一來，與編輯的互動也會更有效率。

關於版型設計
你必須具備的美感

　　相信不少作者天生具備美感，對於書籍編排有自己偏好的想法，因此能斬釘截鐵地對編輯說——「這張圖我要這麼放」、「我要和這本書做得一模一樣」等等。但美感多屬主觀性的感受，印刷產出的書籍，謹守數百年來的閱讀規則，即便要施展設計才能，也必須在有限制的規則下進行發揮。

　　因此，作者若具備對於書籍設計的基本知識，就可以避免自己用心產出的美感構思，遲遲無法被編輯採納的碰壁情況。

　　在確認書籍的規格之後，編輯會詢問作者意見，進而與美術設計人員討論，共同構思書籍內文版型的設計，希望讓書籍整體看來既能襯托作品的風格，又有賞心悅目的效果，一舉抓住讀者的目光。請注意！關鍵就在於**編輯詢問作者意見**的時候，作者若能基於以下原則給予回覆，那麼設計的程序將得以順暢進行。

Tip 1 流暢好讀

　　版面的編排設計，就是在一定的開本上，把書籍原稿的體裁、結構、層次、插圖等方面做合適的處理。首先，作者必須知道，版型設計最主要之目的是方便讀者閱讀，若能進一步給予讀者美的享受，則是額外的加分

效果。

　　從印刷書籍出現在這個世界上開始，原則就是這樣——書籍最重要的莫過於閱讀的舒適性，以使讀者正確接收作者想要傳達的資訊。諸如字體大小、字距與行距、標題與內文的對比、照片大小等等，都會影響讀者在閱讀時是否順暢、思緒不被打斷。所以，絕對不能為了設計的美感，反倒造成讀者的閱讀障礙。除非你的書籍主角在於圖片，否則須留心文字太小、圖片搶過文字鋒頭造成喧賓奪主等情形。

　　此外，合適的版面設計還要能夠引導讀者順利閱讀，意即必須編排出符合大眾習慣的視覺動線。若書籍本身有設計特殊的閱讀動線，那麼也要依照一般大眾的閱讀原則安排，如上而下、左而右；或上而下、右而左，且整本書的規則要一致。

　　總之，讓讀者順利且完整地吸收書籍內容，絕對是版面設計的主要目標。千萬不能為了設計美感或標新立異，而違背這個初衷。

Tip 2 吸引讀者注意

　　不同的書籍內容會有不同的版面設計，造成的視覺效果也不盡相同。在構思時除了要思考**易讀性**，也要製作出能帶出整本書亮點的設計，才能抓住讀者的目光。因此，設計的整體性，包括平衡、對比、和諧、焦點、比例、色彩等等，需一併考量，以使整本書看來賞心悅目，一捧起書就令人流連駐足。

　　若想要書籍的版面同時具備以上提到的**流暢好讀**與**亮眼特色**，其實是有客觀數據可以依循的。但首先你必須先瞭解以下幾個專業術語。

　　美術設計人員在設計書籍版面前，會先定義出**版心**大小。版心指的是書籍除去天（上方留白）地（下方留白）及內外（左右留白）後，剩下的

可印刷面積，也就是除了書眉、頁碼之外，書籍內容所占的全部空間。標題、圖片、文字、裝飾、框線等等，都是組成版心的元素，這些元素經過排列組合與設計之後，就可以呈現出書籍內文的獨特風格。而如果是超出版面的設計，則稱為**出血**。

　　為了閱讀上的舒適性，一般會建議「天」、「地」、「外」至少2公分，而「內」因為屬於裝訂的範圍，最好大於2公分，以免書籍內容被夾進裝訂邊而看不到。「書眉」又稱為頁眉，由書名或章名構成，書眉和頁碼距離裁切線一般至少要0.5公分，距離版心則建議至少1公分。但各種版型距離都應視成書尺寸做出適當調整。

　　因應書籍出版的多樣化需求，現在市面上已有許多非常好用的版面設計與排版軟體，諸如Adobe公司的Adobe In Design、Page Maker，Quark公司出品的Quark X-press，以及後來異軍突起的自由軟體Scribus，都擁有相當廣大的使用族群。Adobe In Design擅長處理中文字數較多、有各式圖片與文字參雜其中的版面，像是報紙、期刊等等，Page Maker則常用於印刷排版或製作電子出版品，Quark X-press則是在處理圖片量大、文字少的繪本、畫冊等彩色書時特別適用，可說各有各的特色。

　　附帶一提的是，由於Adobe公司發行的套裝軟體Adobe Design中就包含了排版軟體In Design、圖形處理軟體Illustrator以及影像處理軟體Photoshop等等，彼此的檔案格式更是能夠支援互通，因此特別受到出版業界的廣泛青睞。若是想跨足出版業界，對於這些軟體一定得略知一二。

　　而美術設計人員在進行設計時，通常會運用以下這些元素來進行各式各樣的變化：

元素	內容
圖片／圖說	包括照片、示意圖、插畫表格等等,是讀者閱讀時第一眼落下的地方。編排版面的時候不能只想到文字的長短,應規劃文、題、圖組合後的視覺效果。
標題	包括新聞標題、專欄和評論的題目、專輯的總題與插題標題等等。標題的題型、字體、在版面上的分布情況,都有可能影響版面美感。
內文	包括內文的字體、級數、字間行間等等,不僅會影響到版面的風貌,也會影響讀者閱讀時的舒適與否。
空白	適度留白不僅能凸顯照片和標題,還能增進閱讀舒適度,設計人員也依此調配各頁版面至最平衡的狀態。
線條	具有分類、強調、美化的功能。

即使看來再普通不過的線條或留白,也必須經過美術與編輯根據專業與過往經驗,來進行調整與編排。除了必須注重閱讀感受之外,也要配合最後的印刷與裝幀程序來規劃版面與整體用色,可說是非常細緻且需要經驗累積的工作。因此作者在參與書籍的版面設計時,需要注意版面的限制與**流暢好讀**的首要原則,才能在與編輯的討論過程中提出可執行的方案,加速出版進度。

當美術設計人員完成版面設計後,編輯就可以將版面設計檔案連同文稿交付排版人員進行排版,這部分可說是書籍付印前,最後也是最浩大的工程。以下就針對排版人員的作業內容、排版相關知識,以及與排版同時進行的校對程序介紹。

排版與校對是什麼？

排版與校對作業是出版流程中最繁瑣的程序，而後者又是最需要作者參與的程序。前面我們已經介紹過美術設計人員如何設計版面，以及設計時最常使用的幾種軟體；而排版人員則必須依照編排好的版型檔案，置入整本書的文稿並進行各項細節的調整，例如錯字刪改、圖片錯位、頁碼編排、修正溢出版面的圖片……，亦即所有的錯誤都必須在排版作業時修正完畢。因為在完成排版後，緊接著就要付印了。千萬不可以等到製版時才來改正錯誤，因為那樣不僅耗時費力，還會大大增加書籍的製作成本。

以下是發排❶時常用的術語：

名詞	用途
封面	通常會印上書名、文案和作者、譯者姓名，以及出版社名稱。作用為美化書籍、保護書芯，而精心設計的封面對書也有極大的加分作用，可引起讀者翻閱與購買的動機。
封裡	封面的背面，在一般的書籍中大多是空白的，但有些期刊、雜誌等會利用這一頁放置彩色廣告、目錄或與內容相關的圖片。
封底	下方會印上書號與定價，版面中央同樣放上經過設計的圖樣或文案。如果是期刊則可能印上版權相關資料。

名詞	用途
封底裡	封底的背面，通常是空白頁，但有些期刊、雜誌等會利用這一頁放置彩色廣告、索引或附錄。
書背	連接封面和封底，印有書名、冊次（卷、集、冊）、作者和譯者姓名、出版社名，方便書籍直立放置時查找。
蝴蝶頁	穿插在封面和內文間的頁面，通常會選用磅數較高（厚）的紙。由於一本書的內文部分會選用較薄的紙印刷，加裝蝴蝶頁可避免內文紙張在裁切、裝訂甚至運送過程中受損染汙，因此蝴蝶頁最主要的作用就是要保護內文紙張。
書名頁	在書籍封面或蝴蝶頁之後、正文之前的一頁。通常在書名頁會放置書名、作者名，或將封面稍作修改後放在這裡，具有開啟書籍閱讀的功能。
插頁	亦即範圍超出書本版面、必須單獨印製並插裝在書中的頁面，或者因選用不同紙張必須額外製作的頁面。通常用於插頁圖表，但近來有越來越多書籍使用插頁營造閱讀時的趣味效果，也兼具美觀作用。
篇章頁	在正文各個篇章前，印有篇章名稱的一頁，根據設計不同可能是單頁或跨頁。
目錄	目錄中會將全書的篇章名稱與頁碼列出，方便進行主題索引，放置位置依據書籍用途而有所不同，一般會放置在正文之前。
版權頁	是指版本的記錄頁，必須放上書名、作者或譯者姓名、出版社、發行者、印刷者、版次、印次、印數、開本、印張、字數、出版年月、定價、書號等等，讀者可利用版權頁瞭解圖書的出版情況。
索引	圖鑑、百科、辭典或專業知識書籍中，多半會放置索引方便讀者查找資料，可分為主題索引、內容索引、名詞索引、人名索引、學名索引等各種形式。
刊頭	或稱標頭，就是標題的意思。由於刊頭是讀者閱讀時第一眼落下的地方，有些書籍會在這部分製作特殊設計，增加版面的豐富性與趣味性。

Publication I

名詞	用途
版式	是指書刊正文部分的全部格式，包括正文和標題的字體、字型大小、版心大小、通欄或雙欄、每頁的行數、每行字數、行距及表格、圖片的排版位置等。
頁	與張的意義相同，一頁即兩面相加而成（書頁正、反兩個印面）。
破欄	又稱跨欄，在雜誌或期刊多會以分欄放置文字。當欄位放不下、需延伸到其他欄位時，就稱作破欄排或跨欄排。
另頁起	書籍通常會固定從單數頁或雙數頁排起，亦即上一篇文章若從單數頁另頁起，無論結束時是在單數或雙數，下一篇都同樣需從單數頁開始。
另面起	不限定從單數頁或雙數頁排起，但必須另起一面。

而在初次排版之後，則須進行三次的校對作業，查找並修正排版文稿中的錯誤。三校的用意即是為了在有限的時間內找出錯誤，除了一次無法看出所有的錯誤，而需一而再、再而三地確認之外，更催促編輯與作者在三次的更動幅度中確定文稿。這些錯誤包含：

❖ 標示錯字並校正，同時統一文章中相同詞彙的用字。

❖ 修正標點符號錯誤或誤用。

❖ 對溢出版面的文字或圖片進行調整，標示排版錯誤之處，協助排版人員修正。

❖ 核對修改稿和原稿，確認修改處是否有確實修正。

三次校對的關注重點並不同，每次都有需要特別注意的部分。一校時，主要工作為找出內文錯字、統一改字，乃至於增刪修補、圖片的確認採用及其位置。二校則要確認在一校中標示的重點是否確實修改，並修潤

內文文句，改幅應較一校來得小。由於二校時版面已幾乎底定，為了充分利用空間，可在此時進行「滿版作業」，亦即盡可能填滿每頁的版心空間，讓畫面在視覺上不致顯得空洞。

三校時，全書的文稿已接近完稿狀態，此時應進行的是微調，找出並標示未修改的錯字。在完成三校修改後，排版人員會將文稿電子檔製作成PDF格式的檔案，並交由製版廠商製作數位樣稿。這時就已經進入最終的檢查程序，校對人員必須檢視數位樣稿是否一切正確，經過再三確認無誤後，就可以付印了。

在三校期間，經校對後的文稿，會退回排版人員進行修改。而關於校對的工作，若是一般的出版流程，校對作業會委由專門的校對人員進行，或由負責該書的編輯執行；而在自費出版流程中，則是由作者自己進行。尤其自費出版的作者必須要注意，如果一開始交稿並未交付完整稿件，直到校對時才進行大動作修改，就會大幅增加排版的時間與費用。關於自費出版的相關內容，待後續章節將有詳細介紹。

校對需要編輯和作者耐心以對，畢竟此時的檢查過程，將決定書籍出版之後是否能以接近無誤的完美狀態呈現於讀者眼前。倘若讀者翻開書籍，卻發現錯字東一塊西一塊，或是圖文無法銜接等謬誤，那麼讀者可能會對出版社甚至是作者失去信心。校對猶如料理過程中的調味，其角色雖細微卻影響著讀者所品嘗的味道。

 註

❶ 發排：將文稿及版型檔案交付排版人員製作。

書籍的身分證：
ISBN、CIP

　　編輯在書籍校對的同時，還必須協同美術設計人員完成封面的設計與發想、書名與文案確認，並向國家圖書館的書號中心申請 ISBN 與 CIP。ISBN 與 CIP 非常重要，就像是一本書的身分證一樣，如果想要出版一本書，那就一定要向國家圖書館的書號中心申請 ISBN 與 CIP。

　　國際標準書號（International Standard Book Number，簡稱 ISBN），這組數字就像是一本書的身分證號碼，是為因應圖書出版、管理的需要，便於國際間出版品的交流與統計所發展的一套國際統一編號制度。國際標準書號原本由一組冠有 ISBN 代號的十位數字碼所組成，用以識別出版品所屬國別、地區、語言、出版機構、書名、版本及裝訂方式，後來於 2007 年時改為十三位數字，與 EAN 全球商品碼進行整合。

　　十三碼的國際標準書號通常被分成五個部分，不同部份以連字號或空格分開。前導位數，也就是編碼最前面的三位數 978，確保這串數字能被判斷為國際標準書號。978 後兩位數代表國家代碼：0 為美國，1 為英語系國家，2 為法語系國家，3 為德語系國家，4 為日本，5 為俄語系國家，7 為中文系國家等等。國家代碼最長可能為五位數字。

　　在出版社向書號中心申請 ISBN 之後，會分配到國際標準書號的一個數字區域，機構會依使用量預計出版社所需要的範圍並分配之，越大的出版社所取得的位數越小（代表書碼的範圍可以容納更多）。一旦發

現所分配的區域不敷使用，出版社便能再分配到另一個範圍，也就是再獲得一個出版商編號。

ISBN 通常會放在書籍背面顯眼的位置，以方便商家和出版社讀取。ISBN 最方便的部分在於，不論圖書的原文是哪種語言，全球各地的圖書館、書商、出版商與經銷商都可以透過 ISBN 號碼識別圖書，並且可透過這組號碼以電話、傳真或線上作業來訂購該圖書。

另外還有一種是國際標準期刊號（International Standard Serial Number，簡稱ISSN），是國際間賦予期刊的一套統一編號。常見的期刊、雜誌、報紙、叢刊、年刊等大都隸屬於國際標準期刊號系統，編碼最前方的 977 代表 ISSN。

而出版品預行編目（Cataloging in Publication，簡稱 CIP），則是為了方便圖書館或書店事先將圖書歸類上架而設計的。出版社會在新書出版前，將與新書相關的資料，如書名頁、目錄、序文、版權頁等等先呈報給國家圖書館進行編目，並提供給各地圖書館作為選書、購書時的參考。讀者也可以從 CIP 得知書籍的內容分類，快速掌握該本書的主題。

印刷與裝訂的藝術

　　稿件完成校對與修改後，就會將文稿檔案交付製版廠進行打樣，輸出內文樣與封面藍圖做最後的檢視，這一步驟必須相當確實，以避免印製成書後才發現錯誤。

　　那什麼是製版呢？在印刷書籍時，不像是我們用普通的印表機可以直接用電腦檔案列印。常用的平版印刷需要**印版**作為媒介，再轉印到印刷機上。而目前的做法就是透過電腦軟體控制出版機（負責繪製圖文的機器）上的雷射光束，將所要印製的圖文繪製在印版上。透過出版機上的雷射光束打到印刷版材上，有印紋的部分就會感光保留，再透過沖版機洗掉沒有印紋的部分，最後即可將此印版透過印刷機印刷。以上就是所謂的製版。

　　製版過程可分為網片製版及數位製版兩種。現行製版以數位製版居多，因為網片製版必須經過網片輸出、沖片、曬版、沖版，最後才能上印刷機，過程比較繁瑣，目前較少使用。

　　依據所要求的印刷品質不同，或有大量、長期再刷的需求，版廠會使用不同的材質製作印版，諸如鋁版、銅版、鋅版，以及鋁鎂合金都是普遍被使用的印版材質。

　　另外，製版時多數會將文稿檔案直接經過數位製版機製作成數位樣，以供編輯或作者最後檢查，此出版術語稱為**清樣**。此時的書稿已經接近

成書的樣子，而這時也是可以針對文稿進行修改的最後步驟。當確認無誤後，就會直接進入製版程序，將數位樣製作成可供印刷的印版。

什麼是版？什麼是台？

所謂的版，指的是印刷機上一張紙的一面，一張紙有兩面，所以有兩個版。以 18K 及 25K 的書來說，一版可放置的頁數為 16 頁。製版廠會根據不同的裝訂摺紙方式，將排版完稿的頁面落版，最後拼成一張紙的大小。由於上述兩種開數的書籍一版為 16 頁，所以該書的總頁數必須是 16 的倍數，才能達到節省成本的極致。然而，稿件頁數往往不是每次都這麼完美，這時印刷廠就會進行合版。亦即將一塊版上空白處拚進其他內容，一起進機器印刷。

合版的用意是把不足 16 頁的頁數補足成一個版，例如：頁數 250 頁的 18K 書籍，因為總頁數不是 16 的倍數，故最後一塊版空下的 6 頁，可放進其他印刷的內容物，合版至 256 頁。但是，通常出版社會建議作者補足一些頁數，或是增補一些額外的內容附錄等等讓頁數達到 16 的倍數。因為如果使用合版的方式，往往會無法校正顏色，因為需要配合其他的印刷內容物，所以有可能犧牲本來書籍的顏色和品質。

另外在製版時，也常常會聽到製版廠商提及台數這個名詞。一台指的是印刷時上印刷機的一張紙，這張紙可以是全紙、對開紙或菊版紙等等。而一張紙有兩面，所以一台等於二個版。例如：18K 的書，一版是 16 頁，一台就是 32 頁。如果有一天心血來潮，將一本膠裝書拆開，會發現它其實是由一本一本的小冊子裝訂成書，而一本小冊子其實就是所謂的一台。

印刷與上光

當確認製版完成後，就可以送到印刷廠上機付印了。前面章節提到過，印刷分為單色、雙色和彩色，根據印色不同，會使用不同的印刷機。彩色（全彩）在印刷界稱為四色印刷，所有的彩色圖片都是由四種顏色印刷疊色而成。這四種顏色分別是 C（Cyan，藍色）、M（Magenta，洋紅色）、Y（Yellow，黃色）、K（Black，黑色），其中 K 版多為補色使用。當然也有例外，即使用特別色（例如金色、銀色）進行五色印刷，此時印刷的費用也會相對提高。

製版廠商會根據書籍印色需求製版，若是彩色印刷（四色），每一塊版都需要製作四種顏色的版。例如一本 256 頁的 18K 書籍，若是單色印刷，僅需要 16 塊版；然而改成雙色印刷時，就需要 32（16x2）塊版；變更為四色（彩色）印刷時，版的數量也躍升至 64（16x4）塊。總之，顏色越多，所需要的版數就會越多，成本費用自然也隨之增加。

另外，考量印量大小、印刷品質等等的需求，印刷方式也分成平壓式、圓盤式及輪轉式。

❖ 平壓式：以平面壓印的方式印刷。
❖ 圓盤式：以滾筒方式壓印，多數凸版印刷機都是使用這種圓盤式來印刷。
❖ 輪轉式：使用兩個圓筒相互擠壓印製，可以進行快速大量的印刷。使用輪轉式壓印的印刷機稱為商業輪轉機，印刷成本會比較昂貴，故多使用在印刷新聞或有大印量需求的印刷品上。

由於製版時會依據印刷需求製作不同的印版，因此印刷機也會根據

使用印版不同分為平板印刷機、凸版印刷機、凹版印刷機，以及其他使用特殊印版的印刷機。

- ❖ 平板印刷機：運用油水不親合原理，對印版進行特殊處理，讓印刷紋路親油性，其他部分則親水性，如此在印刷時就能使油墨與水分離。
- ❖ 凸版印刷機：這種印刷方法有點類似橡皮印章，先製作印刷紋路突出的印版，然後再讓印刷紋路沾上油墨壓印在紙張上面。
- ❖ 凹版印刷機：與凸版印刷相反，印刷紋路是凹陷在印版上的，然後利用凹陷的紋路取油墨加壓印製。

書籍用紙

在印刷作業時，除了考慮用色問題，印刷用紙也是一門學問。書的結構通常為封面、書腰（不一定會有）、蝴蝶頁、內文，以上幾個類項通常會使用不同的紙進行印刷，而不同的紙質也會影響印刷色的效果。常用於印刷書籍內文的紙有模造紙（色澤稍黃，紙質不適於彩色印刷）、道林紙（單色或雙色印刷居多）等等，此類紙大多較適宜眼睛閱讀；而常用於印刷封面的則是銅板紙，或其他有進行特殊處理過的美術紙，此類紙大多有特殊設計，在封面印刷有特殊需求時（如需要紙的紋路），可依照書籍設計使用。

另外，在選擇印刷用紙時也會提及磅數，磅數越高的紙會越厚。簡單來說，印刷廠在計算磅數時，是以 500 張來計算，倘若同一款 500 張紙秤起來的重量是 70 磅，我們就會說這種紙的厚度是 70 磅。厚度越厚

的紙，每 500 張秤起來的重量會越重。常用於內文用紙的磅數有 60 磅、70 磅、80 磅、100 磅、120 磅等等，至於要提供封面印刷的用紙，則通常需要 200 磅以上的厚度。此外，印刷廠在計算用紙量時，並不是以我們常說的張為單位，而是令，1 令 =500 張全開紙。

咬口與上光

由於印刷機在印刷時必須**夾紙**以固定紙張，避免印刷過程中紙張歪斜，因此製版時必須在四周預留讓印刷機夾紙的區域，這個區域就稱為**咬口**。視印刷機器的功能，一般分為「單邊咬口（上或下）」與「雙邊咬口（上和下）」。咬口區域是裁切線外 1 公分，也就是說，若為單邊咬口，製版時需在裁切線外預留 1 公分的空間；若為雙邊咬口，則須在上下各預留 1 公分。這對作者來說有什麼差別嗎？如果作者想製作特殊開數的書籍，由於上下必須預留咬口的空間，故可能會影響到成書尺寸的「高度」。不過前面章節也提到，製作非一般開數的書可能影響書店陳列與上架意願，因此除非特殊需求，盡量還是以常見書籍大小為主。

為了保護書籍，在完成印刷作業後，通常還會根據需求進行封面上光。上光是在印刷成品表面再上一層塗料，經過乾燥程序後，就會形成一層薄薄的透明亮光層，通常僅用於書籍封面。由於印刷工業的進步，現行的上光方式變化萬千，若論最常見的上光方式，以質感來說可概分為霧面與亮面，另外也根據書籍的需求製作全面上光與局部上光。全面上光最主要的用意，是防止封面印刷色彩在運送過程中出現脫落與刮傷，將塑膠膜加熱後壓印於印刷品表面；局部上光則是為了凸顯封面特色與特殊設計，可以製作出立體效果，通常會在全面上光後進行。若書籍有局部上光的需求，製版廠會再另外製作局部上光用的印版供局部上光廠

使用。

除了以上常見的幾種上光方式外，另外還有上光油、PVA 上光、UV 上光、PVC 墊板上光、螢光、雷射膜等等，而許多包裝盒上常見的漫金，也算是封面加工的一種。當然，這類特殊需求的價格通常也比較高昂。

裝訂與入庫

當所有印刷程序都完成後，印刷廠就會將印好的紙張送到裝訂廠進行裁切、摺紙與裝訂。摺紙會根據印刷品的用途不同，有多種不同的摺紙方式，在書籍中**對摺**是最常見的方式，另外還有用於傳單或插頁的摺包、N 字摺、佛經摺、開門摺等等。

摺紙之後就是書籍裝訂的程序。常用於印刷書籍的裝訂方式有騎馬釘、膠裝、穿線膠裝、精裝等。根據書籍頁數、用途、設計不同採取不同的裝訂方式。上述章節已詳細介紹書籍裝訂的方式，此處就不再贅述。

入庫指的是書籍包裝後進入倉儲的程序。在裝箱的時候必須透過書厚（書背的厚度）判斷一箱可以裝幾本，因此在前期書厚的計算就顯得十分重要。上述章節已詳細介紹書厚的計算方式，此處就不再贅述。最後就是將印製完成的書分派至各個通路，進入物流的程序。到這裡為止，書籍出版的流程就大致告一個段落了。恭喜你，你的書已經順利出版囉！

Publication

嶄新的閱讀方法──雲端閱讀早已成為熱
門話題,當電子書成為眾人期盼的趨勢
時,出版界又會產生什麼樣的變化呢?作
者又該何去何從呢?讀者究竟會靠向哪一
邊呢?

Part 5

PublicationII

數位出版的時代

雲端閱讀
新載體

　　1990年代，個人電腦逐漸普及，傳統出版業與印刷業利用這波技術數位化的趨勢，改寫了傳統出版的流程，無論是撰稿、編輯、美術設計、多媒體應用，再到排版、印刷、發行，莫不因為數位化的關係縮短作業時間、降低錯誤發生與材料浪費、減少了人力、加快了生產速度，使所完成的出版品更加精緻，價格更加低廉。

早期的電子書（e-book）

　　在這一波出版業的革命中，開始有出版商或個人，嘗試將內容以電子檔的形式（包含文字、圖片、影音等），透過網際網路、光碟、隨身碟、記憶卡等載體出版及發行。這種電子書可以在大部分電腦與周邊配備上被開啟、閱讀。早期電子書多利用Flash做成的多媒體介面，載入PDF檔案，以頁為單位，保留了封面、目錄、內容版式與章節段落等紙本書原有的內容，再加以翻頁的特效，模擬實體書籍的閱讀。此類電子書大多利用紙本書送印前所產出的PDF檔作為基本材料，並不會為出版社產生什麼成本。

　　另一種電子書同樣也運用了Flash技術，但著重在多媒體互動的功能，包含動畫、影音播放、遊戲、互動特效等生動活潑的內容。然而，由於製作此類電子書多需仰賴資訊方面的專業人才或公司，當時的相關技術

與應用軟體尚無重大突破，且製作耗時，故成本難以降低，售價自然不親民。再加上必須依賴桌上型電腦或筆記型電腦才能閱讀，限制頗多，沒有閱讀紙本書來的舒適便利，也降低了一般人購買使用的意願。

行動通訊與無線網路

二十一世紀開始，全球通信技術突飛猛進，手持設備開發一日千里，手機的發展結合了個人數位助理（PDA）的多功能特性，朝支援多媒體應用的智慧型手機（Smart phone）發展。2007 年，第一代 iPhone 由時任蘋果公司 CEO 史蒂芬·賈伯斯（Steve Jobs）發布，更間接加速了電子書產業的發展。而原本市場接受度有限的平板電腦，除了硬體效能的提升之外，更結合了無線網路與通訊技術，開啟另一片天地。網路技術的高速發展，使出版格局和出版媒體發生了變化，它將以往沒有太大關聯的電腦業、網路業、出版業三大領域串聯起來，成為新一代**電子出版業**。

電子墨水（E-Ink）與電子紙技術

電子墨水（E-Ink）技術為美國麻省理工學院媒體實驗室（MIT Media Lab）的研究成果，應用這項技術的電子顯示器，具有超低耗電量（電子紙換頁時才耗電），而且如同普通紙張採取被動反光顯示，即使在陽光下文字依然清晰可視。因為以上近似於實體紙張的特點，故被稱為**電子紙**。

電子紙的出現，為電子書市場注入了活水，藉由電子紙顯示技術，便可將數位化的文字內容裝載於電子顯示器。而許多網路與電子廠商皆展開跨足電子書市場的行動，其中具代表性的廠商有美國的亞馬遜 Amazon、

日本的樂天 Kobo、台灣的讀墨 Reamoo 等等。

電子書閱讀器（e-bookreader）

早在 1998 年即有 Softbook、Everybook、Rocketbook 等多種電子書產品，可閱讀 PDF、Open eBook、HTML、XML 等電子書檔案格式。但這些電子書閱讀器必須先將更新內容或雜誌之電子檔下載到電腦，再使用 USB 傳輸線連接到電腦，將檔案傳輸到閱讀器。由於使用的是灰階螢幕，雖可調整亮度，但解析度不高，長時間閱讀容易對視力造成負擔。

2006 年 9 月日本索尼（Sony）率先於北美發售採用電子紙技術的電子書閱讀器 Sony Reader。2007 年 11 月，美國亞馬遜（Amazon）發布了同樣採用電子紙技術的電子書閱讀器 Kindle，無須依靠電腦，可使用內建的無線網路功能，連上網路直接購買和下載亞馬遜的電子書。2009 年 11 月，巴諾書店（Barnes&Noble）開始銷售首款使用 Android 系統的閱讀器 Nook，同樣採用了電子紙技術。電子書閱讀器頓時成了當紅炸子雞，席捲全球的數位閱讀市場。台灣也有廠商推出完整支援繁體中文的電子書，如讀墨（Readmoo）的 mooInk。其他各國的出版社、電子產業，甚至政府部門，無不投入相當大的資源，想要在電子書的市場搶得先機。

美國亞馬遜（Amazon）Kindle 閱讀器的成功，更成為電子產業、電子書平台經營者參考與模仿的典範。早在 2001 年 10 月，亞馬遜網站便利用各種手段促成出版商或作者願意提供書籍的電子檔案內容供讀者「線上試讀」（Look Inside the Book），讓讀者在購買之前可以先試閱內容。兩年後更推出「內文檢索」（Search Inside the Book），讓讀者能夠利用關鍵字搜尋到相關書籍，成功招攬更多顧客。這些出版社所提供的電子檔，成為亞馬遜推出 Kindle 閱讀器時，最大的電子書來源。2007 年 11

月 Kindle 甫一推出，就有八萬八千多本電子書可以購買下載，遠高過於 Sony 的兩萬本。迄今為止，Kindel 電子書已經超過 95 萬冊，《紐約時報》介紹的 111 本暢銷書中，有 109 本已有 Kindle 版電子書。亞馬遜 Kindle 成功最主要的因素，便是現今所有電子書平台所望塵莫及的電子書數量。

在電子書閱讀器風靡數位閱讀市場之際，電子書閱讀器幾乎與電子書這個名詞畫上等號。當時所謂的電子書，已不是單指一個內容數位化的電子檔案，而是一部可儲存大量數位內容的電子閱讀器。

平板電腦與智慧型手機

2010 年，蘋果公司發表了第一代 iPad 平板電腦。蘋果公司將其定位於智慧型手機與電腦產品之間，提供流覽網頁、收發 e-mail、閱讀電子書、播放數位影音、玩遊戲等功能，並支援多點觸控與無線網路。雖然於此之前即有平板電腦的存在，但是 iPad 兼具輕便與多媒體支援的高效能，加上色彩艷麗的彩色螢幕，的確為平板電腦市場投下一顆震撼彈。因為它也具有閱讀電子書的功能，對於單一功能且只有灰階顯示的電子紙閱讀器，自然產生極大的威脅。

而後，由 Google 所開發的 Android 智慧型手機與平板電腦的作業系統崛起，再加上開放原始碼的授權方式，讓更多硬體廠商相繼投入智慧型手機與平板電腦的製造生產。商業競爭使得兼具通話、行動上網、多媒體播放的智慧型手機和平板電腦售價越來越低廉，普及率也越來越高。

不到幾年的時間，僅提供電子書閱讀功能的電子閱讀器市場便急速萎縮，無法隨著環境應變的廠商自然產生巨大虧損，最終退出電子書市場。就連美國出版界巨擘巴諾書店所生產的 Nook 閱讀器，也因為銷售不佳與

電子書業務虧損嚴重，最後於 2013 年決定停止生產 Nook 系列。

從 2010 年初到 2011 年中，電子閱讀器的銷售量超越了個人電腦，成為閱讀電子書的首選電子商品。但隨後具備多媒體、多功能平板電腦崛起，迅速在消費性電子商品市場攻城掠地，取代了電子閱讀器，成為最受歡迎的電子書閱讀設備。

亞馬遜雖然以銷售電子紙顯示技術的閱讀器稱霸數位閱讀市場，但也沒有忽視平板電腦對於閱讀器的威脅。所以在 2011 年 9 月推出了一個由亞馬遜深度客製化的 Android 系統平板電腦，預置了亞馬遜的服務，包含電子商店、媒體電影、線上電視與 Kindle 系列的線上電子書，並以極低售價（199 美元）試圖網羅住原有的使用者以及拓展更大的市場。除此之外，亞馬遜也推出適用於蘋果 iOS 與 Android 行動電子設備作業系統的 Kindle 閱讀軟體，免費提供給消費者使用，讓消費者無須額外購買亞馬遜的電子設備，就可以透過軟體購買並閱讀亞馬遜的電子書。2019 年，亞馬遜 Kindle 繁體中文電子書店也正式上線運營。

縱使平板電腦與智慧型手機已成為最受歡迎的電子書閱讀工具，然而電子紙技術的發展未曾停歇，E-Ink 技術開發大廠台灣元太科技於 2011 年即開發出彩色電子墨水技術的電子紙，兼具畫面柔和與近似紙張質感，能在陽光下正常顯示，且低耗能，深具市場潛力。2019 年，E-Ink 元太科技正式發表印刷式彩色電子紙最新技術。2020 年，彩色電子書閱讀器問世。至此，電子書這個名詞似乎又回到最初的定義——運用了數位處理的技術，將包含文字、圖片、影音等內容數位化，輸出為特定的電子檔案格式。此檔案可儲存於磁性物質，例如硬碟（包含雲端儲存）、記憶體、記憶卡、光碟等，透過電腦、手持設備等電子產品的閱讀軟體（reader）開啟，呈現於螢幕上供使用者閱讀。

電子書
新革命

02

在現今數位化的出版流程中，編輯與美術設計人員皆是透過電腦完成工作，最後再將完成的檔案轉換成製版機所能接受的檔案。也就是說，出版業的前期製作其實都是數位化的工作。所以出版者只要將這些完稿的檔案，轉換成電子書的格式，即可出版電子書。

在歐洲、北美等地，電子書的銷售額連年成長，與出版商之間的合作也越加密切。而隨著全球行動載體的普及與無線網路頻寬不斷擴增，也為電子書的發展提供了絕佳的環境。對出版業來說，我們必須審慎評估如何在這場不可逆的趨勢中，結合出版實務經驗與電子書的專業技術，在數位閱讀市場中讓知識產業能夠繼續蓬勃發展。

 電子書的特性

1 減少紙張使用

電子書以電子檔案的形式，儲存於磁性介質上，例如早期的磁碟、記憶卡、光碟，還有如今的雲端空間等。以純文字的內容來說，1GB 的儲存空間，可儲存 4 億多字，將近三百多本紙本書的內容，有效減少紙張消耗，為環保盡一份心力。

2 攜帶方便不占空間

電子書除了減少紙張消耗之外，同時也節省了相當的空間與重量。例如動輒數十冊的厚重百科全書，在電子書的世界裡，可以輕鬆隱藏在看不見的雲端空間，隨身攜帶，隨時閱讀。

3 豐富的多媒體支援

電子書不僅能夠顯示文字、圖像等靜態內容，也可以加入聲音、影像、3D 物件、環景圖像與互動效果等多媒體元素，增加書籍的可讀性與趣味性。

4 資訊取得與社群互動

由於大多數電子閱讀設備，如電腦、智慧型手機、平板電腦等，皆可連線使用網際網路，這就讓閱讀電子書的讀者可利用網路近乎於無限的知識內容，無論是資料搜尋、外文翻譯、內容釋疑、心得即時分享……，都變得非常方便。作者也能夠藉由電子書內互動功能的設計，與讀者產生最直接的互動。所以，電子書不但豐富了使用者的知識來源與資源取得，也能讓作者與讀者或讀者與讀者之間產生更多互動和交流。

5 簡便的檢索

電子書多半具有全文檢索、索引或附加註解的功能，可利用閱讀軟體關鍵字搜尋的功能，迅速查找內容，或者在索引與註解加入超連結，方便讀者查詢。

6 個人化設定

電子書的閱讀軟體可提供書籤（book mark）、註記（note）、畫線

（hilight）的功能，另外還可依閱讀軟體的不同，而有各種個人化設定，例如「我的最愛」、依照個人喜好的「書櫃分類」等。

電子書會不會取代紙本書？

許多人認為電子書將替代傳統紙質圖書，消費者會捨棄紙本書而購買電子書，導致紙本書營收下滑，實體書店也因而更難生存。網際網路的發展更影響了所有人的衣食住行育樂，所有人都可以從網路上輕易獲得最新的訊息、獲取所需的知識；再加上社群網站上的互動與電腦遊戲也占滿人們不少的時間，使得現代人越來越無法專注於相較下較單調枯燥的紙本書，也就造成紙本書的銷售日漸萎靡。

如果單純地從整體電子書與紙本書營業額的成長或衰退去觀察，表面上似乎應證了這樣的說法。但實際上並非是電子書搶走了紙本書的讀者，紙本書流失的營業額與電子書營業額的增加，並無直接相互影響的跡象。

根據調查，紙本書的讀者只有少數是因為有了電子書的選擇而捨棄紙本書；也有人被電子書的特性所吸引，兩種閱讀習慣都保留。另一方面，購買並閱讀電子書的讀者，往往是因為智慧型手機、平板電腦等可以閱讀電子書的設備價格越來越便宜，許多人購得後，便開始閱讀電子書；甚至有些電子書的讀者早在電子書剛開始發展的階段，即有閱讀電子書的習慣。所以，電子書的閱讀人口和紙本書的閱讀人口，可以說是兩個完全不同的市場。筆者認為，電子書的加入會為已沉寂許久的書市帶來新的活水，但要說取代紙本書在人們心目中的地位，短期看來還是不太可能的。

以下是電子書與紙本書的比較：

	電子書	紙本書
優點	✓ 文字大小顏色可以調節 ✓ 可以加入語音檔成為有聲書 ✓ 檢索方便 ✓ 不占空間 ✓ 可將電子書儲存在雲端，要閱讀時再下載 ✓ 方便在光線較弱的環境下閱讀 ✓ 有些電子書包含多媒體與互動的內容，較生動	✓ 無須另外購買閱讀設備 ✓ 閱讀無須電源，不消耗電能 ✓ 無須學習與閱讀無關的操作知識 ✓ 適用於任何明亮環境 ✓ 對視覺較無負擔，閱讀起來較為舒適 ✓ 具有保存的價值
缺點	✓ 容易被非法複製，使平台經營者與著作所有權人遭受損失 ✓ 有些受技術保護的電子書無法轉移給第二個人閱讀 ✓ 長時間觀看螢幕，眼睛較容易感覺疲累 ✓ 電子閱讀設備兼具多媒體、遊戲、通信等功能，閱讀時容易分心	✓ 較占用空間 ✓ 不方便同時攜帶很多本書 ✓ 不容易複製 ✓ 校勘錯誤會永久存在 ✓ 使用紙張較不環保

　　從上述比較我們可以發現，與電子書相較，紙本書並非毫無特色。電子書與紙本書的閱讀經驗並不相同，難以相互取代。反之，因為消費者有更多的選擇，只要有優質的內容，無論是何種呈現方式，皆能獲得讀者的青睞。更能藉由兩者的特性，根據內容而選擇合適的呈現方式，相輔相成，吸引更多人喜愛閱讀、沉浸於閱讀的樂趣中。

　　筆者認為，相對於電子書以數位檔案作為儲存與傳輸的單位，必須依靠電子閱讀設備才能開啟，紙本書籍仍舊是一個較為開放、穩定閱讀與儲存內容的介質。從更長遠的時間來看，紙本書籍仍然是最大眾化的

知識內容傳遞媒介。

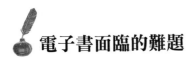

電子書面臨的難題

1 閱讀軟體的差異

　　時至今日，無論是台灣或其他華文電子書閱讀市場，每個電子書平台都只有部分出版社的書目，便產生了市場過度分散的問題。使用中文閱讀的用戶，很難在同一個電子書城買到所有想看的電子書，而且各個電子書城的消費方式、使用技術也不盡相同。有的是購買後下載，有的是購買後線上閱讀，有的是像租書店一般可以租書，有的是月繳一筆費用然後無限閱讀特定書庫內的電子書……；再加上各個電子書平台大多會對電子書加入 DRM ❶，也就是數位版權管理機制，防止電子書被盜版散布。以至於到一家電子書平台所購買或租賃的電子書，必須下載安裝該電子書城的閱讀軟體（reader）才能開啟閱讀；到另一個書城購買的電子書，則可能又要下載安裝另外一個閱讀軟體（reader）。對於讀者來說相當不方便，大大影響了消費意願。

2 電子書的所有權和使用權

　　電子書的消費模式與紙本書不同。紙本書交易後，消費者能夠獲得實質的商品，可以自由借閱、轉售。但是在消費者購得電子書之後，有的只能在線上閱讀，有的雖然可以下載該電子書的檔案，卻必須使用該電子書平台所提供的閱讀軟體才才能閱讀。原因是平台業者為了維護版權、防止非法散布，通常會對電子書加上數位版權管理的機制（DRM）。若非使用該平台的閱讀軟體並以帳號密碼登入，則電子書將無法被開啟。

Publication II

雖然維護版權有其必要性，但是倘若平台業者未能持續更新閱讀軟體，消費者所購買的電子書將來可能會發生沒有電子設備及相對應之閱讀軟體可用的情形。此外，消費者所購得之擁有合法版權的電子書，也無法像紙本書一般，可以任意借閱或轉售給他人。

3 盜版猖獗

華語電子書市場還有一個很嚴重的問題，那就是盜版的情況過於猖獗。只要是熱銷的電子書或紙本書，幾乎都可以在中國大陸的網路上找到盜版。在歐、美、日等一般版權觀念較落實的地區，可以做到紙本書與電子書同步銷售；但是在中國大陸以及其他華語地區，若將紙本書與電子書同步出版則是一種冒險的行為，一旦被盜版者盯上，便很難獲得理想的銷售成果。

4 數位技術與相關成本

如果電子書利用紙本書編輯後所完成的檔案，或由紙本書掃描轉製而成，所花費的成本僅為轉檔與版面微調的費用。但是，這樣的電子書比較像紙本書的附加產品，需倚賴紙本書出版體系，所完成的電子書也受限於紙本書原有的排版方式，閱讀時難以發揮電子書的特性。然而，如果要製作多媒體的電子書，所需要的成本也不亞於紙本書。光是一本電子書的製作成本就包含了編輯的成本——授權、編輯、審校、索引編製、插圖繪製等；設計與數位化的成本——封面和樣式設計、電子書多媒體與互動功能的設計、運用到的技術開發等；另外還有電子書銷售平台的成本——網路頻寬與資訊安全維護、電子書平台維持與功能開發、電子書轉檔與資料庫維護、數位版權管理（DRM）費用等。

由此可見，若要產出一本能夠發揮數位化優勢的電子書，仍需要一

定的成本。但由於現階段消費者尚無法理解電子書之成本，也無法認同其價格，因此使得想要出版真正數位化電子書的廠商或個人，無法獲得實質上的回饋，難以大量製作質優的數位內容。

5 ／ 電子書定價

一般消費者認為電子書製作方便，所以電子書的價格應該反映其所省下的印刷與發行成本。但是，無論是紙本書或電子書的內容開發，從作者撰稿、編輯審校到美編視覺設計、市場行銷的成本支出並無太大差異。電子書的價格偏低，實因消費者低估了電子書的成本，對於售價產生預期心理，迫使電子書平台經營者壓低電子書價格，以便於吸引更多消費者購買電子書。

以美國亞馬遜為例，在 Kindle 第一代閱讀器推出時，為了讓讀者因為可以買到便宜的電子書，進而購買自家生產的 Kindle 電子書閱讀器。無論出版社或經銷商提供給亞馬遜的價格為何，亞馬遜電子書的售價一率維持 9.99 美元以下。也就是說，亞馬遜的許多電子書根本是賠售，有些單本銷售損失可達 5 美元。但出版商不願意電子書的低價銷售策略侵蝕到紙本書銷售量與較高的利潤，於是與亞馬遜在電子書的終端售價上展開對峙，最終亞馬遜只好依照出版商的要求，依照出版商的定價折扣。但在同一時間，亞馬遜也在自助出版電子書平台上宣布，只要作者將定價定在 2.99 至 9.99 美元之間，便可以獲得 70% 的版稅，這便讓自助出版電子書平台上的書籍銷售大大衝擊出版商。到目前為止，這場亞馬遜與出版商之間的價格之戰，還在進行當中。

而在華文電子書市場中，出版社也害怕較低價的電子書將會影響原有的紙本書讀者捨紙本書轉而購買電子書，讓出版社的整體營收下滑，因此不願授權新書的電子版權，使得電子書城只能看到少數暢銷排行榜

上的新書。電子書平台業者或出版社因此無法投注過多的成本製作具有多媒體內容與互動功能的原創電子書，除非是非常暢銷，否則很難在短期獲利。

6 專業人力缺乏

對於出版社來說，要將紙本書原有的內容，或者於紙本書編輯的過程中加入多媒體、互動等功能，製作出有特色的電子書，除了時間與成本大增之外，編輯人員也需要擁有相關的知識、創意與技能。但對習慣於平面靜態環境中工作的編輯們，難以投注更多的時間學習並承接這些額外的工作。出版社與電子書廠商共同的問題是，就算聘請新人，也很難找到同時熟稔編輯流程又能夠利用動態設計令原有內容展現新面貌的人才。

但電子書市場畢竟還處於成長的階段，隨著更多人的投入、討論、技術交流，相信在不久的將來，會有越來越多符合條件的專業人士誕生，以利於傳統出版與電子書出版這兩個領域間的銜接。

註

❶ 數位版權管理（DRM）：依照業者訂出的使用規則，透過對數位內容進行加密來保護版權不受侵犯。可以視授權範圍限定讀者可否閱讀全部內容、列印、複製等等。

為什麼要出版
電子書？

前述章節介紹了這麼多關於電子書的歷史、知識、優點、缺點，那麼你想要出版電子書嗎？為什麼要出版電子書呢？數位化出版真的比較好嗎？接下來，就讓我們來分析出版電子書的好處，然後再由身為作者的你，決定要不要選擇數位出版。

極快速的出版方式

電子書出版只要一個檔案，即可讓無限多消費者購買閱讀，省去傳統紙本書出版印刷的時間與成本，以及是否再版、印刷數量等問題，也不受限於印務考慮而需一定數量的內容才能出書。

電子書出版在主題與內容上也比紙本書更具彈性，又省下了印刷與發行的時間，所以能夠在一個大事件或爆炸性新聞發生後的幾天之內出版發行，更能即時反應大眾所關心的國內外時事、社會議題、流行趨勢、生活資訊等。相對於紙本書而言，電子書出版是一種極快速的出版方式。

發行簡便

電子書可以藉由網路發行到各個電子書的銷售平台，沒有實體書籍

的倉儲場地租賃與管理、運輸費用與時間等等的問題，可以節省不少人力與物力的成本。

搭配自助出版更加簡便

在傳統的紙本書出版中，作者大多還是需要與出版社洽談，加上紙本書的印刷有固定的成本與印刷數量，所以需要作者準備一筆基本的費用。而現在許多電子書銷售平台都提供作者自助出版的服務，只要作者依循該平台所提供的線上排版或出版工具，即可跳過傳統出版社，依照自己的想法撰寫或製作內容，自行完成文字編輯與封面設計，訂出自己認為合理的售價，最後直接在電子書平台銷售。

亞馬遜與蘋果公司的電子書銷售平台都有提供這樣的服務。例如亞馬遜提供了「Kindle 直接出版（Kindle Direct Publishing，簡稱 KDP）」的軟體，讓任何人都可以將作品發布到亞馬遜的網站上銷售，目前也已支援繁體電子書使用。在台灣，也有越來越多的電子書平台提供相似的服務，像是樂天 Kobe、讀墨 Readmoo 等等。

利用電子書平台自助出書對作者有許多好處，不僅可以完全主導作品的內容、自訂售價獲得最佳的收益，也省去很多出版的流程、縮短出書所需要的時間。何不嘗試看看呢？

電子書的
格式

04

早期許多電子書會使用 Flash 製作，雖然具有活潑生動的多媒體效果，但是目前大多數行動載具已不支援 Flash 格式，再加上製作 Flash 電子書的技術門檻高，一般人難以運用。而對於出版商而言，Flash 電子書成本太高，能使用的作業系統有限，經濟效益偏低。後來，當電子書閱讀器市場蓬勃發展的時候，投入的廠商多，支援的電子書格式也就變得更加廣泛。例如 Amazon Kindle 的 azw、Windows Mobile 的 mobi、Sony Reader 的 BbeB，其他還有 txt、html、EPUB（取代原 OpeneBook 格式）和 PDF 等格式。

行動載具大量普及之後，有出版社或個人製作了 App 形式的電子書，將電子書當作一個手持式設備的應用軟體來銷售。單一 App 形式的電子書雖然也同樣具有多媒體互動影音的華麗效果，但是要讀本書就必須開啟一個應用程式，將會占去很大的空間，或需費時整理資料夾，閱讀起來並不方便。以目前全球各大電子書平台而言，相容性最高的兩種電子書格式為 PDF 與 EPUB 兩種檔案格式。

PDF

PDF 為 Portable Document Format 的簡稱，意為「可攜式檔案格

式」，由奧多比（Adobe Systems）於 1993 年所開發，是一種用於檔案交換的格式。2007 年 12 月由國際標準組織（ISO）批准為 ISO32000 國際開放式電子文件交換標準。

　　經過二十多年來的持續發展，PDF 所支援的內容更臻完美。它可以完整呈現文字內容、表格、圖照，並維持排版格式，可以適用於所有輸出設備，完整列印出電腦螢幕所呈現出來的內容。此外，在 PDF 檔案中也能夠加入可點選的按鈕和連結、可填寫送出的表單欄位，以及影音檔案等。Adobe 依照不同的電子設備作業系統，都會提供相對應的 PDF 免費閱讀軟體。只要下載並安裝 Adobe Reader 軟體，就可以讀取 PDF 格式的檔案。

　　由於 PDF 檔案格式使用廣泛，幾乎適用於所有的作業系統，同時也是出版業與印刷業共通的檔案交換標準格式，所以在電子書發展初期，即被多數開發商所採用，以便於將印刷用的 PDF 檔轉製為符合電子書規格的 PDF 檔。PDF 的優點在於它能夠跨平台、內嵌字型並保有原來的版式、支援中文直排、採用開放的標準、能自由授權開發 PDF 相容的軟體。因此目前大部分的電子閱讀器、電子書閱讀軟體都支援 PDF 格式。

　　對於出版社或電子書平台經營者來說，雖然 PDF 是最簡便、省時、省成本，並且能夠維持原有版式設計的電子書出版格式。但正因為它維持了原有紙本書籍排版方式，是以「頁」為單位，所以在手持式設備或電腦螢幕上閱讀時，其內容並不會依照螢幕的解析度、垂直或水平的螢幕方向自動調整排列。當讀者放大字體或圖照時，需不時滑動內容才能閱讀，並不方便。

　　PDF 檔案格式於開發之初，無法預設將來數位閱讀載具與軟體的特性，自然難以符合數位閱讀時的需求。但是以現階段包含作者、出版社、電子書出版商、電子書平台經營者的整體電子書產業發展來說，PDF 檔

實為最符合出版經濟效益的解決方案之一。

EPUB

EPUB 是 Electronic Publication（電子出版）的縮寫，由國際數位出版論壇 International Digital Publishing Forum（簡稱 IDPF）提出，以取代先前的 OpeneBook 開放式電子書標準，副檔名為 .epub。

早在 1999 年 9 月，論壇由軟硬體公司、出版商、作者、電子書讀者，以及電子出版相關組織等所組成的開放式電子書論壇 Opene Book Forum（簡稱 OeBF），為了開拓電子書市場，共同制定了開放式電子圖書出版物結構 Opene Book Publication Structure（簡稱 OEBPS），以便讓電子書能夠相容於不同的閱讀系統（Reading System）。到了 2007 年 9 月，原有的開放式電子書論壇（OeBF）改名為國際數位出版論壇（International Digital Publishing Forum，簡稱 IDPF），並公布了 EPUB 電子書標準格式，以取代舊有的開放 OpeneBook 電子書標準。

EPUB 是一個自由的開放標準，屬於一種可以「自動重新編排（reflow）」的內容；也就是文字內容可以根據閱讀設備的螢幕解析度、直式或橫式自動調整版面，並且可以自訂字級大小，以最適於讀者閱讀的方式顯示。EPUB 格式中包含了數位版權管理（DRM）等相關功能可供選用，目前通用的 EPUB 檔案格式已經發展到 EPUB3。

EPUB2.0 發行於 2007 年 10 月，2010 年 9 月發行的維護更新版本（2.0.1）對該規範進行了澄清和校正。EPUB2.0.1 檔案內部使用了 XHTML 或 DTBook（一種由 DAISY Consortium 數位無障礙資訊系統聯盟提供的 XML 標準）來展現文字，並組織內容文件，使用 CSS2.0 的子集提供的布局和樣式，XHTML 子集用於建立文件清單、目

錄和 EPUB 詮釋資料（metadata），並以 zip 壓縮格式包裹檔案內容。EPUB2.0.1 還支援 png、jpg、gif、svg 等圖檔格式，可置入字型檔案，使用 @font-face 屬性實作嵌入字型，使用 Unicode 編碼格式，支援國際化和多語系資料。

由於使用 EPUB2.0.1 格式製作電子書較為容易，又是格式開放的電子書規格，很快就獲得各電子書平台的歡迎，也成為台灣政府與出版界共同推動數位出版時所推薦的格式。但是 EPUB2.0.1 還是有其缺點，例如無法像 PDF 檔案那樣維持原有的排版樣式，不支援直排與台灣獨有的注音符號。所以 EPUB2.0.1 格式比較適合大量橫排和以文字為主要內容的書籍，並不適合以圖或插畫為主的內容，也無法呈現雜誌類書籍的精美排版。

而 EPUB3 檔案格式除了繼承了前一代檔案格式的各項優點之外，還增加許多功能。以下是 EPUB3 電子書的特性：

❖ 向下支援 EPUB2

❖ 支援大部分 HTML5、CSS3 語法。

❖ 支援 javascript 語法。

❖ 可內嵌多媒體格式，可在電子書內播放影片、音樂。

❖ 支援中文或日文的直排。

❖ 支援旁註文字，可於直排中文右側加上注音符號。

❖ 可使用數學符號（MathML）等複雜的標記語言，能與電腦代數系統互動。

❖ 支援較複雜的版式，例如雜誌的排版或者多欄位的排版，並且維持版面的自適應性，隨著不同的螢幕解析度與手持裝置垂直或水平方向，自動排列，讓內容完整呈現。

❖ 支援同步發音的文字朗讀技術。只要在電子書內置入朗讀音檔，建立文字與聲音的對應關係，啟用朗讀功能時，文字會對應到讀音做特別的顯示，同時可以調整閱讀的速度與音量。

❖ 支援非羅馬文字格式，例如漢語、日語和阿拉伯語，讓這幾種語言格式的電子書內容被檢索

❖ 加強支援 SVG（ScalableVectorGraphic，簡稱 SVG）向量圖檔格式，任意縮放仍維持良好的解析度，不會變得模糊或產生鋸齒。

EPUB3 格式的電子書帶來了相當多的變革，尤其對於多媒體與互動性的支援，是 EPUB2 所望塵莫及的。延續著 EPUB2 的普及率，EPUB3 已成為電子書的新標準，提供讀者更佳的閱讀體驗。

電子書的
平台

05

　　說到這裡，電子書的崛起能為作者帶來什麼樣的轉變嗎？儘管電子書不會取代紙本書，但是讀者已逐漸習慣數位閱讀。意思就是，電子書也享有定量的曝光率，並擁有自己的讀者市場，甚至在未來科技的發展下，也許電子閱讀會成為人們生活中不可缺少的娛樂。

　　目前銷售市場最被看好的電子書籍類型有雜誌、小說、商業理財等，如果你是小說創作類型的作者，或是著作內容實用性強，那麼不妨將眼光放遠一些，踏著電子書出版這塊基石成為暢銷作家。

　　對於作者來說，除了可以在電子書平台上閱讀書籍之外，更重要的是將自己的作品上架至電子書平台。目前除了少數只針對出版社合作的網路書店，大部分電子書平台皆提供自助出版的服務。也就是作者可以將寫好的稿件，根據電子書平台的規定，自行上架至該平台，無須透過出版社。這就大大降低了大部分素人作家的出書難度，為新人作者開啟一扇數位出版的大門。

　　以下便逐一介紹各個電子書平台，透過掌握國內外電子書交易平台，你可以瞭解電子書作者關注的重心應該在哪裡，或許在投入電子出版並融入個人創意後，會開啟另一段屬於自己的出書傳奇。

Amazon.com 繁體中文電子書店

2019 年，亞馬遜的繁體中文電子書店正式上線。亞馬遜身為全球最大網路書店，以及全球最大電子書平台，各界始終引頸期盼亞馬遜什麼時候要成立繁體中文電子書平台。而就在上線繁體中文電子書店的同時，亞馬遜的自助出版電子書平台 （KDP）也於同一時間一併上線，為台灣以及華語電子書市場拋下一顆震撼彈。

亞馬遜的自助出版電子書平台 KDP 可以說是自助出版者的一大福音，因為 KDP 平台有自己專屬的排版方式和 SOP，所以作者基本上只要按照著亞馬遜的教學步驟一步一步地操作，就可以順利產出一本電子書，並且上架至亞馬遜電子書商城。但必須特別注意的是，在亞馬遜上架的電子書必須以美金計價，且在板型編排、封面設計、書籍定價等方面，皆必須遵照亞馬遜網站的遊戲規則，較不具備自由度。

Readmoo 讀墨

Readmoo 讀墨為城邦文化旗下的電子書平台，也是目前全球最大的繁體電子書平台。Readmoo 讀墨同樣也生產專屬的電子書閱讀器 mooInk，還有自己的閱讀 APP。比較特別的是，儘管在網路時代，多數透過螢幕的閱讀行為皆以橫排呈現（例如本書就採用橫排的方式），但是依然有許多中文電子書讀者希望以直排呈現書籍。而目前全世界僅剩繁體中文與日文具有直排閱讀的習慣，為因應直排閱讀的需求，Readmoo 讀墨在推出閱讀器的同時，也同步導入一鍵直橫排轉換的功能。除了出版社提供的預設值之外，讀者也可以依照自身喜好切換排版方式。

Readmoo 讀墨也提供作者自助出版電子書的服務，稱為 mooPub。而且，Readmoo 讀墨為了吸引作者在此平台自助出版，推出只要在

mooPub 上架電子書，便免費為作者同時上架至 Google Play 圖書和 Apple Books。但 mooPub 不像亞馬遜 KDP 有一套自己的排版系統，mooPub 需要作者將寫好的文稿自行編排成 EPUB2、 EPUB3 等格式，對於較不熟悉軟體操作的作者來說，可能是一大難題；但同時也較具備自由度，供作者自由發揮屬於自己的電子書。

Kobo 樂天

　　Kobo 樂天是一家總部位於加拿大多倫多，隸屬日本樂天株式會社旗下的電子書品牌，也是目前全球第二大電子書平台。Kobo 樂天於 2009 年成立於加拿大，一開始名為 Shortcovers，於 2009 年 12 月改名為 Kobo Inc. 並轉型成為獨立公司。2012 年 1 月由日本樂天株式會社 100% 收購成為樂天 Kobo 電子書，2016 年 9 月於台灣正式開台，提供繁體中文電子書銷售服務。Kobo 樂天目前也有提供自助出版的服務，稱為 Kobo Writing Life，但尚未有中文介面。

Google Play 圖書、Apple Books

　　在電子書閱讀逐漸被手機載體占據時，兩大手機系統當然不會放過電子書平台這個市場。Google 的服務範圍包山包海，當然也包括電子書。如果你使用的手機是 Android 系統，那裡面一定有一個固定的 APP —— Google 商店，而在 Google 商店就可以購買 Google 電子書平台的電子書。當然，Google Play 圖書也為作者提供了自助出版服務。相對的，Apple Books 也是如此。

製作
數位化閱讀內容

　　跟著以下的電子書製作指南，讓你體驗從翻一本書到滑一本書的過程，擁有自己的電子書將變得觸手可及。目前市面上有許多軟體可以製作 EPUB 電子書，本書介紹的 Sigil 則為較主流且免費的軟體。

使用 Sigil 輕鬆製作 EPUB 電子書

　　Sigil 是開放原始碼社群依照 GPL3 條款所釋出的一所見即所得的 EPUB 編輯軟體，能夠在 Windows、Mac、Linux 平台上使用。介面簡潔，文字編輯的方式與 word 相似，也可以切換成原始碼模式，直接編寫 html 程式碼。並且已將許多複雜的程序模組化、標準化，一般的使用者無須瞭解 OCF、OPS、OPF、metadata 等專業內容，Sigil 都可以幫你輕鬆做到。它還可以驗證電子書的格式是否有錯，讓最後完成的電子書能夠 100% 符合 EPUB 的規範。

　　其實，只要會使用一般文書處理軟體的使用者，都可以利用 Sigil 製作出基本的圖文書。但如果要製作出更專業的電子書，便需要具備撰寫 XHTML 及 CSS 網頁標籤語言的能力。此軟體也支援 EPUB3 的電子書規格，支援以 XHTML5 與 CSS3 的網頁標籤語言來撰寫，可以嵌入 EPUB3 規格為主的聲音、影片檔案、專業的排版樣式、互動性效果等。

在製作電子書之前，請先準備好文字內容，以及一個封面圖檔。準備好了嗎？那就讓我們一起輕鬆完成你的第一本電子書吧！首先請依照您所使用的電腦作業系統下載 Sigl 安裝程式，安裝完成後打開 Sigil 軟體，就可以看到 Sigil 的操作畫面：

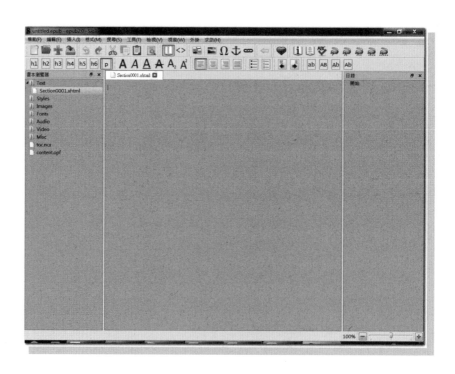

1　中文化設定

剛安裝完成的 Sigil 使用介面看起來已經是繁體中文的介面，但是許多功能提示或子視窗都還是英文的介面，所以在使用前可以先將各功能說明設定成繁體中文。設定方式請點選上方功能表中的「編輯」，然後點選「偏好設定」，點選左邊選單中的「語言」，右邊的個選項都選擇「中文—台灣」，再按右下角的「OK」。最後再依照指示重新開啟 Sigil 軟體，

就完成中文化的設定了。

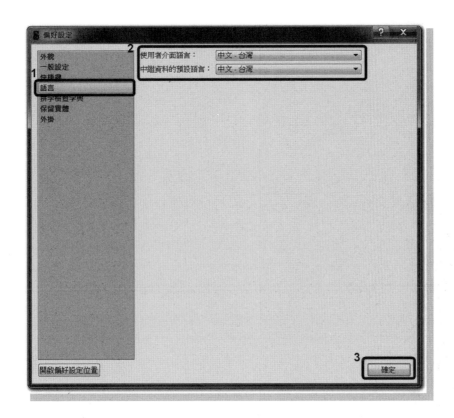

2 置入電子書封面

　　點選上方功能圖示「新增已存在的檔案」，在跳出的新視窗中，選擇
先前準備好的封面圖檔。

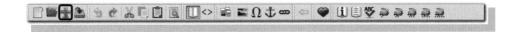

完成後，圖檔就會加到左側的 Images 檔案夾中。

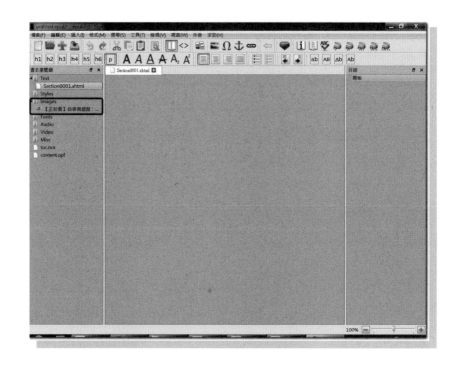

再點選上方功能圖示「插入檔案」。

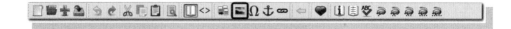

在跳出的視窗中點選「確定」，就完成了封面的置入。

3 置入與編輯內文

最簡單的方式是利用拷貝或貼上，將文字置入中間的編輯區。在左側 xhtml 上有一個 Text 的資料夾，裡面有一個 Section0001.xhtml 的檔案，在點選此檔案後，就可以直接在 xhtml 檔案的編輯區域中貼入內文。最後再點選功能圖示「儲存此書籍」，鍵入檔名，就完成一本簡單的 EPUB 電子書了。

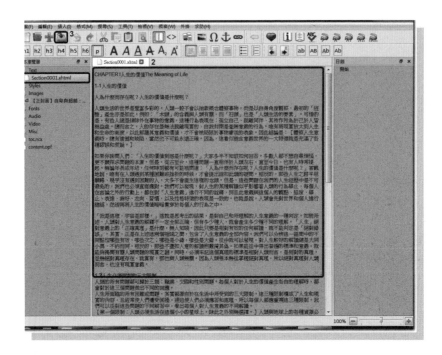

另外，Sigil 也提供了許多基本的文字排版功能，用法與我們常用的文書處理軟體非常相似。在這些排版功能中，最重要的是左側 h1 ～ h6 的**樣式**功能，因為在設定目錄時，會依照樣式層級設定產生電子書的目錄。

4 製作電子書目錄

在利用 Sigil 內建的「產生目次表」功能製作電子書的目錄之前，我們需要先將內文按照篇、章、節的標題，依照層級分別套用 h1 ～ h6 的樣式功能。這樣才能在下一個步驟順利產生目錄。

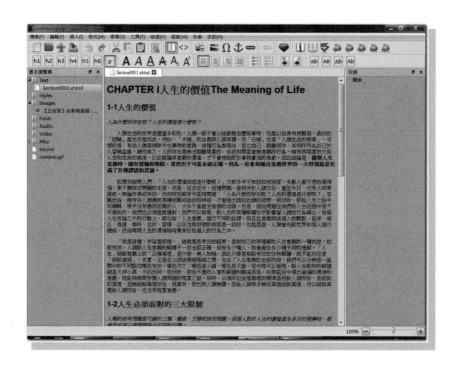

套用樣式後，再點選上方功能圖示「產生目次表」。

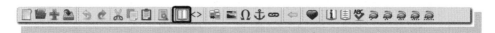

在跳出的視窗「產生目錄」中——

「目錄條目、標頭標題」欄：顯示篇、章、節的層級與順序。

「層級」欄：顯示依照「樣式」所設定的層級。

「只顯示目錄條目」：切換顯示或隱藏沒有勾選的目錄條目。

確認後點選「OK」，就會在右側的目錄視窗內產生目錄，是不是很方便呢？

在編輯電子書的過程中請記得要隨時存檔，點擊「儲存此書籍」，以免辛苦的成果付諸流水喔！

Publication II

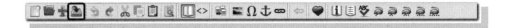

5. 給予電子書完整的書籍資訊

點選上方功能圖示「中繼資料編輯器」，也就是「詮釋資料（metadata）」的編輯器。

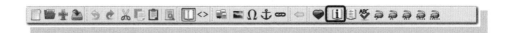

將書籍的基本資料鍵入欄位中，若要再增加資料，可點選「中繼資料」按鈕，按需求點選主題、作者、來源、出版商……等。待資料輸入完成後點選「OK」，就完成詮釋資料（metadata）的編輯。直到這裡，整部電子書的製作就已經大功告成了。

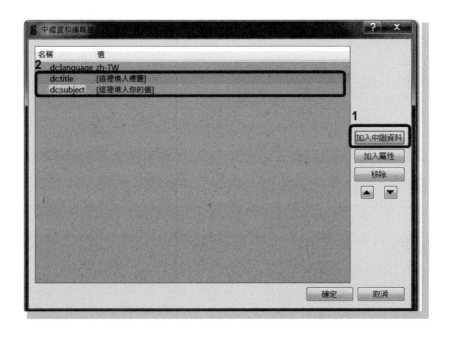

檢視製作完成的 EPUB 電子書

目前大部分手機都可以透過 APP 或是直接閱讀 EPUB 軟體的電子書，但如果是身為作者的你，希望在用電腦作業完畢後，檢查自己的 EPUB 電子書，那該怎麼做呢？以下介紹的也是一個免費軟體 Calibre。其中常見的功能，例如字體放大縮小、全螢幕、目錄切換、鍵盤左右鍵翻頁、書籤管理、螢光筆……等這個軟體通通都有。另外還提供 EPUB、PDF、txt、 mobi……等格式轉換。

1 放入想閱讀的電子書

首先，當然就是下載 Calibre 軟體了。那在下載之後，就可以點選左上角的「加入書本」按鈕，或是直接從桌面拖曳電子書檔案至軟體中央。

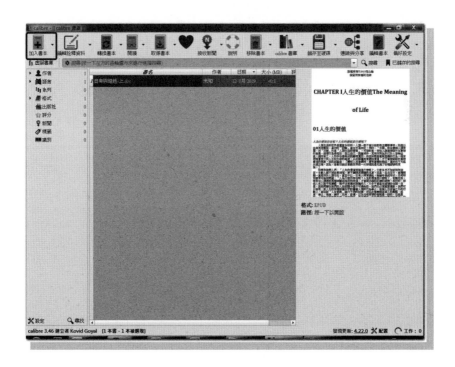

2 多樣的電子書功能

在點選所選書籍兩下之後，便可以進入此本電子書的介面。左側有許多功能鍵，像是字體放大縮小、全螢幕、目錄切換、鍵盤左右鍵翻頁、書籤管理、螢光筆……等等，可以自由使用。

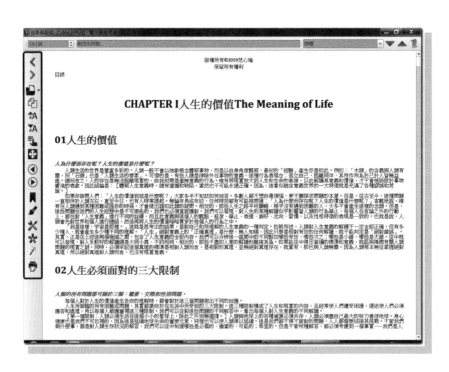

讓電子書動起來

電子書是一種多元的閱讀容器，它可以讓一本書提供讀者音樂的享受，也能變成立體故事，和閱讀者進行各式各樣的互動。

現在如果想製作出具有多媒體互動功能的電子書，呈現更多采多姿的豐富內容，除了備妥所需的影音內容之外，可在著手製作之前，參考以下建議為製作準備。

 必須有一個完整的論述或故事

雖然電子書的出版並不會受內容長短影響，但是一本電子書至少需要一個明確的開端、繼承開端且內容充實的中段，以及有力的結尾。不論是一篇報導、一個理念的論述、報導一個事件或敘述一個故事，都依賴一個整體的敘事結構，引導讀者循著內容主軸進行一趟知性或奇幻之旅。若是內容無頭無尾，過於零碎片段，讀者猶如身處五里霧中，縱使有再好的影音內容、再精心的互動設計，終究難以吸引讀者流連其中。

 依照內容所需運用多媒體元素

善用多媒體可以為文本增添可讀性，將原來平淡無奇或靜態抽象的

事物，藉由多媒體的影音聲光效果，讓讀者獲得不同的閱讀體驗。適當的使用聲音、影片替代文字，可獲得比文字更佳的敘述效果，或者輔助文字無法表現的內容。過去紙本書無法表現的動態內容，或者單純影音無法融入至書籍的敘事結構，都可以利用巧思在電子書中融為一體。例如增加背景音樂可營造故事情境，利用幻燈片播放的特效製造類似哈利波特魔法報紙的效果等。

3 利用多媒體元素讓敘事多元化

除了上述利用多媒體元素增加內容的可讀性之外，也可以將多媒體元素替代文字的內容，成為敘事的主體。例如將一段對話直接以音檔或影片取代、一個人體的結構以圖層呈現，讓讀者在切換圖層時，瞭解人體器官的位置。

4 跨越到電子書以外的範疇

在電子書中可以嵌入外部的動態網頁內容，例如 Twitter、Facebook、Instagram、微博的動態資訊。讓電子書的部分內容與相關資訊能夠不斷更新，也可以吸引讀者加入與作者、其他讀者的互動當中。

5 利用社群網站

連結至社群網站，除了可以讓讀者與作者、其他讀者間產生互動之外，還可以讓讀者參與故事發展或書籍的內容。讓讀者與系列書籍或是作者之作品，產生更高的黏著度，進而成為該系列書籍或作者的粉絲。

6 加入遊戲

　　於電子書中適時地加入遊戲機制，可以激發讀者的參與。例如設定一些關卡或謎題，通過的讀者才能進入下一個單元或故事，甚至於還可以讓讀者獲得點數、獎品等，讓電子書與讀者產生互動，進而吸引讀者持續購買和閱讀。

7 靜態與動態並存

　　最後，即使電子書可以提供讀者多媒體聽覺與視覺的饗宴，但不一定所有讀者都喜歡多媒體的效果，有些時候也會想要回歸到文字本身所帶來的魔力與無窮無盡的想像空間。所以在用心規劃多媒體內容的同時，也必須提供讀者單純的閱讀方式。

Publication II

自己掏錢印刷就是自費出版？自費出版早已走向專業、精緻、多元化，成為出版界的一股新潮流，豐富了圖書的可能性，《羊毛記》、《格雷的五十道陰影》都是從自費出版開啟暢銷之路。如果你還陷在退稿地獄裡，不妨認識一下自費出版。

PublicationIII
自費出版新思維

作者自己當老闆

| 請問我要如何出版一本書？

這是想出書的人最常提出的一個問題。一般人對於出書的概念其實很模糊，想法也很簡單，以為只有向出版社投稿才算出書，或是認為出書就是印書，只需將書印製出來，書店就會搶著要……。前述章節介紹的都是以上這種方法，這種方法適合幸運被出版社選中的作者。那其他落選的作者該怎麼辦呢？如果你一直抱持著一定要在出版社旗下出書的想法，你將會走很多的冤枉路，甚至鑽進死胡同中。本章節將介紹如何有效率又不費力的出版一本書，更甚者——出一本暢銷書，**那就是自費出版**。

出書，首先要決定書籍的形式，你可以有以下選擇：

❖ 紙本書：一般人閱讀的主要型態。
❖ 電子書：新興的閱讀型態，隨時隨地都能閱讀，不會造成讀者額外的負擔，且使用人數逐漸增加中。

如果你喜愛紙本書的質感、觸摸感，或是希望讀者能長時間閱讀而眼睛不感到疲憊，或將書贈送給親朋好友、往來客戶，亦或是你的書非常要求精緻紙張、印刷精美、裝幀高雅，那紙本書絕對是你的第一選擇。但如

果你希望書籍能方便讀者攜帶閱讀，或是受限於經費考量，電子書則是你最好的選項。當然，你也可以同時出版紙本書與電子書，這二者將帶給你加乘的效果。關於電子書的部分，筆者已經在前述章節中詳細介紹過，這裡就不再贅述。現在讓我們進入自費出版世界，好好探索一番，你將會發現——原來出書，就是這麼簡單！

大多數的人如果想出版紙本書，最直接想到的就是跟出版社簽約，進行商業化出版。每賣出一本書，就抽取版稅，抽成的方式按照合約而定。但是，出版社有沒有可能不出你的書呢？答案當然是肯定的。出版社有太多理由可以拒絕你的稿件——內容品質不夠好、沒有賣點、不夠特殊、沒有焦點或話題性、內容過於冷僻使閱讀族群狹小、作者沒沒無聞，作者只是 NOBODY、投稿投錯出版社、作品不符要求……。

就連國內外知名的作家也都收到過退稿信件，有些理由還十分尖酸刻薄，像是英國作家詹姆斯・巴拉德（J・G・Ballard），他的作品《太陽帝國》曾被美國著名電影導演史蒂芬・史匹柏（Steven Allan Spielberg）翻拍成電影。就連這樣知名的作家詹姆斯・巴拉德的作品《Crash》，都被當初的出版社編輯退稿了，而且給他的退稿評語竟是——這位作者沒救了，就算看心理醫生也沒有用。

全台灣有將近五千家出版社正在運營、持續出書，每月維持出版超過三千多本，一年約出版三萬六千本書籍，而這些還不包括被退稿的數量。為了能博得各出版社編輯群或審稿委員們的青睞，投稿者皆無所不用其極地準備出版企畫書等相關資料，內容豐富、完整、多樣、琳瑯滿目……。若作品很幸運的過稿，緊接著就要簽約開始跑編務流程，作者要做的就是交稿、校稿及配合出版社所安排的宣傳活動，其他事宜就交給出版社處理。作者能主導的地方並不多，只要等著坐領稿酬就好。而書籍的銷售盈虧及庫存則由出版社承擔，作者不須負擔任何風險。

上面短短幾句話看起來好像很簡單，但從寫完稿到出成書，真的有這麼容易嗎？答案是不見得。根據近年統計，素人作家過稿的成功率遠小於1%。因為對出版社而言，出書有一定的支出成本，像是編務費、封面設計費、內文版型設計費、打字排版費、印製裝訂費、行銷活動費用等等，若出版社評估該書的銷售量可能未達損益平衡，就不會冒然投入製作。畢竟**出版社是商人，而你的作品是商品**，沒有人會想要把錢投資在會虧錢的商品上。

國內大多數出版商寧可花大筆授權費取得國際暢銷書之授權，或選擇知名作家之著作出版，以降低出版風險。非市場主流之創作、知名度不高的作家、較專門冷僻的主題都難以取得出版商支持。當然，有時也可能因出版商主觀意識誤判而錯失出版暢銷書籍的機會。

因此，如果你接到退稿通知，別灰心，你可以根據編輯提出的意見對稿件做進一步加工處理，修正自己創作時的盲點、缺失，然後再接再厲，將目標轉向其他出版社，進入長期投稿的抗戰階段。

若長期以來一直得不到出版社的賞識，或是因某些緣故需要盡快出書，那該怎麼辦呢？這時你還有另一個選擇，就是「**自費出版**」（Self-publishing，又稱自資出版、自助出版、個人出版、自主出版……）。

什麼是自費出版呢？簡單的說就是作者出資書籍的製作、發行等費用，委託專業的出版社代為處理細節作業，而銷售後的利潤所得全歸作者。面對出版商居高不下的退稿率，許多文化創意人不願屈服於現實，仍想站在屬於自己的創作舞台上，爭取作品在書店陳列的機會，就會選擇自費出版。

根據已出版超過上千種自費出版品的華文網專業自資出版服務平台統計，逾30%的作者賺得利潤超過原本出版社所願提供之版稅，亦即在傳統出版社所退的稿件中，至少有三成是出版社會看走眼的書。文學史上許

多著名的大作家，也都是走自費出版這一條道路，例如英國文豪詩人約翰・米爾頓（John Milton）自費出版史詩《失樂園》、俄國大文豪托爾斯泰自費出版長篇小說《戰爭與和平》、法國意識流作家馬塞爾・普魯斯特自費出版《追憶似水年華》、德國哲學家尼采自費出版《查拉圖斯特拉如是說》等等。如果他們沒有選擇自費出版的話，文學史上可能就少了許多傳世經典。

　　可見自費出版不但並非是窮途末路的選擇，還是一種讓讀者看到作者創作的直接途徑。自費出版成書已經朝向精緻、專業、多元化發展，即使是由作者出資印製也能使書籍呈現質感。如果你極度渴望出書，不妨瞭解一下這種出版方式，增加你完成夢想的方式。

誰適合
自費出版？

那到底什麼樣的文字創作者適合自費出版呢？其實只要是擁有作品，並且希望將文字創作轉化為出版品的作者，都適合自費出版。以下列舉三種最適合自費出版的情況，但若你是對出書充滿熱情與想法的作者，都可以加入自費出版的行列。

 為紀錄或紀念

此類為渴望留下難忘紀錄者，即想在這個世界上留下一些有價值的足跡，或是讓後代的人也能認識你。通常製作的品項有社團紀念專輯、學生作品紀念合輯、文學獎合輯、校刊、學術研究成果、書刊、週年紀念特刊等。或是將自己的創作作品，如文字創作、Blog 結集成書，或是圖像創作、創意日誌、旅遊照片集、成長日誌等，加以集結成冊出書。

 為名利發展

此類為投資自己事業者，即將書籍作為名片或一項行銷宣傳的利器，統整自己的專業撰寫成書，為事業鋪路。一般的媒體廣告不管平面或網路皆有時間限制，且所費不質，但書籍不受地點、時間限制，且可以長時間

流通。有時出書所帶來的效益，甚至還會大於賣書所得，足見出書也可以是個人、企業最好的宣傳。當然也有可能是為了想晉升為文壇作家，滿足自己的虛榮心，所以先自費出版為自己鋪路，累積足夠的名氣。

為分享理念知識

此類為渴望對外界宣揚自身理念者，將過去人生中所學習、領悟、感觸的經驗跨越時空限制傳遞出去，就好像跟讀者一對一的談話般，與讀者分享心情與經驗，讓他能從中獲得幫助，甚至可能改變讀者的一生。

或是對某領域非常熱衷也鑽研出心得，想分享給更多的同好者。如學術研究成果報告、研討會論文集等，此即為發表學術研究成果而出版。也有的是因為辛苦自編了學習教材想讓更多人受惠，所以將上課講義彙編成書，例如筆者因早年醉心於補教事業，故出版《擎天數學最低 12 級分的秘密》。該系列書集結筆者多年教學成果，並與 7-11 合作，在全省超過 5000 家 7-11 門市曝光，除了銷售書籍，更打響家教班知名度以利招生。

苦於找不到慧眼識英雄伯樂的你、不想受限於出版社微薄版稅的你、期待不再受到傳統出版社刁難的你、渴望為創作事業踏出第一步的你，自費出版就是你的選擇之一。鑑於市場需求，傳統出版社對一些冷門小眾的書籍一向興趣缺缺，例如非主流文化、文學、哲學、藝術、美學，甚或是非主流價值、另類科學等等主觀色彩濃厚的類型。但是在自費出版的新觀念之下，出書將變得開放、多元，「It's up to you」！

自費出版的流程

在一切講求專業、效率的時代，由作者出資（印製成本及行銷費用）與出版機構合作，所有細節工作都交由專業出版人員負責，著作印妥後，作者可自行銷售，亦可委託出版社代為洽談發行上架的事宜──這就是自費出版。

個人化的出版服務，包含內容編輯（視作者需求）、文字編輯、封面設計、紙本書內文版式設計和電子版文檔轉換、申請國際書號（ISBN）、電子書發行、紙本書印刷、書評、發行、行銷與推廣等服務。作者只需專心投入內容創作，即可將書籍流通於廣大的文創市場中，坐享大部分行銷結果的利潤。

有別於最早期的自資出書或自行開設出版公司的出書模式，作者不需耗費過多人力及金錢在不熟悉又瑣碎的事務上，更不需要辛苦奔波拓展通路，最後卻一無所獲。

那為什麼要選擇自費出版，而不是擁有更大話語權的自行開設出版公司呢？除了金錢方面的因素之外，更重要的是作者提供的稿件大都需要內容編輯幫助審閱，沒有經過審閱的書就好像沒有通過品管檢測的產品。一般編輯審閱的目的是確保行文流暢與一致性，並提供修改意見給作者，將書打造成具銷售潛力的作品。這就是由出版社提供專業團隊之目的，即為了提高出版品的品質。

以下為自費出版的簡要流程：

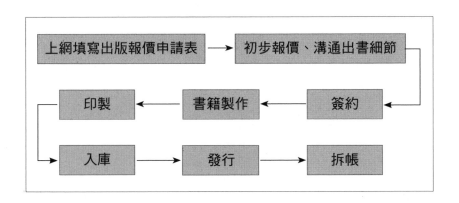

此種出版模式並不是近年才出現，風靡全球的繪本故事《彼得兔》（Peter Rabbit）的作者畢翠克絲・波特（Beatrix Potter）便將當時寫給小朋友書信中的故事及插圖重新彙整編修，自行印製 250 本分送給更多小朋友。1902 年，《彼得兔》被交由 Frederick Warne & Co. 正式出版為《小兔彼得的故事》（The Tal eof Peter Rabbit）。至今為止，彼得兔系列已銷售突破一億五千萬本，並且被翻譯成三十多種語言。

在台灣，早期的自費出書是作者自己或找親朋好友設計封面，再找印刷廠或影印店印製書籍，這樣的書籍在品質及賣相上都備受質疑，也因此多被作者收藏或送人。

而如今，自費出版已經走向專業化、精緻化，成書結果絕對不輸大家出版社的印刷品，有時甚至能因為作者個人對出書的堅持或創意，讓讀者耳目一新。

在華文出版方面，八〇年代台灣當代散文作家王鼎鈞，有鑑於之前書籍銷售不錯，後來出版《意識流》時，便決定採用個人自費出版，希望多賺一點版稅。而筆者曾出版的《反核？擁核？公投？》一書，也因欲追求最大獲利全數投入公益，因此採用自費出版模式。

蘋果電腦前創意總監蓋伊・川崎（Guy Kawasaki）曾表示，過去的自費出版給人的印象是找不到出版社的作者，或是品質、銷售不好的作品。當然，這不代表現在的自費出版品一定就是好的。

由於自費出版強調作者自主，所以作者對出版品的成敗必須負擔很大的責任，有了這一層的壓力，作者在寫作時也會更加認真，不敢隨便敷衍了事。可以說是成也作者，敗也作者。

自費出版重新定義了作者與出版商資訊對等的地位，也兼顧了作者與讀者的權益，所以吸引越來越多人的投入。也因此使得出版朝向自由化發展，內容更為多元，使得更多人得以加入文化的生產與消費，營造更加多元活潑的文化氛圍。

近年來，在國外**自費出版電子書→被出版商相中正式出版實體書→暢銷大賣**的例子越來越多。例如席捲全世界的暢銷書 E・L・詹姆斯（E・L・James）的《格雷的五十道陰影》（Fifty Shades of Grey），就是作者的自助出版電子書處女作，在出版十一周內隨即突破一百萬冊，打破了美國作家丹・布朗《達文西密碼》的三十六周紀錄，更成為首本突破百萬大關的 Amazon Kindle 電子書。

還有另外一本暢銷書是休豪伊（Hugh Howey）的《羊毛記》（Silo），也是作者透過亞馬遜自費出版計畫出版的首篇中短篇作品，甫一上市隨即熱銷，且被電影公司買下版權。這兩本書都是名不見經傳的素人作家一鳴驚人，籍由自費出版攻占亞馬遜網路書店暢銷排行榜 No.1，征服全球讀者的心。

再來看看同位於亞洲的日本，一個沒沒無聞的 63 歲漫畫家岡野雄一，自費出版五百本《去看小洋蔥媽媽》，內容描繪 89 歲失智症母親的日常生活點滴，因其內容溫馨感人，為現今功利至上的社會注入一股暖流。之後被知名出版社相中，並正式出版發行至全國成為暢銷書，短短半年就銷

售超過十萬冊，亦被改編成電影。

　　所以，我們必須有一個全新的觀念——**自費出版也能打造出暢銷書**。對於作者來說，自己付錢自己出版，反而比由出版社主導的出版，有更多的空間、更大的彈性完成自己的一本書。當世界向你開啟另外一扇窗時，只待羽翼豐滿、天氣晴朗，便能一舉振翅、破格而出。

　　若你有興趣加入自費出版的行列，成為出版界的超新星作家，請搜尋全球最大的華文自資出版平台——華文網（www.book4u.com.tw），或直接掃描 QRCode 填寫諮詢表格，即有專人為你服務。

Publication III

自費出版
好處多

04

傳統出版的作者雖不須負擔書籍的製作行銷成本及風險，但過稿率極低、創作自由度不高，最重要的是，若書籍暢銷，作者的獲利並不算高。由於向出版社投稿的成功率較低，所以多數新手作家通常會轉而採用自費出書。自費出版主要的優點有：

Tip 1 獲利較高

在台灣，出版社跟作者簽的版稅率一般是 6 ～ 10%，即使是最知名的作家，版稅率也才 15 ～ 20%。依照版稅計算公式來看，以每半年或一年為單位，出版社能給作者的稿費其實並不算多。但若採用自費出版，不論作者知名度高低，只要書能賣，作家可拿到的金額約相當於七成版稅。

舉個例子來說，若一本書的訂價是 250 元，給作者的版稅率以 8% 計算，賣出 2000 本，則作者可領到的版稅為 250x8%x2000=40000 元。但在自費出版的情況下，一本 256 頁 25K 的單色文字書，2000 本的製作及發行成本約 17 ～ 20 萬，若給通路的進貨折扣以 5 折計算，賣出 2000 本，則作者可領到的版稅為 250x0.5x2000=250000 元，再扣掉成本約 18 萬，則可獲利約 7 萬元。當然，這些的前提是你的書能賣。

2 自主性較強

在自費出版的情況下，作者對書籍的內容與風格的掌握度較高，也擁有印製數量及訂價的決定權，出版社僅會提供專業的建議給作者參考。作者甚至還可以決定要發行多少本，其中多少本自留，或是想做什麼樣的行銷活動，例如新書發表會、簽名會、讀書會，甚至是 Youtube 廣告等各式宣傳活動。還可以附贈光碟、海報、抽獎等；或製作相關產品如書卡、筆記等贈品，以吸引讀者的注意。

3 所有權屬於作者

自費出版後的書籍所有權及著作權仍屬於作者。而對作者來說，銷售一段時間後的庫存書仍具有極大的意義、紀念性及價值性，不會依照一般出版社的做法將其賣成廢紙。作者可取回庫存書，作為紀念贈予親朋好友、致贈相關圖書館，或是作為專業能力之文宣行銷用品贈送給客戶。

4 無須審核

自費出版的書籍不須經過出版社審核，只要不違反法令，什麼樣的內容都能出，因此不用擔心被出版社封殺。但部分有良心的自資出版社為維持書籍內容及製作品質，還是會提供市場性的建議給作者參考。

筆者將傳統出版與自費出版的比較表列如下：

	傳統出版	自費出版
出版門檻	須經出版社審稿通過	無

	傳統出版	自費出版
版稅	有	無
版權歸屬	合約期間屬出版社	屬作者
製作費用	出版社出資	作者負擔
書籍自主權	屬出版社	屬作者
ISBN	有	有
行銷發行	有	由作者決定
銷售結款	屬出版社	屬作者

　　無論你出書的目的是什麼——包括宣揚自己的理念、分享經驗、個人最佳的公關代言、提高知名度及專業地位、公司機關組織最佳宣傳工具、投資個人創作最直接的管道、吸引大出版商簽約、對外發表研究成果，分享專業知識……，你只需負擔製作發行的費用，就可以自費出版，擁有最大的自主決定權。且書籍若好賣，獲利就會大於版稅收入。但相對的，作者必須自負成本及承擔虧損的風險。傳統出版是出版社投資、規劃、經營你（前提是你必須讓出版社產生信心），而自費出版則是投資、規劃、經營自己。現在，你決定好適合自己的出版方式了嗎？

自費出版的方式 05

　　雖說自費出版就是由作者付費出書，但是其運行模式又分為好幾種。就像朋友聚餐，是要其中一個人請客，還是一對情侶請客，或是各自分擔的問題一樣；自費出版又依形式分為企畫出版、協作出版、合資出版、募資出版、加值出版。在作者決心投入自費出版之前，瞭解更多自費出版的方式，可以幫助作者選擇最符合自身利益的出版。

 企畫出版

　　針對有出書構想、內容大綱，或是想和大眾分享個人或企業成功經驗，但卻因時間及其他因素影響而無法專心寫作的企業或個人，有些出版社會提供相關的資源協助作者完成出書，為該作者量身打造一套專屬的出版方式；而此時出版社就相當於是出版顧問，提供作者最專業的出版服務。從採訪寫作人才的提供、稿件的編撰、書籍的印製及鋪貨行銷等，一條龍式出版作業均由專人安排、檢核。

 協作出版

　　對於寫作經驗不多或作品量較少的作者，只要作者提供稿件或提案，

自費出版平台便會將其他相同主題的作品集結在一起出版，例如部落格出書。由於一本書的寫作是由數位作者共同完成，因此所需的費用由作者們平均分擔，銷售所得利潤也由作者們根據出資比例分配。

合資出版

想要出書，但受限於經費限制，某些出版社會提供合資出版的服務。該類作品須經由出版社審核評估，若覺得有出版價值，出版社就會跟作者進行合資合作的方式，即與作者共同分擔出版所需費用，至於售書所得利潤，則根據出資比例原則分配。

募資出版

此類也是屬於合資出版，但合資的對象由出版社轉向社會大眾。此方式是將自費出版與群眾募資結合，透過網路平台募集小額捐款，減少作者獨資的經濟壓力，在眾人的協助下達成出書的目標。待書籍出版後，作者亦會贈書給捐款人以示感謝。

加值出版

除了出版紙本書籍外，有些自費出版社會將內容做一種以上的運用，創造出多元價值，例如與電影和周邊商品結合。此外，內容加值亦可應用在衍生性商品的開發及商標圖像的授權，為作品創造更多元的文化創意之經濟價值。

挑個好籃子
放雞蛋

　　市面上自費出版的費用相差頗為懸殊，這些超便宜或超昂貴的自費出書，裡面隱藏著什麼陷阱嗎？該選擇哪一家自費出版呢？有些作者花了一大筆錢，成書後卻發現書本紙質粗糙、封面不滿意或是內容錯誤連連，甚至沒有完善的後續發行服務，這都是一般人始料未及的。常見的自費出版陷阱有以下幾項：

內容品質不佳

　　文字及版式錯誤率極高，常會造成讀者對書籍內容品質的憂慮。許多自資作者很興奮地拿到書後，隨手一翻就發現數十處明顯錯誤，心情頓時跌落谷底。為什麼會發生這種情況呢？一是編輯沒有把關好書籍的內容，二是印製過程出現問題，像是不同軟體轉換格式都易造成錯誤。其實，追根究柢就是出版機構不夠專業。而避免這一陷阱最好的辦法，就是委託專業且有口碑又可靠的出版機構合作。

外觀不夠吸睛

　　早期的自費出版品給讀者的第一眼印象就是——封面設計落伍、不吸

引人。有時自費作者對已出版的書籍最不滿意的就是封面，甚至還有人不敢拿出來展示。其實，專業且有責任心的出版機構，從專業設計人員的安排，到作者對設計的參與和認可，每一步驟都會小心翼翼地確認，以確保成書後作者對書籍外觀不會有所意見。若想避開這一陷阱，請找專業水準高、擁有專業設計人員的出版機構合作。也可到書店多方參考該機構已出版的作品，且一定要在合約上註記封面定稿需經由作者審定。

紙張粗糙、印刷裝幀不精美

不少作者反應花錢出版的作品，為什麼一看就像影印的盜版書？不僅用紙粗糙、印刷墨色不均，甚至產生嚴重的色差、裝訂有瑕疵、內頁脫落等，總而言之就是粗製濫造。究其原因，這是某些黑心出版公司為節省成本，不斷壓低印製品質所致。找到有經驗且受其他自資作者推薦的出版機構合作，便可有效免除這種疑慮。

高製作費用

有些作者投入巨資出版作品，在出書過程中卻常因不明原因不斷被增加製作費用。所以最好找收費標準明確合理、品質可靠的出版機構合作。

在自費出版的世界中，作者還必須建立一個觀念──**印書不等於出版**。什麼意思呢？書印製好後，需透過出版商的經銷網絡將書籍發到各個通路。目前台灣書籍的發行通路包括圖書館專案通路、海外通路、網路通路、全省性連鎖書店、量販通路、一般中大型書局、超商通路、全省書店零售通路等等。如果你是自己找印刷廠印製，然後再拿著書到各書店請他們進書，很抱歉，書店是不會理你的，因為他們只跟圖書經銷商打交道。

想要將書籍發行到書店，就要找自費出版機構。所以作者於自費出版時，也應考量各出版機構的發行管道。

　　目前圖書通路在圖書進貨量的選擇上，日益趨向可以加快流通、減少門市庫存並衝高營收的「流行書」與「暢銷書」。同時由於出版業者的保守心態，使量小質精的小眾出版圖書極難找到合適的出版社發行。隨著出版市場 M 型化對本土創作之排擠作用、閱讀習性改變，傳統出版經營模式也面臨重大衝擊，因此有些出版社轉型提供出版顧問服務，整合出版、發行、行銷、通路經營等核心專業，滿足多元、優質小眾之出版發行需求，活絡文化創作市場，以達知識之流通與分享。

　　但由於大部分作者並不熟悉出版、發行的作業程序及專業知識，再加上印刷廠或一些自費出版社沒有設下篩選機制，使得自資出版品缺乏嚴謹的編輯校定，品質令人堪憂。此外，不完善的發行通路及出版後之行銷力不足，也都令人望而卻步。

　　因此，唯有專業資源充足的出版社，才能在自費出版之路上協助創作者以最佳經濟規模投入出書、發行著作。專門的自資平台也可提供作者一個不受市場機制干擾（或者將干擾大幅降低）的出版環境，或是能利用多元方式創造作品曝光機會。總而言之，在尋找自費出版平台合作時，製作費用、出版社口碑、美編、文編、企畫、行銷、印刷、裝幀、客服和通路的管理品質等都需做好審慎的評估，才不會花了大錢買氣受。

在如今的網路世代，只要有心人人都可以
出版一本書。那既然大家都能出書，圖書
市場便如皇上選妃般競爭激烈，就算你寫
的是本好書，讀者要如何在書山、書海中
選擇將你的書捧起來，並且翻上一翻呢？
這就是為什麼一定要行銷。

Marketing

搞懂行銷才能暢銷

為什麼書籍也要行銷？

「書」自古以來總是被連結到清高文人或是大文豪，看書是「文藝、文青、高級」的活動，連帶認為──行銷這種世俗的行為怎麼能應用於書本呢？但在進入科技化時代後，產生了許多意想不到的改變。對於文字，我們從「寫字」變成「打字」，意味著要寫出十幾萬字已經比以前輕鬆多了；還有印刷行業早已擴充許多全新的技術，印刷變成一件低成本的事情；再加上資訊流通，每一個心中有作者夢的人都十分容易取得有價值的材料。以上的變化全部總和會產生什麼事實呢？

答案是──**只要有心，人人都可以出版**一本書。那既然大家都能出書，書籍市場競爭也就越演越烈，即使你寫的是一本好書，那要怎麼讓讀者在滿坑滿谷的書海中選擇將你的書捧起來翻閱呢？這就是為什麼要行銷的原因了。

如果你還停留在**「我的書很棒！想看的人自然會來買」**這樣的想法，那麼就應該先瞭解──書寫得更好的人多不勝數，若不想辦法吸引讀者的眼光，那麼好書也可能乏人問津。而已經瞭解到行銷重要性的作者們，請繼續往下讀，一定能為你的書找到新的出路。

在書籍行銷界裡有一句話：「出書容易，暢銷難。」從台灣的圖書市場來說，平均每年出版約三萬六千本新書，也就是說平均每天有將近一百本新書上市，再加上真正閱讀紙本書的人越來越少，如何讓那些願意買書

的人購買你的書、讓那些不願意買書的人拿起你的書，就是行銷的關鍵。你覺得筆者把行銷說得太神？讓我們看看以下兩個小故事，你就能體會「行銷」在眾人決定一本書好與不好的過程中，占了多麼重要的角色。

毛姆，三〇年代收入最高的英國作家。一開始當他試圖從醫界轉戰文學界的時候，雖然發表了一些作品，但並未獲得好評。在走頭無路且無力生活的情況下，突然天外飛來一筆，毛姆想出一個與眾不同的點子，沒想到就是這個突發奇想，讓毛姆的作品有了新的契機。他用僅剩的一點錢，在報紙上登了一個醒目的徵婚啟事：「本人是一個年輕有為的百萬富翁，喜愛音樂和運動，現徵求和毛姆小說女主角一樣的女性共結連理。」這看似與書籍內容毫無關聯的徵婚啟事，對毛姆的小說有什麼幫助嗎？

在那份報紙發行之後，書店裡的毛姆小說很快就被一掃而空。一時之間，紙廠、印刷廠、裝訂廠必須加班應付這突如其來的銷售熱潮。原來，看到這個徵婚啟事的未婚女性，不論是不是真的有意和富翁結婚，都會好奇毛姆小說的女主角是什麼模樣；而許多年輕男子也想瞭解一下，到底是什麼樣的女子能讓這名富翁如此著迷，再者也要防止自己的女朋友應徵。這位英國暢銷作者在尚未成名之前，他的小說乏人問津，即使出版社用盡全力折扣促銷，情況依然沒有好轉，但是這異於坊間書籍的廣告策略，卻讓他一舉成名。

另一個故事的主角是一位機靈的美國年輕人。有一次，他恰巧看到出版社好友旳倉庫裡積壓了一大堆書，並且跟他訴苦說找不到方法將這些書賣出去。他拿起一本流覽內容，心裡覺得：「這些內容還不錯。」便向出版商好友承諾，自己可以幫忙把書賣出去。出版商正為這批滯銷書大傷腦筋，因此一口答應，表示如果書能賣出去，他只取書的成本價格，其餘利潤都將歸他這位勇敢的朋友。

於是，年輕人帶著書設法拜見州長一面，見了州長後又要求他為這本

書寫下一句書評。日理萬機的州長懶得和這位年輕人囉嗦，只想趕快將他趕走，便說：「這本書值得一讀，我留下來看吧！」州長只是隨便說了句話，年輕人便如獲至寶地為書寫上宣傳標語——「州長認為值得一讀的書」，並以此到處兜售，很快便銷售一空。不久，年輕人又帶上兩本好看卻不叫座的書去見州長，州長拿起其中一本，在扉頁寫下——「最沒有價值的書」，想藉此奚落這個年輕人。但是年輕人卻絲毫不以為意，仍舊笑嘻嘻地遞上第二本書，州長看著他詭異的表情，於是什麼都沒有說就把書放在一邊。過了不久，年輕人又大賺了一筆。州長好奇地派人去打聽，原來這兩本書出售時分別打著「州長認為最沒有價值的書」、「州長難以下評語的書」進行宣傳。

　　事實上，不是每一本書都會大賣，而且大部分的書都不好賣，因此才需要行銷計畫與巧思，使消費者將目光停留在書上，才有可能締造暢銷書奇蹟。既然行銷工作那麼重要，那到底是新書出版前就要開始行銷，還是出版後才開始行銷呢？比較合適的做法是，在出版前就是先擬訂整體行銷計畫，例如有些新書在正式出版前就已開始預告，甚至預購，然後在快出版時與出版後積極執行計畫。既然已經瞭解「行銷」對一本書的影響力，那麼更不能不知道行銷究竟該怎麼做。接下來筆者將分享數十年的出版社經驗，揭開讓書大賣的重要秘訣。

書是怎麼賣出去的呢？

　　出版社將紙稿印成一冊冊的方塊後，接下來要如何將書賣出去呢？首先，出版社會將圖書交由經銷商，由專業的行銷人員與業務人員進行販賣的相關事項。而一個好的經銷商，會以一套系統性的作業將書籍推入各種實體或網路書店。即行銷四大作業系統——新書作業、查補作業、暢銷書作業、書展作業。

　　透過有秩序的行銷四大作業系統，經銷商可以維持圖書的長期曝光、高度曝光，並確保書籍一直保持買賣線上的流動，而不是蒙塵於書店角落，或是供貨速度跟不上消費者需求。

行銷四大作業系統

1 新書作業

　　在新書上市前，擬定圖書行銷計畫，以及一切前置作業，並爭取各書店通路下訂單。目的就是為了讓新書順利上市，使新書能在各通路被讀者看見、認識。

2 查補作業

好的經銷商會有專門的業務團隊，而每位業務皆有各自負責的書店區域，並且以分配的區域進行查補工作。當發現圖書在書店擺放位置不佳，例如位置過低或過高（不在常人視線流覽範圍內），便會與通路負責人進行溝通以改善陳設。若遇上書籍供應不足，則要向書店通路爭取補進書，以免讓已經準備購買的讀者失望而返。在查補作業之下，讓書籍不會錯失被購買的機會。

3 暢銷書作業

組織完善的經銷商具有業務團隊和行銷團隊，其中行銷團隊負責與各種媒體洽談新書曝光合作，例如新書折扣或廣告，使更多人知道新書上市，讓新書能在短期內衝高銷售量，以延長新書在平台陳列的時間。

4 書展作業

由於每天平均有一百本新書上市，書店通路透過觀察上市新書，自然會選擇將平台留給銷量較好的書籍。而把銷量較差的圖書從陳列平台上退下後，便轉放至只留下書脊面的書櫃。若一本新書在平台前二周的銷售表現不盡理想，通常就會被移到書櫃上，遇到這種情形難道只能兩周定生死嗎？是不是再也沒有機會讓書籍回到書店平台上呢？

此時，經銷商的業務團隊就可以藉由與各書店商談書展活動，讓已經淡出的書籍再度起死回生，重新炒熱圖書話題、帶動氣氛、刺激購買欲望。各式書展如：開運書展、開學書展、財經書展、語言書展、新鮮人書展、養生保健展、心靈勵志展、兩性書展、日檢展、英檢展、禮物書展、出版社專展、TOP100書展……，將書籍重新搭配並賦予話題性，讓它們再次活躍於讀者眼前。

打造暢銷書
三元素

在盲目把書投入市場之前，首先要知道**哪些人**對於書籍銷售具有影響力，**誰**會促使讀者決定要不要從書店帶走一本書。如果能知道哪些元素會影響書籍上市之後的銷售結果，我們就能將精神專注於有效範圍，在商品戰爭還沒開打之前，先做好有效策略。

從準備開始寫一本書到正式出版上市，作者無不花費無數精神與心力，因此一定期望自己的書可以獲得大眾青睞，以及讀者回饋。然而一本新書要賣得好，不能期待一切水到渠成（只有已經具備高知名度的作家才能如此），而是需要**出版社、經銷商和作者**──三元素的共同努力，才能讓一本書的優勢變得更有力量，在一片書海中鶴立雞群，搶得被讀者閱讀的先機。

多數人以為作者和書籍販賣的關係中，作者只要負責內容好壞的部分就可以了，但其實還有很多可以帶動銷售熱潮的活動，都是作者可以做的；而出版社更是在規劃成書開始，就已經從包裝的生產線上決定書籍上市後給予讀者的第一印象；至於經銷商，則可以為書籍爭取各式各樣的曝光機會，將書帶到眾人面前。

若能掌握三元素在成書前到成書後所扮演的角色，那麼這三種影響力，就能一躍變為暢銷書三大元素。而這三元素之間各有連接且環環相扣，對於把書賣成暢銷書，三元素的付出缺一不可。

❖ 出版社：嚴格把關成書品質，將書籍優點盡其所能地放大，並以
　　　　適當的方式呈現。

❖ 經銷商：評估書籍內容屬性以進行適合的曝光方式，大張旗鼓讓
　　　　所有人知道這裡有一本好書。

❖ 作者：除了完成作品之外，也應提供出版社足夠資訊，例如個人
　　　　經歷、寫書理念等，且全力配合各種行銷策略。

　　介紹暢銷書三元素，是為了讓想成為暢銷書作家的人明白哪些環節可
以作為突破點，鎖定目標之後再進行更多努力。畢竟先把賣書這整件事情
弄清楚，才有辦法知己知彼百戰百勝，如果不關心也不清楚一本書如何在
市場上流動，又怎麼能要求你的書賣得好呢？

從包裝開始
進入戰場

04

　　書本套上各具風格特色的外衣後，走上伸展台亮相，鎂光燈聚焦、台下觀眾的掌聲響起。書籍的銷售戰爭，從書籍行銷第一元素的出版社開始包裝之時，就已經吹響了第一聲號角。

　　作者將一疊紙稿或是電子檔交給出版社之後，出版社的編輯、美術設計人員和排版人員便會投入圖書製作，而這個製作過程將直接決定一本書在讀者面前呈現的樣貌。當一本書被擺在書店的書架上時，它就靠著出版社給它的外衣替自己行銷。雖然書本等待讀者的挑選屬於被動行銷模式，但如果能將書籍包裝得好或書名文案夠吸睛，那便能主動出擊，讓讀者在千萬本書中發現它、購買它。

　　圖書製作過程包括企畫書籍的賣相與賣點、封面設計、排版、印刷等程序，總之出版社的目標就是要**包裝出最棒的書**。人類是一種視覺的動物，十分倚賴第一印象，因此為作者嘔心瀝血產出的內容套上最能提升價值的外衣，就是出版社為一本書做的最佳行銷工作。出書之前的包裝，決定了一本書的第一印象，這就如同面試一樣，如果能在第一次見面就利用短短幾分鐘抓住老闆對你的好感　，那成功的機會就是你的。

　　筆者從實務經驗和研究中，發現書籍內容在層層包裝下，讀者最容易被以下六種因素牽動購買動機，接下來就分別介紹這神奇的六味秘方。

1 讓書名成為蒙娜麗莎的眼睛

　　為什麼書名那麼重要呢？舉個例子來說，假設封面設計優雅時尚，某讀者經過時馬上就被這樣的封面留住了腳步，但認真一看發現書名為《這就是幸福》，結果就馬上伸手拿起陳列在隔壁的《這世界很煩，但你要很可愛》。並非指前者的書名不好，但是在琳瑯滿目的書堆裡，平淡的書名總是比較吃虧。

　　再告訴你一個更殘酷的事實，新書進入書店後雖然會被擺放在平台上陳列，但每一本新書的封面陳列都有時間限制，少則兩周多則一、二個月，「保鮮期」一過馬上就會被書店人員從平台塞進旁邊的書櫃裡，這時連將封面作為吸引讀者的優勢也被覆蓋，只能讓書籍在書櫃上留下書名。所以，此時的書名搖身一變成為蒙娜麗莎的眼睛，要讓讀者即使只看到書名也能被吸引，繼而從書架上取出書籍，然後看到封面開始閱讀文案，最終決定打包回家。筆者將書名取法歸納成以下五種類型：

1 解決問題型

　　顧名思義即透過書名替讀者解決某方面的問題，這類型書名是站在解決問題專家的立場，讓讀者能被吸引並且信服。這種書名的最大特色是立場堅定、具有領導者風範，使讀者被書名釋放的氣勢震懾。

❖《6 個問題，竟能說服各種人》

❖《我畢業五年，用 ETF 賺到 400 萬》

❖《頂尖業務的 50 個最強問句》

❖《一周腰瘦 10 公分的神奇骨盤枕》

❖《不開火搞定一日三餐：悶燒杯 x 美食鍋的 94 道省時省力省錢一
　　人料理》

❖《早上 3 小時完成一天工作》

❖《華頓商學院最受歡迎的談判課：上完這堂課，世界都會聽你的！》

❖《跟任何人都可以聊得來》

2 疑問型

　　透過這種書名會讓讀者產生好奇心，並且想找出書名問題的答案，或是好奇這樣特別的問題背後的答案到底是什麼 。此時的書名特色便是利用矛盾感製造衝突，讓讀者覺得「這怎麼可能」，而想要一探究竟，例如書名為「不要有特色」、「無聊人生」等。

❖《八分熟的你，剛剛好》

❖《為什麼有錢人都用零錢包？》

❖《重要的事別交給表現亮眼的人》

❖《你真的不必討好所有人》

❖《不想合群，我一樣出人頭地》

❖《為什麼要睡覺？》

❖《早知道這樣耍心機：好懂易用的心理技巧》

3 揭開秘密型

　　人都喜歡聽祕密或不可告人的事情，這就是人性，而透過書名告訴讀者某方面人事物的秘密或秘辛，即使本來對某些區塊沒有興趣的讀者，一想到「能揭開某些不為人知的秘密」，也會突然關心起來而拿起書本。

❖《秘密》

❖《大會計師教你從財報數字看懂產業本質》

❖《會長教你用 100 張圖學會 K 線當沖》

❖《燃起主管魂：盛治仁的管理私房筆記》

❖《飆股女王林恩如，超簡單投資法》

❖《黑心傳銷直銷不告訴你的秘密》

4　數字型

以數字作為書名的命名核心，可以表達具體明確的概念，勾起讀者對書中內容的興趣。此類書名便是由數字加上內容關鍵字所成，用簡單大方的形式構成有意義的書名。

❖《三分鐘自診自療穴位圖解全書》

❖《全方位好食事典：最完整的 100 種蔬菜水果全知識圖解》

❖《格雷的五十道陰影》

❖《我 45 歲學存股，股利年領 200 萬》

❖《漫步華爾街的 10 條投資金律》

❖《Google、臉書、微軟專家教你的 66 堂科技趨勢必修課》

❖《88 張圖看懂技術分析》

5　其他型

至於無法被歸類在以上四種類型當中的書名，便是第五種——其他型，此類書名通常難以蓋一而論，有時簡單、有時藝術，偶爾又直白俐落。但這些書名仍保有一貫的共通點，即一見書名就知其書籍類型。

❖《真原醫：21 世紀最完整的預防醫學》

❖《富爸爸，窮爸爸》

- ❖《人生不設限：我那好得不像話的生命體驗》
- ❖《怦然心動的人生整理魔法》
- ❖《阿甘投資法：不看盤、不選股、不挑買點也能穩穩賺》
- ❖《超速學習：我這樣做，一個月學會素描，一年學會四種語言，完成 MIT 四年課程》
- ❖《大人的性愛相談：不是長大自然就會，親密關係的探索解答之書》
- ❖《被討厭的勇氣：自我啟發之父「阿德勒」的教導》
- ❖《心念自癒力：突破中醫、西醫的心療法》

另外，也有些書名會讓讀者產生美麗的誤會。既是「美麗的誤會」，可見這是一種意外之喜。有一回，筆者在朋友的臉書上看到他針對《讓貴人都想拉你一把的微信任人脈術》發表感想：「剛剛去金石堂看到這本書——「微信」任人脈術，我還以為是 WeChat（微信，一種訊息交流軟體）網路行銷的書。」因為概念錯置，反而讓原書名的用詞與知名軟體互作聯想，使讀者產生興趣。

若將以上五種類型的書名再重新整合，便可以得到好書名的公式——

書名就是要一語擊中內容，也就是說不管如何，書名不能與內容主題相去甚遠。當然，如果再加上一些吸引人的調味，書名就能為書籍銷售獲得乘號的效果了。

若將書本分為非文學類和文學類來討論書名，那麼非文學類的書名就是關鍵字，加上一些扇動人心的詞彙，而文學類的書名則要優美，並且兼具詩意。

用文案抓住讀者的胃口

如果一本書的書名取得普通，但是書籍的文案寫得好，好到能勾起他人的閱讀欲望，那一樣可以吸引許多讀者注意，進而購買。文案所展現的力量特別能在網路書店上顯現，因為流覽網路書店時，讀者無法真正看到、摸到這本書，只能透過網路頁面給予的訊息來評斷這是不是符合期待，所以網路書店通常是藉由文案販賣商品。

文案就如同副歌，通常一首歌最讓人印象深刻的地方就是副歌，而一本書的賣點和亮點即像副歌一樣，一定要在網路上的前面幾段文字呈現出來，這樣才能引人入勝，也是讓讀者有意願繼續往下看的先決條件。

不論是在實體書店或是虛擬書店，看到一本書的文案開頭幾行字便覺得索然無味，那麼即使原本對這本書還有一點興趣的讀者，也會轉而另覓他歡了。所以我們一定要將書的特色、賣點和亮點，在封面或封底用有力的文字營造誘人的氛圍，緊緊抓住所有可能觀眾的胃口。

1　《華頓商學院最受歡迎的談判課：上完這堂課，世界都會聽你的》

> 人生無處不是談判，每次你都能爭取更多——
> 陳瑞燕上了課，讓飛機掉頭回來載她。
> 拉馬克上了課，說服公司加薪 35000 美元。
> 拉提爾上了課，超速被攔下卻沒被開罰單。
> 薩維亞羅夫上了課，說服 5 歲女兒自動打掃房間。
> 戴蒙教授更善用談判，請動最好的醫師開刀救他一命！
> 12 個教戰技巧，3 萬學生親身實證，140 萬讀者口碑盛讚！
> 全球暢銷 140 萬冊，華頓商學院連續 20 年最受歡迎的課程菁華完整

公開。

每一年，只有最優秀的學生才能進入華頓商學院，當川普、巴菲特和伊隆‧馬斯克的校友。史都華‧戴蒙教授的談判課，連續 20 年都是華頓商學院最搶手的課程，他的學生更稱他為「學術界的搖滾巨星」！本書是這堂課的課程菁華。

戴蒙教授強調，無論是要求店家折價 100 元，還是要求廠商降價 1 萬元，所使用的談判工具都是一樣的。意思就是，當你學會戴蒙教授的談判技巧，在生活各面向你都能爭取更多！他所教過的 3 萬個學生都獲得他的真傳，在各行各業如魚得水。

如果你想在商場上取得更好的交易條件、希望在人際關係中獲得更多的主導權、想讓家庭關係與親子關係更融洽，戴蒙教授的談判技巧，將帶給你超乎想像的優勢！

一本書可以有主書名，也有副書名，上述這個例子便是這樣的情況。由主書名「華頓商學院最受歡迎的談判課」、副書名「上完這堂課，世界都會聽你的」兩者組合成書名，前者鋪陳這本書內容特別之處，後者說明可以獲得的結果，雙管齊下打造說服力加倍的文字。在文案裡，舉出多個看過書（上了談判課）的因果例子，並且實際寫出人名，同時利用東方人名加上西方人名，暗示此書內容全球通用。文案用真實案例堆疊，並用數字強調可信度，在一個個驚嘆號下，讓讀者容易相信作者的權威，然後也想知道究竟是什麼樣的內容可以挽回各種劣勢。

2　《打造自動賺錢機器》

推銷是加法、行銷是乘法、贏利模式是次方！

時代在變，你的行銷方式也該跟著改變！

本書教你洞察別人無法看見的賺錢商機，打造自動賺錢機器系統，

在網路上把產品、服務順利銷售出去，

投資大腦，善用費曼式、晴天式學習法，

轉換思維、改變方式，直接跟大師們取經借鏡，

站在巨人的肩膀上，你會看見超凡的營銷終極奧義，

儘管身處微利時代，也能替自己加薪、賺大錢！

成為超人個體，讓你的人生開外掛，享受時間自由、財富自由的瀟灑人生！

將行動從低門檻開始，讓你的人生開外掛！保證賺大錢，創富成就解鎖！

以上我們看到的是這本書的網路版文案，第一句話——「推銷是加法、行銷是乘法、贏利模式是次方！時代在變，你的行銷方式也該跟著改變！」馬上點出最大的特色，讓人想要忽略都很難。也利用愛財的心理，「洞察別人無法看見的賺錢商機，打造自動賺錢機器系統」，使讀者不知不覺受到誘惑。另外用「投資大腦」、「費曼式學習法」、「時間自由、財富自由」等關鍵字將目標讀者擴大，增加更多的銷售可能。

🗨3 作者重裝上陣

人要衣裝，佛要金裝，作者要包裝。如果在作者簡介中可以展現作者寫書的合理性，那麼無疑是讓讀者對圖書內容的期待打了一劑強心針。每一本書都有作者簡介（有些印在封面折口，或是寫於內容前言），而多數人在閱讀正文之前，總是會先流覽一下作者簡介，瞭解作者是誰，有什

麼背景和經歷。那麼如果其中能顯示作者不同凡響的社會地位呢？讀者看在眼裡，一定會相信這一本書兼具「專業」和「深度」，故而增加購買圖書的意願。

因此我們可以為作者設計一個漂亮的稱號，加在名字的前後，就如同個人名片上的職稱，為作者本身及其作品加持、加分。所以只要隨便編個很厲害的頭銜冠上就好囉？讀者的眼睛是雪亮的，作者簡介不能子虛烏有、憑空杜撰，而是必須依循個人經歷，將值得放大的經驗重點強調，即使是作者小小的不同於常人之處，也能利用文字加以裝點。而裝飾作者，可以分為三個方向：

❖ 作者的影響力
❖ 作者的故事和傳奇
❖ 作者的獲獎情況

善用作者在公眾心目中的影響力替書籍加值，即滾雪球的概念，以既有的影響力召喚更多讀者。或是在作者簡介中透露其身分故事，增加作品的說服力，透過作者經歷襯托創作內容價值。又或是作者本身在某領域頗有建樹功績，便可將其在專業工作上的認可，轉變成著作的暢銷催化劑。接下來透過舉例，我們就會更明白作者該如何重裝上陣：

華人世界非文學類暢銷書最多的本土作家

作者是「華人」，作者的著作都是「非文學類」，暢銷書最多這其實只是一個泛稱，因為沒有人去定義所謂的暢銷書是要賣幾本才叫暢銷書，而且也沒有明確指出是哪個通路的暢銷書才算暢銷書，是博客來暢銷書？

還是金石堂暢銷書？亦或者是新絲路網路書店暢銷書？再加上也沒有人明確定義要暢銷排行榜要前幾名才是暢銷書，所以作者這樣寫也沒錯。

> 現在請讀者練習為自己尋找一個稱號：＿＿＿＿＿＿＿＿＿＿＿

　　想到了嗎？其實你可以這麼說：行銷顧問、資深心理諮詢師、百大企業講師、新世代兩性教主、服裝穿搭顧問、華人知識經濟教父、心靈魔術師、電鍋料理達人、網路行銷奇才、簡報天王、人氣部落客、亞洲超級演說家……。

　　除了作者可以有一個響亮的抬頭外，作者簡介的內容也很重要，假設你寫的是一本業務方面的書，但作者簡介並沒有提到任何業務經歷，那可能就無法取信於讀者，因為多數讀者也會看作者身分再決定要不要購買書籍。所以，如果你想出版一本業務方面的書，作者的簡介最好是能提供過去在業務方面的經歷和績效，這樣才有說服力。

1 《八分熟的你，剛剛好》

❖ 暢銷心理諮商師　呂佳綺
❖ 國立台灣師範大學教育心理與輔導諮商學系畢
❖ 美國馬里蘭大學生涯諮商碩士
❖ 17 年專業諮商經驗
❖ 現為全球華人心靈成長文教基金會專任心理諮商師，專長為生涯發展諮商、青少年諮商、心理衛生及個別與團體心理諮商。曾於各大醫療院所、社區心理衛生中心及各大專院校輔導中心進行心理諮商服務。

❖ 畢生致力推動身心靈整合，並透過自己的專業經驗，幫助過兩千多名在職場、家庭、戀愛等生命中載浮載沉的人，突破人生的關卡，因此備受患者、讀者一致信任推崇。希望藉由自己在身心靈領域的專業成就，幫助人們找回對生命的熱忱、最純粹的喜福之道。

❖ 著作：《放自己一馬吧，別讓執念綁架你》、《人生就像馬拉松，有曲折才值得》、《放下，其實沒什麼大不了：雜念退散的煩惱清理術》

這本書的主題是心理勵志類型的書籍，所以作者簡介就明白地寫出其職稱為「暢銷心理諮商師」，並且附上相關資歷，猶如正在應徵幸福溝通師所附上的超精簡短歷。

2 《啟動芳香新視界：醫生帶你 360°看整合芳療》

❖ 台北榮民總醫院玉里分院副院長　胡宗明醫師
❖ 學歷：醫學科學研究所博士、美國自然醫學大學博士／醫師。
❖ 經歷：世界自然醫學會聯合總會理事、台灣自然保健發展協會理事長、中華音樂療法發展協會理事長、中華整合醫學與健康促進協會理事、佛光大學未來與樂活產業學系兼任助理教授、美國催眠治療師學會（AAH）催眠師、精神科／老年精神科／睡眠醫學科／針灸專科醫師。
❖ 專長：整合醫學（另類及輔助醫學）、養生醫學與免疫抗老化、精神醫學與心理學。

此書作者廣受電視、廣播媒體邀約受訪，每每受訪，收視與收聽率皆衝破高峰，報章雜誌、網路媒體爭先推薦書籍，其發表之文章與著作亦榮獲各界廣大迴響。

3 《神扯！虛擬貨幣 7 種暴利鍊金術：首度公開漲 67 倍的秘密》

- 兩岸金融虛擬貨幣分析師（前棒棒堂男孩）　林子豪 Tiger
- 現任冲勁來商務有限公司　執行董事CMO
- 生於 1987 年 5 月 29 日
- 自由的雙子座，充滿熱情的 O 型
- 興趣：喜愛唱歌、街舞、口技、攝影和旅行；並熱衷於學習成長，專研虛擬貨幣的世界。
- 專長：擅於演說和舞蹈表演，身兼街頭藝人、中國理財規劃師及營銷師。
- 經歷：選秀節目模范棒棒堂固定班底、Channel [v] 頻道普普風主持人、街頭藝人評審、大型演唱會舞者、舞蹈老師、中國區塊鏈講師、中國營銷師、中國高級理財規劃師。

作者擅於演說和舞蹈表演，又身兼街頭藝人、中國理財規劃師及營銷師。其團隊還被各大媒體採訪報導，不只教你投資虛擬貨幣致富，更協助企業利用貨幣套利和節稅。

Tip 4　請誰來當推薦人？

走進連鎖藥妝店，看到某沐浴乳品牌的罐子上印有知名女星的圖像，

接著又看到某美白牙膏的立牌上印有知名 Youtuber 的推薦使用文……，不管哪一種銷售市場，商人總是善於藉由公眾人物的影響力，來為自家商品站台拉票，而這也是圖書銷售常使用的技法。如果一本書擁有知名人士的推薦，甚至是專文推薦，就會讓大眾對此書的好感度以超乎常理的方式向上增加。

也許你會覺得：「我只是個平凡人，怎麼會認識知名人士呢？」這件似乎無法輕易完成的事情，其實只要勇敢主動出擊，就能為自己多博得一絲機會。首先請做好心理準備，臉皮不值幾個錢，並且隨時待機將最好的自己展現在別人眼前。接著審視自己有哪些朋友可能作為接線人，或是有哪些公眾人物曾與自己有一面之緣，即使與目標人物不曾會面、距離遙遠，也可以透過臉書或網路找到對方的聯絡方式，然後就是把新書的相關訊息提供給目標理想推薦人。如果對方覺得內容寫得好，自然幫忙推薦的機率也較高，再不濟，只好實施動之以情、說之以理、誘之以利，但仍然應尊重對方的意願。

為書籍找一個推薦人吧！不論是只寫推薦序，或只掛推薦人的姓名，總之就是要讓作品再鍍上一層光環，閃瞎讀者的眼。

1 《How Fun！如何爽當 YouTuber：一起開心拍片接業配！》

❖ DJ Hauer：「哼，沒想到可以業配業配之王呢！實用推 <3」

❖ 阿滴：「一切看似理所當然的一支影片，背後就是有這麼多學問！」

❖ 呱吉：「如果說業配是一種罪，那我這輩子沒有看過如此厚顏無恥之人。」

❖ 林辰 Buchi：「看完 HowHow 的濃縮秘笈後，我考試都考 100 分！原來這才是成為 YouTuber 的方式！」

> ❖ 蔡阿嘎：「YouTuber 的祕密都被臭宅 How 講完了！飯碗要被搶走
> 了啦！嗚嗚嗚……」
> ❖ 鄧福如：「不行，可惡，我找不到不買這本書的理由(´・ω・`)」

由於這本書的作者 How How 是一位 YouTuber，所以他的推薦人都是一些知名 YouTuber 人士。如果推薦人從事的領域跟作者完全沒有任何相關，那就比較沒有說服力。除非這個推薦人的知名度屬於世界知名等級，比方說華人首富李嘉誠，那才能為這本書加分。

2　《輕鬆七步，打造多元被動收入》

> ❖ Jacky Wang　華文首席培訓大師
> ❖ 林偉賢　實踐家教育集團董事長
> ❖ 翁靜玉　就業情報資訊公司董事長
> ❖ 徐壽鴻　DFP 領袖學苑院長
> ❖ 范婷婷　中國百大傑出女企業家
> ❖ 蘇小強　房地產暢銷書作家
> ❖ 吳錦珠　國際知名暢銷書作家

由於這本書的作者從事網路行銷教育訓練工作，所以能接觸並尋找的推薦人除了職稱很漂亮之外，也都是從事教育訓練領域的專家人士，自然能為書籍增添說服力。所以未來的大作家們，請善加使用人際關係網，即使推薦人知名度不夠響亮，但若其事業或功績與圖書內容能相呼應，就趕快懇請對方給自己的書一個「讚」，總好過作者一個人老王賣瓜。

3 《用老外的方式說英文：神問、神回、零思考打造英語腦！》

❖ 松山高中　薛鎧同學

英語口說和語法一向是最令我頭痛的東西，但是只要經過劉婕老師巧妙的概念講解，再勤奮的練習，複雜的口說和語法瞬間就變得好簡單。很感謝老師讓我對英語一直保有這麼大的興趣和熱情。

❖ 成功高中　陳宇翔同學

我曾經是個害怕說英語的孩子，我的句子都由單字拼湊而成。但是透過劉婕老師循序漸進的教導，每個小細節都不放過，再搭配有創意且實用例句，令人印象深刻。

❖ 建國中學　李承哲同學（現為清華大學電機系）

以前遇到外國人，爸媽總要我和他們說英文，每次我都緊張得結結巴巴。但自從遇到劉婕老師後，她不斷地鼓勵我，再搭配有趣好記又實用的教學，不知不覺間我說英文更加有自信，也漸漸愛上英文。英文口說也不再是我的弱點了，現在遇到外國人我再也不害怕了！

如果想出版一本語言學習書，那麼就該請擁有相關語言能力的知名人士，或是真的需要這本書的受眾來推薦。《用老外的方式說英文：神問、神回、零思考打造英語腦！》就找了三位在語言學習書當中，為大宗購買讀者的高中生作為推薦人。對自己的作品有信心之後，找對推薦人為書籍增加魅力，使讀者放下戒心，就能距離「暢銷」的目標越來越近。

💡5 什麼樣的封面會賣得好？

如果你問任何一位出版相關從業人員封面重不重要，十個人裡面有

十一位會說：「當然重要！」重要到一改、二改、三改⋯⋯改到天荒地老，所有細節包括顏色、字體、字級，甚至人物的鬍子角度、背景的點直徑等等，失之毫釐，差之千里。但究竟封面設計為何要如此吹毛求疵？原因只有一個——銷售。出版社出書就是為了賣書；就算有不為利益而出的書，不求賣也是求「廣」與「能見度」。每個出版社都希望書能暢銷、能不停再再刷、能讓越多人注意到越好，而為了達到這樣的目標，封面的好壞舉足輕重。

想像你進入一場觥籌交錯的宴會，有人身著華服、有人平淡素雅，偶爾有幾個人奇裝異服。你主動與人攀談，發現有些人裡外一致，但內涵稍嫌無趣；有些人表裡不一，讓你倒退三步；有些人看似平淡無奇，說出口的話卻萬分驚豔；而有些人長相無趣、毫無特色，你連上前搭訕的意願都沒有⋯⋯這就是讀者在書店裡選書的情況。

封面，就是書籍的臉，而在這個靠外表評斷一本書的時代，封面設計得好，讀者購買的機率也大大增加。最糟的情況就是封面毫無特色，就算內容精彩萬分、引人入勝，是百年難得一見的天下奇書，恐怕讀者連拿起來翻都嫌懶，更遑論要拿去櫃檯結帳了。

那到底什麼樣的封面是好封面呢？要吸引人？要有藝術性？還是要與書籍內容切題？其實不是每一本書都可以用同樣的標準衡量，而是必須以書的分類作為考慮基準。但我們仍可以有兩大原則依循，一是**直覺式封面**，二是**參考熱銷書封面**。如果一個封面的成形能先做到這兩個原則，那麼離好封面也不會太遠了。

1 直覺式封面

直覺式的封面設計是指封面上選用的圖形符號與書名連結，可以精準詮釋圖書的內容，讓讀者看到封面的第一眼，就能在腦中產生對這本書的

大體感覺和印象。

這種直覺式的設計方式，不僅讓封面的分類、定位清楚，也可以避免產生「封面詐騙」。即封面看起來像是遊學資訊類的書，但書裡卻只有作者的有感而發；或是封面看起來開朗陽光、甜美可人，但結局卻是書中角色全部死光光。儘管有些書籍是刻意製造封面與內容的落差，但若封面與內容落差太大，難免讓人產生被欺騙之感，甚而留下不好的印象。下面舉出一些直覺式封面的例子：

❖ **文學類書籍**：封面符號或場景隱喻內容，例如一片羽毛或一雙掉落的鞋子，以此勾起讀者的好奇心。

❖ **投資理財類書籍**：使用金錢、金幣、鈔票、股票圖等具象化圖案，封面概念直接、淺白地告訴讀者──買我讓你賺大錢。

❖ **愛情小說**：使用粉嫩色彩、愛心符號。

❖ **料理書籍**：使用讓人垂涎三尺的餐點圖片，或料理人輕鬆隨意的烹飪照片。

❖ **語言學習書**：條列本書八大、十大、二十大特點……。

當然，封面的設計方式仍不斷進化。但大部分的封面設計依然採用直覺式符號，提供讀者判斷這是不是他們尋找的書籍種類，接著再進一步讓讀者產生「這些書都是我要的，但這本的封面好看多了，先翻翻這本」的想法。

2 參考熱銷書封面

根據《華爾街日報》調查統計，讀者會將視線停留在封面約 8 秒，然

後再決定要不要往下翻。如果我們能把握這黃金 8 秒，那麼至少已經贏在起跑線上。這就是為什麼要參考熱銷書的原因，如果一本書能在銷售排行榜上居高不下，除去內容因素，封面一定也有其吸引人之處。透過研究和彙總這些書的封面元素，便可以有一個大致的設計方向。

　　台灣每年的新書出版量超過三萬五千本，而消費者逛一次書店的時間頂多幾小時。於是，在有限的時間內，如何讓讀者一秒被封面吸引進而拿起書籍，就成為書籍銷售的關鍵。你會看到有關名人的書，他的臉必定出現在封面；題材勁爆的書，封面也要辛辣重口味；健身的書，封面的模特兒身材一定超級棒。雖然暢銷的因素還有很多，而封面的設計畢竟只是一種輔助，甚至其貌不揚的書籍大賣的情況也多有所聞，能夠長銷的書籍，多半還是以內容決勝負。但是，封面設計依然非常重要，因為多一分曝光，就多一次可能的銷售。所以就算沒有「一定能大賣的封面」，只要多多研究當紅炸子雞的封面，加上使用符號能與內容切題又不失美感，這樣也就八九不離十了。

Tip 6　書腰在對你微笑

　　書腰，有些擺在書店可以增加書籍精緻度；有些卻會擋住封面設計，讓讀者買回家拿來當書籤；有些可以拿來收藏；有些看之無味、棄之可惜。市面上不是每本書都有書腰，是否需要書腰是依出版社設計和行銷計畫決定，重要的是封面和腰封設計要進行整體考量，才能讓書腰真的為一本書達到加分效果。

　　書腰的存在是為了凸顯圖書的亮點、賣點，其呈現以通過幾句簡短有力的話語打動讀者為最高目的。一個好的書腰，不僅可以增加讀者的購買動機，也能夠提高實體書本的品質。然而請注意，不能為了吸引觀眾眼球，

不顧書籍內容而盡寫一些誇大、浮華的語句，這種情況不但會造成讀者對書腰的不滿，更有可能透支讀者的信任，從此將圖書的作者和出版社列入黑名單。

我們可以善用書腰，將需要強調的訊息傳達給讀者，以此做足書籍行銷的工作，當然仍不能忘記——**書腰並非必要，應視情況而定。**

1 新書活動之訊息

如果作者舉辦新書發表會或簽書會，無疑希望人潮洶湧，最好大爆滿，所以會把新書相關活動以書腰的方式呈現。因為新書活動具有時效性，所以將活動的資訊印成書腰附在書本上，那麼就不必擔心再刷時內容出現已經過期的活動資訊。

2 抽獎贈品之訊息

藉由抽獎贈品這種「似乎」免錢的活動，吸引他人的注意，繼而帶動購買人潮。但是抽獎贈品活動和新書活動一樣，具有特定的時間或地點，因此也有時間限制。除了在網站上公布外，藉由書腰廣告不僅能兼具資訊的時效性，也使活動訊息更加顯眼、更引人注目。

3 狂賀再版之訊息

也有一些書腰以呈現銷售紀錄為主要目的，由於圖書有不錯的銷售結果，為了持續帶動買氣及搶攻新書平台，出版社就會為這本書加上書腰；或者同一系列的某本書銷量很好，也可以用書腰來提高同系列中其他書籍的銷售情形。這樣的作法如同表示「這本書賣很好，不要再錯過了！」像

夜市跳樓大拍賣一樣對眾人呼喊，讓讀者感覺：別人都看過的好書我怎麼可以落伍呢？

4 凸顯新書的附加價值

當圖書備有附加價值的贈品時，常印於書腰召告天下，畢竟買書送東西對於讀者來說具有一定的誘惑力，這就如百貨公司「買一送一」的廣告標語一樣，當消費者感覺用同樣的金額能獲得的東西變多時，也會更願意掏出錢包。因此附贈 Coupon 券、光碟、限量贈品的新書，出版社便會將訊息呈現於書腰，以此讓來往於書店的路人更鮮明地感受此書的附加價值，並刺激讀者購買欲望。

5 增加銷量的即時訊息

有一些訊息雖然可以增加銷售量，但卻較不適宜放在書封上面，像是即時性的訊息。例如《別相信任何人》便在書腰上寫著：「北市圖書館預約等待人次破千，最久要等 30000 天！」這個資訊雖然可以刺激銷售，但卻因為是當下的資訊所以不適合放在書封上，因此擺在書腰。

不管如何使用書腰，重點是將目標書籍套上最亮的光環，讓它可以被更多人看見，這是一個我們可以學習並善加運用的行銷方式，讓商品快速登上銷售排行榜。

用媒體召告天下：
我來了！

一本書由出版社出版之後，會交給經銷商（或總銷經）發行和行銷，這時候的行銷方式可謂「八仙過海，各顯神通」。行銷第二元素的經銷商，便是要利用各式各樣的方法，主動出擊通知讀者們——「這裡有一本新書！」或「快看，是好書喔！」——讓人注意到新書以及圖書的販賣資訊。經銷商以媒體的力量，大力行銷新書，以刺激銷量。以下將圖書行銷最常採用的方式和手段分成五大類：通路媒體、網路媒體、電子媒體、平面媒體、戶外媒體，並加以展開討論，不管是書籍的創作者、製造者、銷售者都能藉此掌握圖書行銷關鍵，齊心協力創造佳績。

 通路媒體

通路媒體包含實體書店和網路書店，實體書店如墊腳石、金石堂、誠品等，網路書店如博客來、金石堂網路書店、誠品網路書店、新絲路網路書店等。

實體書店通路媒體是最傳統的圖書行銷途徑，書店透過進書、上架向讀者行銷。需要注意的是，書籍是否擺放在相應的位置區域，假設商業理財書籍被擺放到文學小說書區，對於正在商業理財書區尋找相關書籍的群眾來說，就會忽略這本書；對於流覽文學小說書區的讀者來說，也不會想

把這本「錯位」的書拿來看一看，可見書區位置與圖書類型的配對，對於曝光與銷售十分有關係。另外，如果一本書擁有兩種以上的屬性，面向通路媒體時，自然要將圖書定位在讀者群體較廣大的類型中，例如在「個人傳記」與「心靈勵志」之間選擇後者。

近年來，實體書店越來越注重氛圍的打造，使得在書店內舉辦新書活動也變得熱門起來。這麼做的好處是可以利用各種活動為圖書造勢，而將地點選在人來人往的書店中，還能吸引其他原本只是路過的人們，擴大圖書行銷範圍。

網路書店具有全天經營、優惠銷售、經營無界等優勢，使得網路書店已經成為宣傳和販賣圖書的理想地點。但在投入網路書店這個兵家必爭之地前，仍有一些原則應該把握，方能順暢的推廣書籍。首先當瞭解博客來等網路書店的構成，弄清楚網頁有哪些宣傳位置需要花錢購買，哪些是經由採購推薦，或是哪些需要達到銷量上的限制等，唯有掌握規則才能有針對性地進行行銷活動。網站上的圖書頁面也應該被善加利用，若遇到網站的各種主題或促銷活動，一定要盡可能地搜尋所有可能書

單，並向通路推薦自己的書籍，以期能參加活動提高曝光率，帶動圖書銷量。

在網路書店銷售逐漸成為趨勢的情況下，愈來愈多實體通路也開設了自己的網路書店通路，如誠品、金石堂、三民出版社。鑑於網路書店成為現代人的主要購書管道，

經銷商更需要注意網路書店的通路媒體行銷。若能善加運作，便是多一分契機開拓圖書銷售的前景。

Tip2 網路媒體

當網路成為人們交流的依賴憑藉時，傳統圖書受它的影響也越來越大，但圖書產業對於網路可謂是又喜又憂。喜是書籍行銷推廣透過網路變得更加方便、迅速有效；憂的是因為資訊的快速流通使剽竊、抄襲之事屢見不鮮，盜版商品也變得氾濫。但還是得承認，網路行銷在出版行業的圖書行銷策略中不可或缺，也因其便捷、低成本的訊息傳遞方式，通常扮演著舉足輕重的地位。

只要是人們使用的網路介面，就是圖書經銷商可以採取行銷書籍的管道，而依書籍類型選擇相關話題的網頁曝光，便能達到事半功倍的結果。當女性為了購入新的眼妝類彩妝產品，而先上網到美妝分享網站查詢各種使用心得，卻在網站首頁看到《電眼教主的秘密》一書的介紹區塊，你說

她會不會動心呢？就算沒有動心，至少也會對這本書留下深刻的印象，而這就是網路媒體行銷的魔力。或是一位待業的青年在人力資源網站上看到《面試一次就 OK 的技巧》，他下一次逛書店的時候一定會特別去翻一下內容。這就是在對的網站推廣對的書，針對人們的需求提供相應的書籍類型。如果運作得當，網路行銷的效果就如化學作用一樣快速，看得見銷售量的明顯變化。

因此，經銷商會跟一些知名網路媒體洽談新書的曝光合作，以便讓新書相關資訊得到更廣泛的曝光。如聯合新聞、中時電子、Life 生活網、關鍵評論、Baby Home、媽媽經、姊妹淘、早安健康……，甚至還有許多針對說書的 Youtube 頻道，例如啾啾鞋、文森說書、NeKo 嗚喵等等。

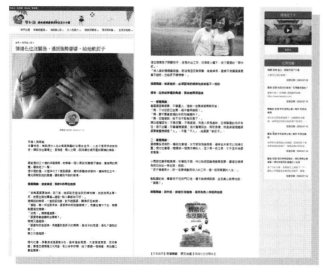

很多書籍都會選擇這些地方做宣傳，因為它們的特點是點擊量大，讓圖書可以有更多機會得到讀者的青睞。

社群網站也是可以行銷圖書的網路媒體，例如 udn 部落格、痞客邦、Facebook、Instagram 等。行銷

方式可以分為付費與不付費兩種，前者即向社群網站購買廣告位置，後者則是透過網站設定的朋友分享功能，例如《620億美元的秘密》即在Facebook網站上通過粉絲專頁曝光，刊登資訊短短不到3小時，就有上百人按讚和分享。當然，作者自身也可以經營屬於自己的社交平台，這樣在需要宣傳新書的時候，便可以借用平時累積的人氣，為自己打免費的廣告。需要特別注意的是，透過社群網站操作圖書行銷時，文字介紹內容必須要精簡、有用、有趣且言之有物，才有可能在資訊快速流動的網站上打動讀者，引發更多人分享資訊的衝動、產生購買的念頭。

雖然網路媒體行銷需要耗費不低的金額，但是經銷商通過合理的預算評估、計算投資報酬率，掌握人們的需求心理並且用心經營網站廣告，必能在網路時代激烈的市場競爭中搶占先機。

Tip 3 電子媒體

電子媒體包含廣播（傳統廣播、新型態Podcast……）和電視（傳統電視、新型態Youtuber頻道……），由於這類型媒體面對的資訊接受者非常廣泛，若能抓住這塊區域的受眾，也就為圖書銷售抓住大量的機會。電子媒體的優勢即具象化、即時性，能用豐富的表現形式將訊息傳遞給觀眾，使人直接受到刺激，而留下更深刻的印象。

經銷商接到一本需要宣傳的書籍時，會根據圖書的內容屬性選擇合適的廣播電台或電視節目提案，若提案通過之後，經銷商就會透過出版社邀請作者上通告。用合適的資源做最有效的行銷，才能讓付出努力的苦心經營收穫最大值成果。

電視節目——讓觀眾經由眼睛和耳朵不自覺地接收訊息，即圖書可以乘借電視台的勢力，做出範圍更廣泛的宣傳。比如許多明星出書後，就喜

歡到一些大眾類綜藝節目進行宣傳。或著有些書籍被改編成電視劇，因此賣得更為火爆，不斷帶動圖書的銷售，例如：《甄環傳》、《霍爾的移動城堡》、《追風箏的孩子》、《魔戒》、《達文西密碼》，皆使紙本書更廣為人知，出版社便不斷地再刷賣給讀者。

廣播帶我們進入聆聽的世界，讓文字得以「響起來」，有些人說生活繁忙無暇閱讀，但是廣播使人即使工作忙碌、家務繁重或是上班通勤，也能讓圖書成為豐富精神的泉源。通過廣播宣傳書籍的方式有兩種，一種是將書本內容轉為聲音模式，讓書在耳朵中「上演」，另外一種則是由主持人採訪作者，或是討論分享圖書相關主題。前者即廣播說書，《杜拉拉升職記》、《鬼吹燈》就曾出現在廣播中，在日本更是流行將小說改為廣播劇，繼而

再創圖書話題新浪潮。另外兒童類的書籍也因閱讀族群的原因，時常在收音機中以有聲書的形式播出，吸引群眾購買同系列作品或是續集。而於廣

播中藉由主持人評書、討論分享，特別是藉由作者訪談將圖書訊息傳播給聽眾，都是讓聽眾認識新書的管道。

雖然在電子媒體上進行書籍行銷並非是常規性的行銷運用方式，也不是所有書籍都適合用於電子媒體上宣傳。但若能在圖書中挑選出合適的書籍，投入屬性相容的電子媒體節目中推廣，不但能取得銷量上的成績，也能為書籍和出版社品牌的穩固做出貢獻。

Tip 4 平面媒體

雜誌和報紙等通過單一視覺傳達訊息的媒體被稱為「平面媒體」，雖然書面媒體的閱讀者在日益減少，但是它仍然擁有龐大的讀者群，作為擁有悠久歷史的圖書行銷方式，若能將其充分利用仍有意想不到的效果。

那麼該如何使用平面媒體呢？以下就來說一說平面媒體的妙用。第一種方式為「連載」，即出版前選部分章節在平面媒體上連載，以保證圖書在讀者眼中持續保有熱度，等到書籍一正式出版後就停止連載，這麼一來讀者的興趣已經被勾起來了，自然會為了沒有連載的部分去購買書籍。如果內容寫得夠好，即使連載曝光過多，讀者也會抱著收藏的心態購買。

另外，書籍出版後在平面媒體上發布書訊、書評，也是提高觀眾認識度的方法。經過雜誌或報紙通報書情，能引導讀者的目光，並誘發購書欲望。通過擴大圖書影響的覆蓋面，讓出版品建立與讀者聯繫的橋樑，倘若在平面媒體裡能把圖書內容介紹或評得淋漓盡致，無疑會對圖書銷售產生巨大的刺激作用。如《業務九把刀》在《今週刊》雜誌刊登書摘介紹、或《做第 1 名的業務》在工商時報書摘館配合主題討論，都將圖書曝光推到更廣的面向。這裡依然要提醒各位，應配合書籍類型尋找平面媒體行銷，舉例來說商業理財書籍便以《商業週刊》為目標、教育類書籍可以考慮《親

子天下》雜誌、《雙河灣》雜誌則為生活風格圖書的不錯選擇。

　　或者在平面媒體上發布廣告，與讀者分享近期新書、價格等資訊，比如《聯合文學》有時會刊登近半年的出版品目錄。另外值得一說的是，有些平面媒體會發布圖書排行榜，或是分類特選圖書、推薦讀物，如果能進到一個權威媒體對圖書的推薦榜，便有機會促進圖書銷售。所以，經銷商根據各種媒體的特點不斷做出調整，讓每一本圖書擁有各自的宣傳計畫，如此一來經費的投入就能得到回報。

Tip 5　戶外媒體

　　戶外媒體即將訊息布置於公眾區域，藉著人來人往所聚集的萬道目光，促成商品形象的高曝光率。例如大眾運輸工具車站的廣告看板、牆壁海報位置、對外櫥窗位置等。

　　這種開放式的行銷也需要經過地點評估，才能決定廣告的位置。例如在重慶南路，由於補習班林立，故櫥窗位置適合張貼參考書資訊；在信義區，為各大百貨公司的聚集地，於此擺設美妝書籍廣告可以獲得較大的效益。正因為戶外媒體是直接在群眾的生活中做宣傳，所以才更需要策略性的評估，讓圖書消息被傳播地更深更遠。

　　在經銷商掌握書籍內容後，便開始規劃是否有合適的戶外媒體平台。有時是書店門市的海報張貼位置，有些則於騎樓的柱子，或是書店門市的櫥窗，都是很好的戶外媒體行銷途徑。儘管藉由戶外媒體行銷，難以具體核算出對每本書銷售量的影響，且可能連大概的估算都有困難，但顯然確實能對圖書品項起到很大的宣傳作用。

作家
也是商人

　　想要打造一本暢銷書，除了出版社和經銷商的努力外，第三個關鍵元素就是作者本身了。邁向暢銷書的第三元素——作者，其本身一定要做到圖書宣傳工作，行銷自己和行銷新書。當群眾或網友能「接觸」到作者，接著透過認識進而產生興趣或好感，那麼人們就會關注這位作者的動向，包括書籍消息，也就創造了消費者自動購買的可能性。如果說於販售書籍的路途中，出版社加上經銷商可以完成百分之百的效果，那麼再加上作者行銷，就能突破原來限制為作者自己及書籍建立品牌形象，吸引更多潛在消費者。接下來說明六種屬於作者的圖書行銷方式，利用有效便捷的途徑，讓你從作者搖身一變，成為金牌銷售專員。

在社群網站成立專屬啦啦隊

　　臉書（Facebook）無疑是當前最火紅的社群交流網站之一，同時也是目前全世界最大的社群（社交）平台，全世界註冊會員已高達二十一億。雖然使用年齡層較長，但也是可以觸及至所有年齡層的社交媒體之一。在台灣，Facebook 的使用率為 98.9%，穩居台灣社群媒體龍頭，而 Instagram 雖然居次，但使用率只有 38.8%，落差驚人。所以，如果想要宣傳自己的新書或活動，臉書無疑為首選。既然臉書與我們的日

常生活已經緊緊相連，那當然要用心經營個人臉書，甚至粉絲頁、社團等。讓社群網站變成作者的伸展台，為新書盡心打扮然後在眾人面前亮相，把新書的相關資訊用最雄赳赳、氣昂昂的姿勢懾服讀者。當然，在經營一個主要的社群平台時，也可以額外經營 Instagram、Twitter、微博、Tiktok……等等，根據自己希望推廣的區域發揮。

一個好的開場，總是能留住觀眾的心，所以裝點臉書的封面或頁面，就像設計店面的招牌、門面，弄得越吸引人越能吸引過客駐足變成常客。例如將新書封面作為社群網站頁面的封面，可以增加書籍被認識的機會；或是在大頭貼中放上與新書相關的照片，以吸引網友的注意；也可以將由圖書衍生的活動照片作為頁面點綴，引發他人的好奇或興致。至於粉絲專頁的經營，建議從取一個好記、有趣的名稱開始，例如「上班被老闆罵，下班罵老闆」、「做一個健人」、「販讀」、「一天一短句 21 天英文變流利」，但是專頁名稱仍需要和設定的目標形象做結合。

不管如何，在運作社群網站時，都應該明確定位自己的興趣或專業形象。意思是說，如果有需要刻意營運社群網站，那麼內容就不應該全是七零八落的生活瑣事，而是針對需要塑造的形象之方向，適度地在網頁更新內容，例如特定領域的最新發展、感想、時事、活動資訊，重點就是——請發布與固定主題相關的文字或影音。如此一來作者才能累積固定閱讀群眾，並為自己產生「達人」效果，最重要的是，能使作者不論是當下的新書或是未來的著作，皆因此受到追蹤者的矚目。

寫書評送好禮

免費的禮物誰不喜歡呢？我們可以抓住人類喜好「被送禮」的心理，加以推廣圖書。那麼該怎麼做呢？當然不是要作者平白無故就把錢灑出

去，而是在一場看似免費送禮的行銷計畫裡，觀眾必須先達到先決條件，才能獲得贈禮，這個先決條件自然就是替作者宣傳書籍啦！

例如，在粉絲專頁按「讚」就能下載新書內頁美圖桌布，就是作者「送好禮」的圖書行銷方式之一，也可以改成送電子桌曆等；或是買書寄回截角，就能獲得抽大獎的機會；在官網或是專頁寫下讀後心得感想，前三名可以獲得試用品；拍下與新書的合照上傳至網站並 Hashtag，便可獲得續集半價消費券……，都是作者行銷書籍的好方法。只要能實際付出行動，就能在推廣圖書中更上一層樓。

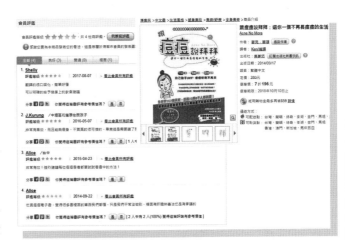

我們可以看到各式各樣「宣傳就送」的圖書行銷方式，但只要能幫助圖書提高曝光率、吸引觀眾注意力，在預算範圍內送一些小禮也未嘗不可，這就是用小魚釣大魚的道理。

誰在發問和回答

請作者在網路上留下自己著作的痕跡，可以是作者身分或是打扮成路人甲躍然於螢幕上，其目標是為了誘發自己作品的討論度。透過在流量高的熱門網站、論壇討論區發文和留言，例如於商周討論區、mobile101、Youtube 等平台，若有與自己書籍主題相關的內容或影片，作者便可以加入討論。

而用作者真實身分留言的好處是他人能透過反點擊，進到作者的個人頁面（前提是作者有在經營個人帳號），進而曝光自己的創作；以路人甲身分加入網友們的討論，其優點就是以「看似」客觀、公正的第三隻眼推廣自己的圖書，提高可信度與說服力。

　　除了回應論壇或討論區的相關帖子之外，我們也可以藉由製造問題引起網友關注。意思是作者主動討論自己或自身著作（此時最好以路人甲身分出現），提出與自己有關的問題並回答，使網友在搜索引擎中輸入與作者相關的文字時，出現更多有利於作者的曝光話題。

　　另外，作者也應該時時注意網路上有哪些與自己書籍或專業有關的事件，正在被熱烈討論，以備隨時插上一腳。這並非要你說一些誇大不實的好話，而是老王賣瓜都能自賣自誇了，作者難道不能說一些自己著作的特色嗎？如果能在火紅的話題中帶出自己新書的書名，勢必多少引起他人興趣，那麼作者的行銷策略就成功了。

把書變成會動的影片

　　閱讀書籍引導我們緩緩進入另一個世界，而看影片則是快速傳遞訊息的方式，主動將觀眾拉入另一種體驗。相比較之下，影片是比較具有侵略性、主導性的資訊載體。影片由於包含文字、影像和音樂三個元素，在效果呈現上能組織成多彩多姿的畫面，利用兩種感官刺激讓受眾對訊息內容印象深刻，加上動態的視覺效果，如同引起嬰兒的注意一般，向觀眾招手：「嘿！快看這邊！」引起目光的探究。

　　因此，把新書相關訊息變成預告片吧！讓他人對你的新書刻下精彩的印象，一舉攻破讀者心防。有效的圖書宣傳影片可以分為六類：介紹型、試聽型、投影片型、作者自錄型、見證型、微電影型，各自用不同的手法

切入，譜出書籍內容的特色及賣點，作者選擇方向後並投入擁有的資源，即能製作出書籍的預告片。

1 介紹型影片

將屬於圖書內容的
傳奇或故事，安排成幾
分鐘的影片。務求觀眾
在不失焦的情況下，在
短時間內對書籍產生興
趣，產生購買動機。

2 試聽型影片

如果圖書有附 CD 或 QRcode，可以截取部分內容上傳到公開網站平台，即將部分音軌供網友免費欣賞。或是書籍內容具有故事架構，例如親子童話書，也可以朗誦片段內容變成視聽型預告影片。

3 投影片型影片

投影片型影片製作簡單、操作容易，通常適合放在網路書店通路播放。首先將圖書的內容重點文字或文案製成投影片，再將文件結合背景音樂轉檔成動畫模式，就完成文字、畫面、聲音三者兼具的投影片型預告片。

4 作者自錄型

如果作者對自己個人魅力十分有信心，也覺得只有自己能把書籍的優點表現地淋漓盡致，那麼作者就可以自己錄一段影片，用簡單卻不失幽默風趣的語言介紹圖書的內容與特色。

5 ⟋ 見證型影片

如果想要加強影片的說服力，作者可以找一些朋友為自己的著作發表感言。當然感言的內容不必長篇大論，否則容易冗長沉悶。藉由幾位朋友錄製簡短的感想，再將之串聯成見證型預

告影片。或者也可以將他人見證和作者自錄介紹加以結合，便完成了吸引人的圖書介紹影片。

6 ⟋ 微電影型影片

這個類型比較複雜也比較不好操作，但若需要的話也可以找專業的公司負責。可以自行設計微電影劇本，或請專家、朋友給予建議，以求將圖書的主題或是片段內容轉換成

微電影的方式呈現，將內容中有趣的片段轉化為動態畫面。此時的劇本內容當然要擷取書中精彩的部分，應避免直白、普通的劇情，如此才能為書籍爭取到網友的注意力。

提高人氣的各種活動

舉辦活動屬於作者圖書行銷方式中，最能聚集社會影響力的一種，常見的活動如新書發表會、作者簽名會、讀者見面會，總而言之就是為了透過實際活動將作者與讀者聚集，同時引發話題或製造知名度。

這類的活動需要作者和出版社的合作，在公共場合舉辦與支持者互動的活動，不但可以拉近作者與讀者的距離，有時路人也會因為受到吸引而駐足，繼而加入讀者的行列。具體來說，作者首先需要選擇地點和時間，例如書店門市、商場或廣場等，而時間自然是禮拜六優於禮拜日，而下午又優於上午。作者確定活動主題後，也需要與出版社負責人完善溝通。最重要的是作者自己必須要能確認，有哪些讀者是真的可以來參加活動，以此確保規劃活動的苦心不會付諸流水，避免投資報酬率過低。

以上各種作者能執行的圖書行銷，就是因為——書，不是出了就自動會「賣」，需要作者、出版商和經銷商共同為圖書銷售創造更多可能性。如果讓書靜靜地躺在書架上，覺得作者的任務已經大功告成，這麼說來也沒有錯。但是若作者投入新書宣傳可以提高書籍買氣，那麼何樂而不為？以上提供了那麼多專屬於作者的圖書行銷，只要作者再多加一點巧思，就能玩出有趣的行銷宣傳。想要打造出暢銷書，請帶著厚臉皮，熱情又瘋狂地推廣自己的著作。多賣出一本，就能再賣出十本；多賣出十本，就能牽動第二十本、三十本……，回首會發現就算是非專職作家，也能寫出登上排行榜的熱銷書。

典藏閣

博覽人類經典書，珍藏永恆智慧庫

我這輩子，只能這樣嗎？自資出版，給自己一個晉身暢銷書作家的機會，替生命留下一個令人難忘的印記。

撰稿審稿

專業代編

製作質精

發行精準

典藏閣

經典永恆收藏，值得再三品味！

洞悉人心與市場，本本暢銷又長銷！

熱銷穩據書店排行，各大通路強勢曝光！

自資出版・自己做主

你是否有一個作家的靈魂在心裡蠢蠢欲動？如果你嘔心瀝血的創作投稿後總音訊全無？如果你不確定自己的作品有沒有市場？在國內外文學經典深耕多年的專業品牌——**典藏閣**印製發行上架一條通，一通電話、一封信件就能讓你一圓作家夢！

現在不出，更待何時？　sunwork@mail.book4u.com.tw
作家圓夢推手 ▶ ▶ ▶　panat0115@mail.book4u.com.tw

～典藏風華，品悅智識～　 典藏閣　 采舍國際
www.silkbook.com

公眾演說 A⁺ to A⁺⁺
國際級講師培訓

面對瞬息萬變的未來，你的競爭力在哪裡？
學會演說，讓您的影響力與收入翻倍！

公眾演說四日完整班

好的演說有公式可以套用，就算你是素人，也能站在群眾面前自信滿滿地開口說話。公眾演說讓你有效提升業績，讓個人、公司、品牌和產品快速打開知名度！公眾演說不只是說話，它更是溝通、宣傳、教學和說服。你想知道的——收人、收魂、收錢的演說秘技，盡在公眾演說課程完整呈現！

國際級講師培訓

教您怎麼開口講，更教您如何上台不怯場，保證上台演說 學會銷講絕學，讓您在短時間抓住演說的成交撇步，透過完整的講師訓練系統培養授課管理能力，系統化課程與實務演練，協助您一步步成為世界級一流講師，讓你完全脫胎換骨成為一名超級演說家，並可成為亞洲或全球八大明師大會的講師，晉級 A 咖中的 A 咖！

魔法講盟 助您鍛鍊出自在表達的「**演說力**」，
從現在開始，替人生創造更多的斜槓，擁有不一樣的精采！

學習領航家——📺 新絲路視頻

讓您一饗知識盛宴，偷學大師真本事！

活在知識爆炸的 21 世紀，您要如何分辨看到的是落地資訊還是忽悠言詞？
成功者又是如何在有限時間內，從龐雜的資訊中獲取最有用的知識？
巨量的訊息，帶來新的難題，新絲路視頻讓您睜大雙眼，
從另一個角度重新理解世界，看清所有事情的真相，
培養視野、養成觀點！

　　想做個聰明
的閱聽人，您必須懂得善用新
媒體，不斷地學習。📺 新絲路視頻 便提供
閱聽者一個更有效的吸收知識方式，讓想上進、想擴充新知的
你，在短短 30 ～ 60 分鐘的時間內，便能吸收最優質、充滿知性與理性的內容（知識膠
囊），快速習得大師的智慧精華，讓您閒暇的時間也能很知性！

🚩 師法大師的思維，長知識、不費力！

　　📺 新絲路視頻 重磅邀請台灣最有學識的出版之神——王晴天博士主講，有料會寫又能說的王博士憑著扎實學識，被喻為台版「羅輯思維」，他不僅是天資聰穎的開創者，同時也是勤學不倦，孜孜矻矻的實踐家，再忙碌，每天必撥時間學習進修。他根本就是終身學習的終極解決方案！

　　在 📺 新絲路視頻 ，您可以透過「歷史真相系列 1 ～」、「說書系列 2 ～」、「文化傳承與文明之光 3 ～」、「寰宇時空史地 4 ～」、「改變人生的 10 個方法 5 ～」、「真永是真 6 ～」一同與王博士探討古今中外歷史、文化及財經商業等議題，有別於傳統主流的思考觀點，不只長知識，更讓您的知識升級，不再人云亦云。

　　📺 新絲路視頻 於 YouTube 及兩岸的視頻網站、各大部落格及土豆、騰訊、網路電台……等皆有發布，邀請您一同成為知識的渴求者，跟著 📺 新絲路視頻 偷學大師的成功真經，開闊新視野、拓展新思路、汲取新知識。

國家圖書館出版品預行編目資料

暢銷書出版黃金公式：PWPM自媒體自出書作者培訓手冊 / 王晴天著 . --初版.　--新北市：典藏閣，采舍國際有限公司發行, 2020.12 面；公分 · -- (智略人生；26)

ISBN　978-986-271-890-2（平裝）

1.寫作法　　2.出版學

811.1　　　　　　　　　　　109014902

PWPM
暢銷書出版
黃金公式

自媒體自出書作者培訓手冊

典藏閣

暢銷書出版黃金公式

出版者 ▷ 典藏閣　　　　　　出版總監 ▷ 王擎天

編著 ▷ 王晴天　　　　　　　文字編輯 ▷ 范心瑜

總編輯 ▷ 歐綾纖　　　　　　美術設計 ▷ 蔡瑪麗

台灣出版中心 ▷ 新北市中和區中山路2段366巷10號10樓

電話 ▷ （02）2248-7896　　　傳真 ▷ （02）2248-7758

ISBN ▷ 978-986-271-890-2

出版年度 ▷ 2020年12月初版

全球華文市場總代理/采舍國際

地址 ▷ 新北市中和區中山路2段366巷10號3樓

電話 ▷ （02）8245-8786　　　傳真 ▷ （02）8245-8718

全系列書系特約展示

新絲路網路書店

地址 ▷ 新北市中和區中山路2段366巷10號10樓

電話 ▷ （02）8245-9896

網址 ▷ www.silkbook.com

線上pbook&ebook總代理：全球華文聯合出版平台

地址：新北市中和區中山路2段366巷10號10樓

新絲路電子書城 ▶ www.silkbook.com/ebookstore/

華文網雲端書城 ▶ www.book4u.com.tw

新絲路網路書店 ▶ www.silkbook.com

失敗才是創業的常態，
您卡關了嗎？

在台灣，創業一年內就倒閉的機率高達 90%，而存活下來的 10% 中又有 90% 會在五年內倒閉，也就是說能撐過前五年的創業家只有 1%！

密室逃脫
創業育成
Innovation & Startup SEMINAR

一個創業事業的失敗往往不是一個主因造成，
而是一連串錯誤和 N 重困境累加所致，
猶如一間密室，
要逃脫密室就必須不斷地
發現問題、解決問題。

「密室逃脫創業育成」由神人級的創業導師——王晴天 博士主持，以一個月一個主題 Seminar 研討會形式，帶領欲創業者找出「真正的問題」並解決它，人人都有老闆夢，想要創業賺大錢，您非來不可！

保證大幅提升您創業成功的機率增大數十倍以上

01

許多的新創如雨後春筍般出現，最終黯然退場的也不少。
沒有強項只想圓夢的創業、沒有市場需求的創業、搞不定人、
跟風、趕流行的創業項目……
這些新創難逃五年內會陣亡的魔咒!!

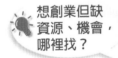
想創業但缺
資源、機會，
哪裡找？

創業夥伴
怎麼選？

資金短缺/融資
用完，怎麼辦？

如何因應競爭
者的包圍？

創業，會遇到哪些挑戰？
從0到1、從生存到成功……
絕對不容易！！

市場變化快速，
如何瞭解消費
者最新需求？

服務/產品如何
設計？如何獲
利賺錢？

經營、管理、領
導的異同為何？

其實，創業跟你想像中的很不一樣……

創過業的人才懂創業家的痛點

☑ 我想創業，哪些事情「早知道」會更好？

☑ 想創業但缺資源、機會，哪裡找？

☑ 盈利模式不清晰，發展陷入迷局？

☑ 我想自創品牌，該如何切入？

☑ 經營團隊能力不能互補，如何精準「看人」？

☑ 如何達成銷售額最大化和成本最小化？

☑ 行銷如何 STP 精準做到位？

☑ 賺一次的錢？還是持續賺客戶的錢？

☑ 急著賺錢：卻失去了客戶的核心價值，咋辦？

☑ 以為產品比對手好，消費者就會買單嗎？

在創業導師團隊的協助與指引下，

帶您走出見樹不見林的誤區，

一起培養創業腦！

創業導師傳承智慧
拓展創業的
視野與深度

由神人級的創業導師——

王晴天博士親自主持，以一個月一個主題的博士級 Seminar 研討會形式，透過問題研討與策略練習，帶領學員找出「真正的問題」並解決它，學到公司營運的實戰經驗。激發創業者自身創造力，提升尋求解決辦法和對策的技能，完成蛻變，至創業成功財務自由為止！

經由創業導師的協助與指引，能充分了解新創公司營運模式，
同時培養創新思維，
引導您成為未來的新創之星。

不只教你創業，是一起創業

密室逃脫創業培訓，

採行**費曼式學習法**，由創業導師**王晴天**博士親自主持，以其三十多年創業實戰經驗為基調，並取經美國Draper University（DU）、SLP（Startup Leadership Program）、貝布森學院（Babson College）、日本盛和塾、松下幸之助經營塾、中國的湖畔大學……等東西方最夯的國際級創業課程之精華，融合最新的創業趨勢、商業模式，設計規劃**「密室逃脫創業育成」**課程，精煉出數十道創業致命關卡的挑戰！以一個月一個主題的博士級 Seminar 研討會形式，透過學員分組 Case Study、分享解決之道，在老師與學員的互動中進行問題研討與策略練習，學到公司營運的實戰經驗，突破創業困境。再輔以〈一起創業吧〉的專業團隊輔導，手把手一起創業賺大錢！

體驗創業 ➔ 沙盤推演 ➔ 成功見習

用行動去學習：
費曼式學習法

由諾貝爾物理獎得主
理查德費曼（Richard Feynman）
所創造費曼學習法的核心精神——
透過「**教學**」與「**分享**」
加速深度理解的過程，
分享與教學，能加深記憶，
轉換成為內在的知識與外顯的能力。

教學就是最好的內化與驗證
「你是不是真的懂了？」的方式，
如果你不能運用自如，
怎麼教別人呢？

一個人只有通過教・學・做，才能真正學會！　　掃碼了解更多 ▶

One can only learn by teaching

書讀得再多、學習得再廣，
如果不能寫出來、不能向別人說出來，
就無法成為自己的東西。

教學能讓大腦由被動接受轉為主動創造而刺激學習效能。

美國國家訓練實驗室研究證實，不同的學習方式，
學習者的平均效率是完全不同的。

30%

傳統學習方式

例如聽講、閱讀，屬
於被動的個人學習，
學習吸收率低於**30%**。

50%

主動學習法

例如小組討論，轉教
別人，學習吸收率可
以達到**50%**以上。

90%

模擬教學學習法

費曼強調的「模擬教
學學習法」，吸收率
達到了**90%**！

 而又如何能達到 99% 的信度與效度呢？

Ans: 晴天式
學習 &OPM
、EMBI……

創業有方法，成功也有門道！

Learning by Experience

★ 經驗與新知相乘
★ 西方與東方相輔
★ 資源與人脈互搭

「密室逃脫創業育成」課程，提供一套落地實戰，歐美、兩岸都熱衷運用的創業方法論。每月選定一創業關卡主題，由學員負責講授分享，再由創業導師點評、建議策略與指導，並有創業教練的陪伴式輔導，確保您一直走在正確的道路上，直至創業成功為止！

教中學、學中做
的授課形式 »

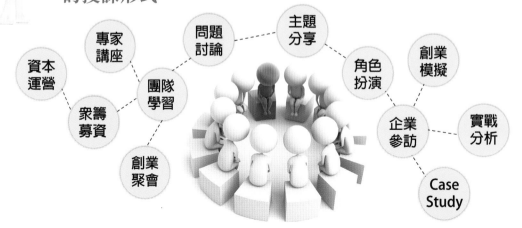

專家講座　問題討論　主題分享　創業模擬　角色扮演　資本運營　團隊學習　眾籌募資　創業聚會　企業參訪　實戰分析　Case Study

如何避免陷入創業困境和失敗危機？

　　創業，或是任何一個新事業，都需要細密、有邏輯性的規劃與驗證。創業者難免在犯錯中學習成長，但有許多錯誤可以透過事前分析來預防，降低創業團隊的試錯成本。

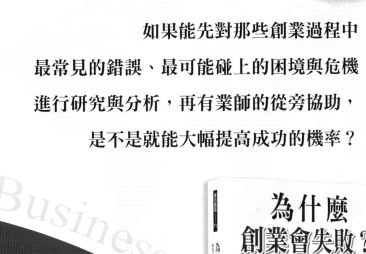

　　如果能先對那些創業過程中

最常見的錯誤、最可能碰上的困境與危機

進行研究與分析，再有業師的從旁協助，

是不是就能大幅提高成功的機率？

　　有三十多年創業實戰經驗的王博士，有豐富的成功經驗及宏觀的思維，將帶領有志創業或正在創業路上的你，一一挑戰每月的創業任務枷鎖，避開瞎子摸象或見樹不見林的盲點，少走冤枉路，突破誤區！

沒有空談，只有乾貨

課程架構

創業
智能養成

×

落地實戰
技術育成

「密室逃脫創業育成」

課程架構與規劃——

我們將新創公司面臨的關鍵挑戰分成：**營運發展、市場、資金、管理、團隊**這五大面向來討論。每一面向之下，再選出創業家要面對的問題與關卡如：**價值訴求、目標客群、行銷、品牌、通路、盈利模式、用人、識人、風險管理、資本運營**……等數十個課題，做為每月主題來研究與剖析，由專業教練手把手帶你解開謎題，只有正視困境，才能在創業路上未雨綢繆，突破創業困境，走向成功。

密室逃脱
創業育成

營運
發展

資
金

市
場

管
理

團
隊

◆ 價值訴求
◆ 目標客群
◆ 產品定位
◆ 趨勢與法規

◆ 盈利模式
◆ 成本控管
◆ 資本運營

◆ 行銷
◆ 品牌
◆ 通路
◆ 顧客經營

◆ 識人
◆ 用人
◆ 團隊領導

◆ 阿米巴經營
◆ 風險控管
◆ 借力與整合

　　將帶給您保證有效的創業智慧與經驗，並結合歐美日中東盟⋯⋯等最新趨勢、新知與必備知識，如最夯的「阿米巴」、「反脆弱」、OKR、跨界競爭、平台思維、新零售、全通路、系統複製、卡位與定位、社群化互聯網思維、沉沒成本、價格錨點、邊際成本、機會成本、USP → ESP → MSP、ROE、格雷欣法則、雷尼爾效應、波特‧五力模型⋯⋯等全方位、無死角的知識與架構我們已為您備妥！在名師指引下，手把手地帶領創業者們衝破創業枷鎖。

來參加密室逃脫創業培訓的學員，保證提升您創業成功的機率增大數十倍以上！

Innovation & Startup

SEMINAR

你是否對創業有興趣，卻不知從何尋找資源？

醞釀許久的好點子，卻不知如何起步？

正在創業，卻面臨資金及人才的不足？

有明確的創業計劃，卻不知該如何行動？

別再盲目摸索了──

一年 Seminar 研究

二年 Startup 個別指導

三年保證創業成功賺大錢！

🕐 時間：★為期三年★

每月第三週
- 星期二 15:00 起 ▶ 創業 Seminar
- 星期四 15:00 起 ▶ 創業弟子密訓及見習
- 星期五晚上 ▶〈我們一起創業吧〉

💲 費用：★非會員價★ 280,000　　★魔法弟子★免費

🏠 上課地點
新北市中和區中山路二段 366 巷 10 號 3 樓　中和魔法教室

★★★ 弟子永續免費受訓！手把手一起創業賺大錢！保證成功！★★★

世上最有效的
企業經營理念——

創業/阿米巴經營

**讓你跨越時代、不分產業，
一直發揮它的影響力！**

2010 年，有日本經營之聖美譽的京瓷公司
（Kyocera）創辦人稻盛和夫，為瀕臨破產
的日本航空公司進行重整，一年內便轉虧為
盈，營收利潤等各種指標大幅翻轉，成為全
球知名的案例。

這一切，靠得就是阿米巴經營！

阿米巴（Amoeba，變形蟲）經營，為稻盛
和夫在創辦京瓷公司期間，所發展出來的一
種經營哲學與做法，至今已經超過 50 年歷
史。其經營特色是，把組織畫分為十人以下
的阿米巴組織。每個小組織都有獨立的核算
報表，以員工每小時創造的營收作為經營指
標，讓所有人一看就懂，幫助人人都像經營
者一樣地思考。

魔法講盟傳授您一套……
締造 3 間世界 500 強公司，
歷經 5 次金融海嘯，
60 年持續高利潤，
從未虧損的經營模式！

☑ 如何幫助企業創造高利潤？
☑ 如何幫助企業培養具經營意識人才？
☑ 如何做到銷售最大化、費用最小化？
☑ 如何完善企業的激勵機制、分紅機制？
☑ 如何統一思想、方法、行動，貫徹老闆意識？

**阿米巴經營＝
經營哲學×阿米巴組織×經營會計**

**將您培訓為頂尖的經營人才，
讓您的事業做大‧做強‧做久，
財富自然越賺越多！！**

開課日期及詳細授課資訊，請上
https://www.silkbook.com 查詢或撥打真人
客服專線02-8245-8318

新‧絲‧路‧網‧路‧書‧店
silkbook○com

13

超級好講師 徵 的就是你

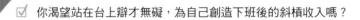

最好的斜槓就是當講師

☑ 你渴望站在台上辯才無礙，為自己創造下班後的斜槓收入嗎？

☑ 你經常代表公司進行教育訓練，希望能侃侃而談並成交客戶嗎？

☑ 你自己經營個人品牌，卻遲遲無法跨越站上舞台的心理障礙嗎？

☑ 你渴望站在台上發光發熱，躍升成為受人景仰的專業講師嗎？

世界上最重要的致富關鍵，就是你說服人的速度有多快，而最極致的說服力就來自於一對多的演說。手拿麥克風站上演講台，一邊分享知識、經驗、技巧，還可以荷包賺滿滿，讓人脈源源不絕聚集而來，擴大影響半徑並創造合作機會，建構斜槓新人生！不論您從事任何行業，都應該了解海軍式的會議營銷技巧，以講師斜槓幫助本業！在成為講師的路上，**魔法講盟** 成就你成為超級好講師的夢想!!

只要你願意……

魔法講盟幫你量身打造成為超級好講師的絕佳模式！
魔法講盟幫你搭建好發揮講師魅力的大小舞台！

只要你願意……

你的人生，就此翻轉改變；你的未來，就此眾人稱羨！
別再懷疑猶豫，趕快來翻轉未來，點燃夢想！

成果發表

上台演練

彈性調整

教學方法

課程設計

5 階段培訓

魔法講盟・專業賦能
超級好講師，真的就是你！

課程內容 *About*

現在是個人人都能發聲的自媒體時代，魔法講盟推出一系列成為超級好講師課程，並端出**成功主餐**與**圓夢配餐**為超級好講師量身打造專屬於您的圓夢套餐，完整的實戰訓練＋個別指導諮詢＋終身免費複訓，保證晉級A咖中的A咖！

課程資訊 *Information*

時間 2020年 ▶ 7/24 (五)、8/28 (五)、9/8 (二)、9/22 (二)、9/25 (五)、10/30 (五)、11/10 (二)、11/24 (二)、12/22 (二)

2021年 ▶ 1/8 (五)、1/12 (二)、2/5 (五)、3/5 (五)、3/9 (二)、4/9 (五)、4/13 (二)、5/7 (五)、5/25 (二)、6/4 (五)、7/2 (五)、7/13 (二)、8/6 (五)、9/3 (五)、9/28 (二)、10/1 (五)、10/26 (二)、11/5 (五)、11/9 (二)、12/3 (五)、12/14 (二)、12/28 (二)…

掃碼報名

進階課程
Advanced level

自由配
任你選

成功主餐
公眾演說、講師培訓
百強PK、出書出版
影音行銷、超級IP…

圓夢配餐
區塊鏈、BU
密室逃脫、自己的志業
自己的產品、自己的項目
自己的服務、WWDB642…

地點 **中和魔法教室**
新北市中和區中山路2段366巷10號3樓
位於捷運環狀線中和站與橋和站間
半圓形郵局西巷子裡

客服專線 (02)8245-8318

~~課程原價$19800~~　僅收場地費$100

由於每堂課的講師與主題不同，建議您可以重複來學習喔！